———————— 阅读之前 没有真相

午夜文库

云雷岛事件

孙国栋 著

新 星 出 版 社　NEW STAR PRESS

主要登场人物

(年龄以云雷岛事件发生的时间为准)

汪康森：汪家家主	90 岁
汪思明：汪康森的大儿子	50 岁
林月婷：汪思明的妻子	48 岁
汪雨涵：汪思明的女儿	23 岁
汪思亮：汪康森的二儿子	48 岁
汪思晴：汪康森的女儿	41 岁
吴寒峰：汪雨涵的男友	27 岁
范宗凯：汪家管家	77 岁
杨晓彤：汪家女佣	75 岁
周梦缘：汪家女佣	22 岁
赵荣杰：汪家律师	54 岁
郑德天：汪家私人医生	52 岁
孙小玲：高中生	16 岁
宋立学：大学生	19 岁
孙玉东：孙小玲的父亲，大学教授	46 岁

目 录

1	第一章 缘 起
10	第二章 登 岛
20	第三章 见 面
26	第四章 晚 餐
31	幕间一
37	第五章 往 事
45	第六章 传 说
52	第七章 遗 嘱
60	第八章 访 客
69	幕间二
73	第九章 寺 庙
93	第十章 调 查
104	第十一章 度 母
115	第十二章 沼 泽
120	幕间三
130	第十三章 宝 塔
140	第十四章 浴 室
147	第十五章 五 行
153	第十六章 焦 尸

目录

161	幕间四
177	第十七章 伪 装
182	第十八章 箱 子
190	第十九章 逃 亡
196	第二十章 侦 探
204	幕间五
218	第二十一章 诡 计
251	第二十二章 凶 手
271	幕间六
283	尾 声

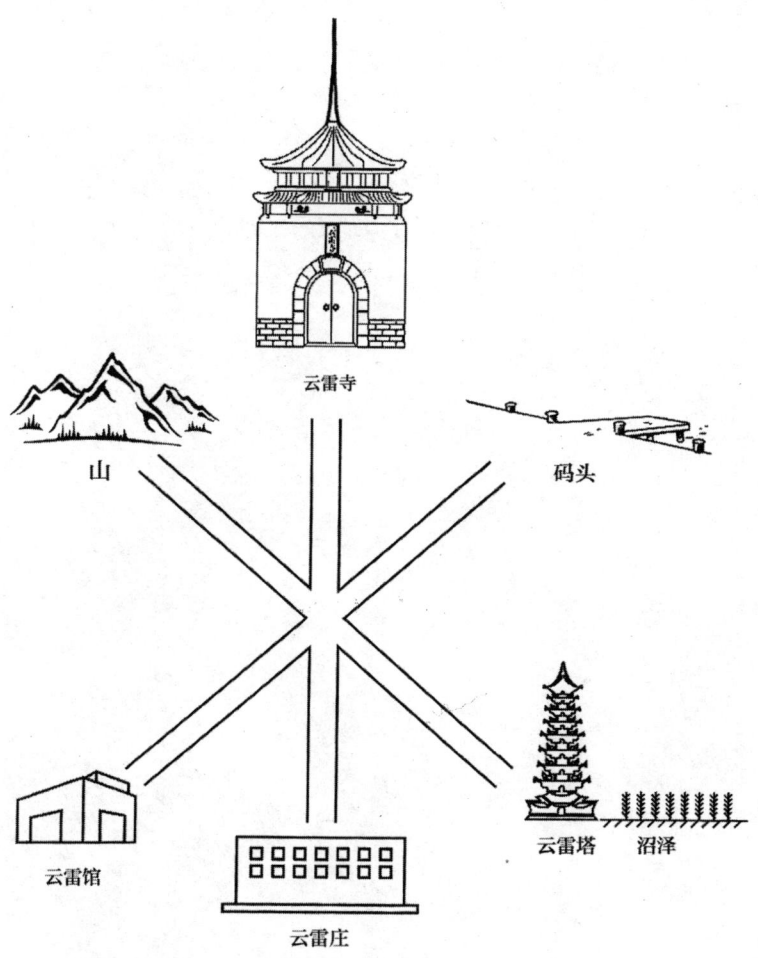

云雷岛平面图

嗡 咕噜 咕列 舍 梭哈

◎此咒主怀爱法,可勾出众生本具之慈爱、怀柔,尽摄法界众生圆满成佛。修此法者可得人天福报,具足大权威势,受上司与部属的敬爱。属阿弥陀佛莲华部的法门,以莲花勾召众生。

——作明佛母心咒

第一章　缘　起

七月二日，N 国海角市。

一睁开眼，嘴里都是苦味。

吴寒峰摸了摸乱糟糟的头发，却发现摸了一手的油。

头还是疼得厉害，但吴寒峰已经没有了睡意，只是睁着眼躺在床上。

强烈的阳光透过窗户的透明玻璃从外面射进来，窗帘在这盛夏的日光面前几乎起不到任何作用。

还好有空调，不然在这种夏天真的能被活活热死吧！

吴寒峰感激地望了一眼嗡嗡作响的空调，在心里感叹道。

就在此时，传来一阵熟悉的旋律，吴寒峰拿起放在床头的手机，按下了接听键，同时瞟了一眼手机上显示的时间，已经快下午一点了。

"你醒了吗？"电话那头传来温柔的女声。

"嗯，刚醒。"

"昨晚干什么去了？睡这么晚！"温柔的女声里带上了一丝丝的嗔怒。

"你知道的，还不是陪客户喝酒。"吴寒峰边说边咽了口嘴里的吐沫，苦味让他的头脑稍稍清醒了一点。

"喝到几点？"

"大概凌晨四点半吧。"

"跟你说了多少遍了，少喝酒，身体才是最重要的。"对方语气里的嗔怒似乎又加重了三分。

吴寒峰知道对方是在关心自己，不禁露出苦笑，轻声地说："嗯，知道啦，放心，你知道我有分寸的。"

"你就嘴上有分寸。"对方扑哧一声笑了出来，"算了，反正自己的身体自己做主，我也管不了你。"

"嗯，我知道你关心我。"吴寒峰的语气变得格外温柔。

"那我们什么时候出发？"

"唔，稍等，我想上个厕所，再洗个澡，昨晚喝得太多回得太晚，回来躺下就睡了，现在全身都臭臭的。"吴寒峰又吞了一口嘴里又苦又咸的口水。

"噫，好恶心，那你赶紧洗澡吧。我两点钟到你家楼下接你，怎么样？"

"好的。"说完，吴寒峰便挂断了电话。

电话那头是吴寒峰的女友汪雨涵。

说是女友，其实俩人才认识不到一个月，但今天，吴寒峰就要去汪雨涵的老家，见她的家人了。

他可能是史上最快见女友家人的了——吴寒峰从床上站起来，边走向卫生间边想着和汪雨涵初次相遇的场景。

吴寒峰是海角市一家贸易公司的客户经理，说是经理，其实就是个底层小职员，从毕业刚进这家公司他的职位就叫客户经理，如今四年过去了，依然是客户经理。所谓客户经理，顾名思义，平时的工作主要就是和客户打交道，当然各种应酬是少不了的。

上个月，因为陪客户喝酒的时候没有使对方尽兴，导致一单大项目告吹，他被顶头上司狠狠地骂了一顿。为了缓解抑郁的心情，周末习惯宅在家的吴寒峰突然想去郊外散散心。他开着自己好不容易攒钱买来的桑塔纳，逐渐远离熙熙攘攘的市区，边开车边欣赏着路两旁的风景。随着人烟越来越稀少，路两旁的绿色越来越浓郁，吴寒峰的心情也逐渐变得愉快起来。

就在这时，吴寒峰的车前突然出现了一只猫。

一只黑猫趴在马路前方，离吴寒峰的车只有不到十米的距离。吴寒峰心里一惊，拼命地将刹车踩到底，然而还是没能来得及，眼看着那只猫即将被他的车碾成肉酱……

一个白色的身影在吴寒峰的眼前一闪而过。

吴寒峰还没反应过来是怎么回事，但他感觉到自己的车应该没有碾到黑猫。

停下车之后，吴寒峰赶紧下来查看。只见一个穿着白色连衣裙的女孩正蹲在路边，怀里抱着那只黑猫，轻轻地抚摸着。

吴寒峰长呼一口气，缓了缓惊魂未定的心情，轻声问道："你、你是？"

女孩抬起头，露出一双清澈透亮的杏眼，柳眉微皱着说道："我的车抛锚了，停在路边检查，正好看到你的车要撞到这只小黑猫，便跑过去救了它。"说着她又把脸转向怀里的黑猫，温柔地说，"还好，小黑猫没事。"

"你、你就这样冲过来？"吴寒峰觉得简直不可思议，"你不怕被撞到吗？"

"当时没想这么多，看到小黑猫要被撞上了，身子就不由自主地跃了出去。"女孩微微一笑，露出两个浅浅的酒窝，"还好，人和猫都没事。"

"你这姑娘胆子也太大了吧，一只猫而已，撞了就撞了，要是撞到人那事情就大了！"吴寒峰有点生气，刚才如果真的撞到了这个女孩，他不敢想象后果。

"说到底还不是怪你开车不看路，小黑猫可是一直趴在路上，不是突然蹿出来的，所以责任都在你。"女孩杏眼圆睁，似乎也有点生气。

吴寒峰被怼得哑口无言，心里却暗自佩服：这个身形娇小的女孩，看起来如此柔弱，但为了救那只毫无关系的小猫，她却爆发出了惊人的速度和能量，远远超出了身体条件的物理限制。

"那……你没事吧，有哪里不舒服吗？"吴寒峰支支吾吾地开口说。

"我没事，不过我的车好像暂时修不好了，你能不能载我一程？"

"嗯，好。"吴寒峰答应道。

"这只小黑猫好像生病了，所以才会趴在路上，我们先把小黑猫送到动物医院检查一下吧。"女孩盯着吴寒峰，水汪汪的大眼睛里流露出一丝恳求的意味。

吴寒峰的脸微微有些红，赶忙移开视线，说道："都听你的，反正我周末也没事，而且这次确实是我开车不看路的错。"

"这还差不多。"女孩眼波流转，嘴角上扬，露出可爱的笑容。

"对了，你叫什么名字？"吴寒峰突然发现还不知道怎么称呼这个女孩。

"汪雨涵。"

就这样，吴寒峰和汪雨涵因为一只猫结了缘，一来二去，两人互生好感，自然而然地成了男女朋友。那只猫也被汪雨涵带回家收养了，成了她的宠物。

汪雨涵今年二十三岁，刚刚大学毕业不久，但是目前她并没有上班，而是一直待在家里画漫画，同时给几家杂志社和网站投稿。她说自己的梦想是超越日本的手冢治虫，成为世界顶尖漫画家。然而和汪雨涵交往不久，吴寒峰就发现她的消费水平远远高于她的稿费收入：汪雨涵住的是一家高级小区的高级精装公寓，开的是高级轿车奥迪，平时穿的衣服和用的化妆品，即使是吴寒峰这样完全不懂的直男也能看出来是价格不菲的高档货。吴寒峰曾经好奇地问过这些钱是从哪里来的，汪雨涵说是家里给的，然而当他问起她的家庭情况时，她却总是避而不答。

尽管吴寒峰知道汪雨涵在家庭背景这方面刻意瞒着他，但无论如何，他始终坚信，对一只毫无关系的猫能如此有爱心的女孩一定是好女孩。

——是啊，像我这样普普通通的公司小职员，甚至可以说是个废柴，能和如此美丽可爱的女孩子交往，已经是天大的福气了，我还有什么可抱怨的呢？

下午两点，汪雨涵的车准时停到了吴寒峰租住的房间楼下。

今天的汪雨涵穿了一身鹅黄色的连衣裙和一双银色的高跟凉鞋，配上淡淡的妆容，更衬出她姣好的面容和玲珑有致的身材，显得极为美艳动人。

"昨晚去哪儿喝酒了？"吴寒峰刚打开奥迪车门，还没来得及坐下来，汪雨涵便开口问道。

"在市中心的一家酒吧陪客户。"

"酒吧？"汪雨涵柳眉微皱，发出疑问的声音。

"嗯，就是一家很普通的酒吧，啥也没发生，你别想太多。"吴寒峰生怕汪雨涵误会，赶忙解释道。

"最近应酬还是很多吗？"汪雨涵转换成关切的语气问道。

"嗯，领导说下半年会给我个升职的机会，前提是我能搞定手头这个大客户。我进公司已经四年了，到现在还没升过职，这次的机会我一定要把握住。为了升职，我只能舍命陪君子了。"吴寒峰一脸无奈地说。

"其实，升不升职都无所谓啦，只要过得开心就好。"汪雨涵说着，系好安全带，发动了引擎。

奥迪车从海角市的市区逐渐驶向了人烟稀少的郊区，由于正是一天中最热的时候，这个点儿路上的行人和车辆都很少。

"雨涵，你还从没跟我说过你老家在哪儿呢？"吴寒峰问出了心中一直想问的问题。

这次汪雨涵说要带他回老家见家人，吴寒峰先是觉得十分意外，因为两人交往时间并不长，这么早见家人是不是不太合适。但转念一想，他确实很想见见汪雨涵的家人，毕竟汪雨涵一直不肯透露半点有关家里的信息，让他着实感到十分好奇，所以也就很爽快地答应了。为此，他还特意将一直攒着的五天年假一次性请完了。

只是直到现在，吴寒峰还是连汪雨涵的老家在哪都不知道。

"我家啊，住在一个小岛上。"汪雨涵的眼睛一直望着前方，一边开车一边和吴寒峰说话。

"小岛？"吴寒峰有点没反应过来，毕竟这是汪雨涵第一次正面回答他有关家庭方面的问题。

"嗯。"

"那我们待会儿还要出海？"

"对，我现在就在往海边开。"汪雨涵的语气十分平静。

吴寒峰转过头，看着汪雨涵优美的侧脸弧线，心头突然涌现出一股陌生感。

——其实我对自己的女朋友一无所知，尽管如此，我却仍然无可救药地爱上了她。

吴寒峰自己也搞不清楚为何眼前的女孩有如此大的魅力。

大约两个小时以后，奥迪车到达了海边的某个沙滩旁。

海角市的地理位置正如它的名字所示，处在N国大陆最南端的边缘地带，面朝一望无际的大海。

吴寒峰看着波涛汹涌的海浪，一边抬起手象征性地挡住炽烈的阳光，一边好奇地问："这里不是码头，也没有船，我们要怎么出海？"

汪雨涵朝吴寒峰诡异地一笑道："嘿嘿，马上你就知道了。"

就在此时，吴寒峰发现远处的海面上突然出现了一个黑点，而且黑点正在朝他们这边移动。

是船，一艘黑色的小船正在向海岸边靠近。

随着小船越来越近，吴寒峰看到船上站着一个人，正在朝他们挥手。

不一会儿，船停到了岸边，吴寒峰这才看清船上这人的样貌。

船上站着的是位老人，头发已经全白了，脸上的皱纹像刀痕一样刻在微黑的皮肤上,看起来有七十多岁了。他身材瘦削,个子虽然不高但腰板挺得笔直,没有一点点驼背的迹象。吴寒峰猜测这位老人年轻时一定当过兵。

"雨涵小姐,抱歉我来晚了。"老人十分恭敬地对汪雨涵说道。

"没事,是我来早了,估计是天太热大家都不愿出门,一路上没什么人,所以我的车开得快了点儿,就提早到了。"汪雨涵反倒一脸愧疚地解释道。

"总之,快上船吧,到家估计天要黑了,老爷他们都在等你呢。"老人说着接过两人手中的行李,搬到船上。

这是一艘黑色的汽艇式小船,体积虽然不大,但坐三个人绰绰有余。

上了船之后,汪雨涵向吴寒峰介绍道:"这是我家的管家——范管家。"

"您好,我是雨涵的男朋友吴寒峰。"吴寒峰赶忙主动向这个范管家自我介绍道。

"我是汪家的管家范宗凯,您好。"范管家礼貌地对吴寒峰笑了笑,然后按下了发动机的开关。

"雨涵,你们家是不是很有钱,居然还有管家?"船开动以后,吴寒峰问道,"我印象中只有大富大贵的大户人家才需要管家,也才能请得起管家。"

"唔。"汪雨涵不置可否地应了一声,便把头转向了远方的海平线。

吴寒峰的大脑此时已经完全被强烈的好奇心占满,但见汪雨涵不愿开口,他也不好多问,只是他越来越觉得汪雨涵的家庭背景一定不简单，而且——

——为什么雨涵要这么急着带我回老家？这是不是和她的家庭情况也有关？

这些疑问在吴寒峰的脑海里打转，但他知道现在想再多也没有用，等待会儿到了汪雨涵老家便可以知道一切了。

吴寒峰的思绪渐渐平静。随着船身在海面上不断地摇晃，一阵阵的困意朝他袭来。

第二章　登　岛

　　不知道过了多久,吴寒峰感到有一双柔软的手在轻轻拍打他的脸颊。
　　"寒峰,起来了,我们到了。"
　　——是雨涵的声音。
　　吴寒峰揉了揉眼睛,坐起身来,过了大约十秒钟才想起来因为昨晚宿醉得厉害,今天头一直昏昏沉沉的,再加上船的震荡,他在船上居然不知不觉地睡着了。
　　"到了吗?"吴寒峰一边揉眼睛一边朝前方看去。
　　"喏,就在前面。"汪雨涵抬起了手。
　　吴寒峰顺着汪雨涵手指的方向看去,果然,一座小岛出现在他的眼前。这时他发现天色已经十分黯淡,远处红色的夕阳有一小部分已经沉入海平线以下。天空中则洒满了绚烂的晚霞,将粼粼的海水染成了五彩斑斓的颜色,煞是好看。
　　"我们在海上漂了多长时间了?"吴寒峰一边问一边拿出手机,看了看现在的时间:已经是傍晚六点了。
　　"差不多两个小时吧。"回答的是范管家。
　　确实,吴寒峰记得他们上船的时间是下午四点左右。
　　就在这时,汪雨涵朝吴寒峰眨了眨眼,笑着说:"欢迎来我家：云雷岛。"

在岛边的码头停好船之后，范管家帮吴寒峰和汪雨涵提着行李，三人一起登上了岛。

"云雷岛？为啥叫这名字？"上岛之后，吴寒峰好奇地问。

"因为这座岛上经常发生雷暴天气，据说一年之中有三分之一以上的天数都是乌云滚滚的雷雨天，所以附近的渔民就叫它云雷岛。"这次回答他的也是范管家。

"哦，是这样啊。"吴寒峰点了点头，"原来雨涵你家住在这么偏僻的岛上啊。"

"嗯，这整座岛都是我家的。"

"什么？"吴寒峰赶忙扶了扶差点儿掉下来的眼镜。

"我是说这整座岛都是我家的。"汪雨涵鼓了鼓嘴，又重复了一遍。

"你是说你家把这座岛买下来了吗？"

"嗯，很久以前的事了。唔，差不多已经有二十年了。"

吴寒峰突然感到有点难过，虽然之前的种种迹象早已经让他隐约感到汪雨涵的家里十分富有，但他完全没想到汪雨涵家竟富有到可以买下一整座岛的地步。

吴寒峰的父母都是海角市一家事业单位的普通上班族，家里虽不算贫穷，但也仅仅是小康的水平。一想到自己和汪雨涵的家庭财富如此不对等，吴寒峰不禁在心里对两人的未来产生了一丝迷茫。

"我们这是在朝南走吧？"吴寒峰仔细观察了一下夕阳的方位。虽说现在是七月，正是盛夏时节，但毕竟已经傍晚六点了，快要落山的太阳早已没有刚出门时那么刺眼了。

"嗯,我住在云雷岛的南边,码头在岛的最北边,所以我们要一直往南走。"汪雨涵回答了他的疑问。

走了没多久,吴寒峰突然看到了一座寺庙似的建筑物。

"这岛上还有寺庙啊?"

"哦,这座寺名叫云雷寺,我爷爷笃信一种藏传的佛教密宗,经常会来这座寺诵佛念经。"汪雨涵一边解释着,一边从范管家提着的包里拿出了一瓶矿泉水大口喝了起来。

"这个天出门还真是受罪啊,尤其是下午阳光这么强烈!"汪雨涵撇着嘴抱怨道,"呜呜,在船上待了那么久,皮肤都晒红了,要变黑了。"

吴寒峰赶忙安慰道:"没事的,晒黑点更健康。"

"哼!"没想到汪雨涵嘟起嘴瞪了他一眼,头也不回地往前走去。

吴寒峰不知道汪雨涵为什么突然生气,只好默默地跟在她身后。在经过云雷寺时,他仔细打量了下这座寺庙。

寺庙看上去体积并不算很大,但金碧辉煌的琉璃瓦、朱红色的墙壁、远远伸出的屋檐、微微翘起的屋角,显得十分庄严肃穆。寺庙的正门口是朝向南边的,上方呈拱形的双开式红木大门紧闭着,门的中央一把古铜色的挂锁横插在两个圆形的门环之间。大门上方的牌匾赫然写着"云雷寺"三个赤金大字,显得雄浑有力。

吴寒峰本以为这座云雷寺和普通的寺庙并没有什么区别,但随着视线逐渐往上移动,他突然发现了一个奇怪的地方:普通寺庙的屋顶一般是四面斜坡,有一条正脊和四条斜脊,因为正脊的存在,所以屋顶最上部一般是平的。但这座云雷寺的屋顶并没有正脊，四条斜脊在顶部直接汇聚成一点，所以顶部是尖的，整个屋顶呈锥形。不仅如此，更加奇特的是这尖顶相当高，一直往上延伸了六七米的高度，看上去甚至有点哥特式建筑的风格，显得极不和谐。

吴寒峰又将视线往上抬了一些，但寺庙尖顶那直插云天的气势让他产生了一股眩晕感。他赶忙低下头，闭起眼睛甩了甩脑袋。

——真是不伦不类，不知道是谁设计了这么个玩意儿。

又走了没多久，吴寒峰看到自己的左前方出现了一座塔。

"这座塔该不会叫云雷塔吧？"他开玩笑地随口说了一句。

"哈哈，就叫云雷塔。"汪雨涵莞尔一笑，露出两个可爱的酒窝。

——看来雨涵已经不生我的气了。

吴寒峰在心里松了口气。

"你们家人起名字真是一点创造力都没有。"吴寒峰吐槽道，"我在想该不会这座岛上所有的建筑都叫什么云雷X吧？"

"哎？你还别说，真被你猜对了。我家住的房子叫云雷庄，还有一座我爷爷用来藏书的房子叫云雷馆。"汪雨涵又拿起手里的矿泉水，边喝边说道，"岛上就这四座建筑：云雷寺、云雷塔、云雷庄、云雷馆，你已经见到两座了。"

"哈哈哈哈，干脆你们家人都叫云雷人吧。"吴寒峰又开起了玩笑。

"你可别小看岛上的这些建筑哦。"汪雨涵突然脸色一变，"这座岛上的建筑和布局可都是由大建筑师设计的。"

"大建筑师？"

"对，这座岛上的建筑和布局都是由一个名叫中村红司的建筑师设计的。"

"中村红司？"吴寒峰瞪大了眼睛，"是那个著名的日本建筑师吗？"

"是的。当年我爷爷买下这座岛之后，特意请来了日本的名建筑师中村红司来设计岛上的建筑。"汪雨涵拨了拨刘海，又说，"云雷寺、云雷塔、云雷庄、云雷馆都是这个中村红司一手设计、建造的，还有它们在岛上的位置布局，也是中村红司规划的。"

"你爷爷究竟是何许人也，感觉好厉害的样子。"吴寒峰皱了皱眉头，"不但有钱到能买下一整座岛，还能请到这么有名的建筑师来为他设计岛上的建筑和布局，这可不是一般人能做到的。"

"那当然，我爷爷可不是一般的厉害。"汪雨涵抬了抬嘴角，"算了，本来想等见面了再给你介绍的，看你这么想知道，干脆就先告诉你吧，我爷爷叫汪康森。"

"啊？"吴寒峰惊呼了一声，"就是那个超级有钱的汪康森？"

"嗯，就是那个超级有钱的汪康森。"汪雨涵用得意的语气重重地说。

提起汪康森的名字，在海角市可以说是如雷贯耳，他就是大名鼎鼎的盛源集团的董事长。

据说汪康森出生于海角市乡下的一个小村子，从小就一直在老家跟着父母种田，但没想到后来天降大旱，那年整个海角市的天气极度反常，原本多雨的海角市连续两个月都没下一滴雨，乡下种地的农民们颗粒无收，成片成片地闹饥荒。汪康森的父母都饿死了，他为了逃荒，只身来到海角市的市区打工，在一个建筑工地上一干就是两年，攒了点小钱之后，他又开始做起了建筑生意。谁都没想到的是，这个十几年来一直面朝黄土背朝天的庄稼汉居然拥有极佳的商业头脑和极高的商业天赋，再加上时代的机遇，汪康森成了那个时代海角市商业界的弄潮儿。渐渐地，他的建筑生意越做越大，几乎垄断了当时海角市的建筑市场，他也由此迅速积累了大量财富，接着他便创办了赫赫有名的盛源集团，并成为该集团的董事长。

在成立盛源集团之后，汪康森的眼光和视角似乎又有了新的突破，他不满足于只做建筑行业的龙头，而是将触角伸向了各个行业。经过汪康森十多年的打拼，盛源集团成为建筑、地产、金融、日化、电商等多个领域的巨头。汪康森也一跃成为当时的海角市第一富豪。

在海角市，汪康森的名字可谓无人不知无人不晓。吴寒峰记得小时候电视上和报纸上经常会出现汪康森的名字，那时候的新闻报道标题常常是《他是怎样成功的——海角市传奇人物汪康森》《揭秘汪康森的发迹史》《盛源集团进军金融业——汪康森的新战略》等。

然而，就在二十年前盛源集团如日中天之时，汪康森却突然宣布隐退，将公司的大小事务都转交给了自己的儿子，自己却不知所终了，从此以后再也没有人听到过有关他的消息，这个海角市的第一富豪就像空气一样突然从人们的视野里消失了。

二十年来，关于汪康森为何突然消失的流言一直没有中断过。有人说他是得怪病死了，但是家人怕盛源集团会人心不稳，所以没有声张，而是秘密地将尸体火化，再让他儿子出来做董事长，把控局面。也有人说他被人下降头了，从此变得疯疯癫癫，已经神志不清了，家人没办法，只能偷偷把他监禁起来，换他儿子上马。还有人说他是被人绑架了，绑匪拿了钱却照样撕了票。甚至连说他被外星人抓走的都有。

总之，各种流言四起，但是汪康森的家人对外界的任何舆论一直缄默不言，从没有透露过半点有关汪康森的消息。

说起汪康森的家人，吴寒峰记得自己在报纸上看过相关报道，他的妻子已经去世，留下两个儿子和一个女儿，出来接手盛源集团的是他的大儿子。但是他们的名字是什么自己也没太注意，毕竟完全不是生活在同一个世界里的人。

——没想到雨涵居然是汪康森的孙女！怪不得她一直不肯对我说自己的家庭情况，她是怕打击到我，怕我产生畏怯之心！毕竟，她是货真价实的千金小姐，而我只是一个普普通通的公司小职员。

"你爷爷这二十年来一直住在这个岛上？"吴寒峰仍然有点不太敢相信自己的耳朵。

"对，这二十年来，爷爷从没有离开过这个岛。"

没想到当年海角市的第一富豪，二十年前突然消失的汪康森，居然一直隐居在这个偏僻的小岛上。吴寒峰突然希望自己的职业是个新闻记者，这一定会是个轰动整个海角市的爆炸性新闻。

"寒峰，你在想啥呢？"

汪雨涵的声音将他的思绪拉回了现实。

"没、没啥。"

"哈哈，是不是被我爷爷的名字给吓到了？"

"啊，是，是的，没想到你爷爷是这么有名的人物。"吴寒峰赶忙附和道。

"是不是越来越紧张了？"

"哈哈，是有点儿。哎？这座云雷塔好高啊。"吴寒峰蹩脚地转移着话题，顺手摸了摸自己满头大汗的额头。

虽然已是傍晚，但盛夏的天依然十分炎热，不仅是吴寒峰，汪雨涵的鹅黄色连衣裙已经完全被汗水湿透了，范管家也是大汗淋漓。

"是挺高的，有十一层呢。"没想到汪雨涵被他成功转移了注意力。

吴寒峰回过神来，仔细数了数这座塔的层数，确实有十一层。从这边看去，虽然看不到塔的另一边，但依然可以看出这座塔的每一层都由六面围墙组成，应该是座六角十一层塔。从下往上塔的每一层面积要略小于下一层，最上面的塔顶和云雷寺一样，也是相当高的尖顶。

塔的造型和普通的宝塔并没有什么不同之处，但吴寒峰的视线却被塔的墙壁给牢牢吸引住了——这座云雷塔的外壁上画了很多千奇百怪的花纹。

"这塔的外壁倒是挺好看的，好像有很多花纹呢？"

"这可不是普通的花纹，这塔壁上画的是佛教密宗的二十一度母。"汪雨涵一边用纸巾擦汗一边说。

吴寒峰仔细一看，这才发现这些花花绿绿的花纹原来都是人形的，她们有的呈红色，有的呈绿色，可以看出应该是某种类似菩萨的形象，但又和佛教里一般的菩萨外形有所不同。

"这也是我爷爷让人画的，据说是藏传佛教密宗里的菩萨，我爷爷对这种佛教密宗很着迷，经常神神道道地念各种听不懂的佛教咒语。"

想不到曾经叱咤风云的汪康森如今会沉迷于宗教。吴寒峰在心里一阵苦笑,有钱人的想法果然不是他能理解的。

"哎?"吴寒峰抬起头,突然发现了一件有趣的事情,"塔的另一边好像是一片沼泽地啊。"

范管家接口说道:"嗯,云雷塔的东边是一片纯天然的沼泽,面积很大,估计有一个足球场那么大。"

吴寒峰望向那片大沼泽地,零零星星的杂草点缀在灰黑色的湿泥土上,透出浓烈的荒凉。

"这一脚踩下去可能就上不来了吧?"他走到那片沼泽边,假装要伸出自己的右脚。

"别,别踩。"汪雨涵急忙拦住他,语气里带着担心。

见汪雨涵流露出关心的神态,吴寒峰嘿嘿一笑:"放心,我可不想年纪轻轻就沉到这脏兮兮的泥巴地里去,毕竟我还没娶到你呢。"

汪雨涵没想到他会突然这么说,脸颊顿时通红,低声说了句"我不理你了",便转身往前大步走去。范管家也加快步伐紧跟在她身后。

"你们看,沼泽中央好像有一根小树枝。"吴寒峰企图用这句话吸引住大步往前走的汪雨涵。

沼泽中央确实有一根小树枝,从地底顽强地向上生长出来,大概有两米高,虽然歪歪扭扭,但那股向上的气势在周围肃杀寂寥的灰色沼泽中却显得格外引人注目。

但汪雨涵好像并没有听到他的话,继续头也不回地向前走去。

此时,吴寒峰听到自己的头顶上传来暗沉沉的轰鸣声。

——是打雷的声音。

他抬起头,发现刚刚还映满晚霞的天空已经逐渐被黑云侵袭,眼看着暴风雨就要来了。

——不愧是云雷岛,连迎接我的方式都是云和雷。

吴寒峰一边想着,一边加快速度跟上汪雨涵的脚步。

第三章　见　面

　　大约又走了十分钟，吴寒峰的眼前出现了一个巨大的拱形铁门，铁门上雕刻着精美的花纹。透过铁门格栅间的缝隙，吴寒峰看到铁门那头是一条宽阔整洁的水泥大路，大路两旁碧绿的草坪像柔软的毯子一般往两边延展着，修剪得十分整齐，没有一丝杂色。在水泥路的尽头，是一座圆形的喷水池，有七八道白色的水柱正从池底向上涌出，在五六米的高度散开成无数的小水珠，飘落而下。

　　——好一座英式庄园！

　　范管家走到前面，推开铁门，然后转过身对汪雨涵和吴寒峰说道："小姐，吴先生，请进。"

　　吴寒峰这才注意到铁门并没有上锁，不禁奇道："这铁门不用上锁的吗？"

　　范管家微微一笑道："这铁门主要是起装饰作用的，再说岛上平时只有老爷和我们这些下人，也没有外人，装个锁也没什么用。"

　　"说的也是。"吴寒峰边走边点头，在经过喷水池后，他的脚下出现了一段长长的下行台阶，而在台阶的尽头，则是一座宏伟的别墅。

这座别墅虽然只有两层楼的高度，造型上也只是很普通的长方体，但占地面积非常大，整体气势显得十分恢宏。似乎是因为建在斜坡边的缘故，这座别墅的地势比较低，此时吴寒峰的眼前正对着的是别墅二楼的窗户。

"这就是我们家人住的地方——云雷庄。"汪雨涵转过身，对吴寒峰说道。

"好壮丽的房子。"吴寒峰不禁发出一声赞叹。

吴寒峰三人走下大约二十级的台阶，便来到了云雷庄的大门口。只见云雷庄大门口站着两个身穿制服的女人，一老一少，见到吴寒峰一行人之后，赶忙走过来把范管家手上的行李拿走。

"这两位都是我家的用人。"汪雨涵用手指着其中那个年纪大的说道，"这位是杨晓彤，从我家搬到这个岛上开始就在我家当用人了，你喊她晓彤阿姨就行。"

名叫杨晓彤的女佣朝吴寒峰点了点头。她看起来有七十多岁了，身材十分干瘦娇小，背也已经弯得相当厉害，但一头如霜的白发却梳理得整整齐齐，不知道是不是化了妆的缘故，脸上的皱纹相对来说也不算太多。

"这位叫周梦缘，来我家一年多了，你叫她梦缘就好。"汪雨涵继续介绍道。

这个周梦缘看起来还很年轻，应该才二十岁出头的样子，但个头相当高，留着一头波波头短发，配上偏棕色的皮肤，圆圆的脸蛋，粗黑的眉毛，不大却十分灵活的眼睛，给人的感觉有些女生男相。

"雨涵，你回来了啊！"云雷庄的门打开了，从门里走出来一个中年妇人。

吴寒峰顺着声音望去，却没想到目光完全被这个中年妇人牢牢地吸引住了。

这位妇人看起来四十多岁，柔顺乌亮的黑发在脑后扎成一个简单的发髻，显得非常端庄。脸上微微化了点妆，五官温婉秀丽，尤其是那双眸子如湖水一般宁静清亮。虽然妇人的脸上带着笑意，但在那双眼眸的深处，吴寒峰却莫名感受到了一丝丝的忧郁气息。

——这湖水一般的眸子里究竟隐藏着怎样的哀愁与悲伤？

虽然吴寒峰想努力克制自己，但视线却被眼前这个美妇的眼眸给牢牢束缚住了。

妇人似乎注意到了他怔怔的眼神，微微露出一丝尴尬的神情，轻轻说道："要变天了，赶紧进来吧。"

此时，暗沉沉的雷声已经变成了电闪雷鸣，黑云也已经布满了整片天空，呼啸着的狂风将岛上的树木肆虐得枝叶乱舞。不一会儿，哗啦啦的雨点像玉珠一样砸了下来。

暴风雨真的来了。

走进云雷庄，吴寒峰原以为屋里会布置得极为华丽，没想到却完全是典雅古朴的风格。首先映入眼帘的是屋子中央一左一右两座螺旋式上升的楼梯，设计得颇有西洋古典韵味，非常显眼。天花板上挂着漂亮的水晶吊灯，发出凛冽的亮光，璀璨夺目，在地上铺着的柔软浅色地毯上映出美丽的图案。大厅中央是一张长方形的餐桌，面积相当之大，可以坐下十几个人。餐桌上面铺着洁白的蕾丝桌布，桌布上按座位摆放着餐盘和酒杯，桌子中央还放着几瓶红酒。

但是令吴寒峰感到不和谐的是，在这西洋古典风味的大厅墙壁上，挂着好多幅画像，这些画像并不是欧洲名画，而是各式各样千奇百怪的佛教人物画。它们有的面目狰狞，有的有很多手，有的有三只眼睛，但不论哪张色彩都十分艳丽和鲜明，红色、绿色、蓝色等五彩斑斓，令人目眩神迷。吴寒峰知道，这一定是汪康森所信奉的佛教密宗当中的佛祖和菩萨的画像，但在这西洋古典风格的大厅里，总是显得有些格格不入。

——说好听点叫东西结合，说难听点叫不伦不类，简直和那个云雷寺的风格一模一样。啊，对了，这一定也是中村红司的设计，果然大建筑师的品位不是我们一般人能懂的。

"忘了介绍了，这是我妈。"汪雨涵的声音让吴寒峰收回了好奇的目光。

"啊？"吴寒峰看着眼前的妇人，不知不觉又被她那双眼眸所吸引，"你妈妈居然这么年轻。"

"哈哈，我妈妈漂亮吧，不然怎么能生出我这么漂亮的女儿来。"汪雨涵边说边哈哈大笑起来。

"你好，我是雨涵的妈妈林月婷，你就是雨涵的男友小吴吧？"林月婷看向吴寒峰的脸上似乎还留着一丝刚刚的尴尬神情。

"阿姨好，我叫吴寒峰。"吴寒峰有些紧张地回答。

此时，大厅的右边走出一个男人，朝吴寒峰说道："你这个名字不错啊。"

吴寒峰转过头，只见这个男人看起来五十岁左右的年纪，梳着大背头，穿着白色的衬衫，打着暗红色的领带，一看就是公司高管式的人物。他的个头中等，身材非常壮实，肚子上没有一点赘肉，棱角分明的脸型和炯炯有神的眼睛透露出他刚毅果敢的性格。

男人微微抖动着两只湿漉漉的手，想把手上的水给甩掉，看样子应该是刚从卫生间出来。

吴寒峰觉得这个中年男人有点眼熟，但一时又想不起来在哪儿见过。

"嗯，小伙子长得还挺帅的嘛，怪不得把我们家雨涵迷得七晕八倒的，哈哈。"男人走到吴寒峰面前，拍了拍他的肩膀，然后肆无忌惮地大笑起来。

"爸，您就别取笑我了。"雨涵嘟起嘴，满脸撒娇的表情。

——原来这个男人是雨涵的父亲，那也就是汪康森的儿子。

吴寒峰这时才突然想起，他是在电视上见过这个人——盛源集团的现任 CEO 汪思明。

"汪、汪叔叔好。"吴寒峰头一次见到这样的大人物，而且还是女朋友的父亲，心里不由得十分紧张，说话的声音都变得有些哆嗦了。

"你好，不用太紧张，以后搞不好是一家人，啊哈哈。"汪思明说着又哈哈大笑起来。

吴寒峰完全不知所措，只好不断地挠着头，向汪雨涵投去求救的目光，但汪雨涵此时却只顾撒娇般地缠着汪思明，根本没注意到他。

"你们一定饿了吧，赶紧吃饭吧，时候也不早了。"林月婷的话把吴寒峰从窘境中解救了出来。

吴寒峰看了看表，已经快到七点了，肚子也确实饿了。他又抬起头，看了看窗外，外面还在下着大雨，天色也已经要完全黑了。

"晓彤姐、梦缘，你们先把雨涵他们的行李拿到楼上的房间去，然后叫爸爸他们下来吃饭吧。"林月婷有条不紊地安排着，"待会儿我和你们一起去厨房把菜端上来。"

看得出来，林月婷是个性格温柔、头脑却十分敏捷的女人。

杨晓彤和周梦缘点了点头，便拿起吴寒峰和汪雨涵的行李往楼上走去。

第四章　晚　餐

过了不多时，杨晓彤和周梦缘两人从二楼走了下来，然后转身向客厅左边的房间走去，林月婷也跟了过去。

吴寒峰朝那个房间瞥了一眼，只见里面摆满了各种厨具，应该是厨房。

"都坐吧，跑了一天，肯定累了，赶紧坐吧。"汪思明招呼着吴寒峰在客厅中央的大桌子旁坐下，他自己和汪雨涵随即也坐了下来，而范管家则站立在一旁，一副随时待命的样子。

"菜来啦！"一个温柔的声音响起，林月婷和两个用人一起端着菜走了出来。

吴寒峰看着各式各样的精美菜肴，口水不禁都要流出来了。不管是鱼还是肉，是荤还是素，每一样菜都做得十分精致，香味扑鼻，让人看了食欲大增，恨不得一口把它们全部吃掉。

但吴寒峰的脑海里突然涌现出一个疑问：

——在这偏僻的小岛上，到哪去弄这么多的食材？不对，不仅是食材，这里生活所需的生活用品以及水电等又是从哪里来的？

想到这里，吴寒峰不禁拿出手机看了看。

——有信号！也就是说岛上有信号发射塔。在这么偏僻的岛上居然也有信号塔？

吴寒峰更加好奇了，鼓起勇气向汪思明提出了自己的疑问，当然，他也想主动拉近与汪家人之间的距离。

听完他的疑问，汪思明微微一笑，转过头说道："范管家，这个问题你帮我回答他吧。"

范管家点点头，开口道："首先是食材和生活用品，这个岛上平时只有老爷和我们这些下人住，耗费的食材和生活用品其实并不多。我和晓彤或者梦缘每隔两周会出岛一次，去陆地上采购食物和生活用品，当然，我知道这几天岛上会来好多人，所以昨天我和梦缘去进行了大采购，至少可以维持岛上所有人两周的生活。至于水和电，在岛的不远处有个N国的海上军事基地，在设计岛上的建筑时，从那个军事基地上接了水管和电线过来，所以岛上的水电和在陆地上一样，尽可以放心使用。至于手机信号，也是在大兴土木的时候就同时在岛上建了信号塔，接收的也是从海军基地那边传来的信号，所以手机在岛上也可以正常使用，当然电脑之类的就没法使用了，也没有电视可看。"

吴寒峰露出一脸恍然大悟的表情。他本来还担心自己到了一个与世隔绝的地方，万一出了什么事叫天天不应、叫地地不灵就完蛋了。这下终于放心了，至少手机还可以正常使用。

"咦？爸爸他们还没下来吗？"林月婷端完菜之后，没来得及坐下便开口问道。

林月婷的话刚说完，楼上便传来脚步声，一个中年女人扶着一个老头缓缓走了下来。

吴寒峰已经想到眼前这个老头就是当年的海角市首富——

汪康森，不禁萌生出几分敬意和紧张，但再仔细一看，他又有点怀疑自己的想法了。眼前这老头穿着一身黑衣，又瘦又小，身材佝偻，星星点点的白发像快要枯死的杂草一般点缀在长满各种斑纹的头皮上，更可怕的是他的脸上也布满了奇怪的斑纹，密密麻麻一直延伸到脖子的皮肤上，实在让人觉得有些恶心。老人的眼窝深陷，两个浑浊的眼球在细长的双眼里转来转去，好似老鼠一般，实在无法把他和海角市首富联想到一起。

然而最引起吴寒峰注意的则是他布满皱纹和斑纹的左手，正捏着一串佛珠，慢慢地在手里盘着，还有他的嘴唇一直微微抖动着，好像念经一般在低声地嘀咕着什么，活脱脱一副虔诚的佛教徒模样。

吴寒峰没想到，当年叱咤风云的传奇人物汪康森如今竟是这般模样。

——会不会是认错了？

正当他这样想的时候，老头和身旁的中年女人已经坐到了餐桌旁。

老头用浑浊的双眼盯着吴寒峰，几秒钟后突然开口问道："你就是雨涵的男朋友吗？"

吴寒峰没想到虽然他看起来只是个干瘪的小老头，但声音却依然浑厚有力。

"是、是的，我、我叫吴寒峰。"吴寒峰感到眼前这个老头的身上有一股无形的气势朝他压来，说话都有些结巴了。

"名字不错，我喜欢，你现在在哪里工作？"

"在海角市的一家公司做客户经理。"

"哦。"老头微微点了点头，但吴寒峰从他的眼神中还是看出了一丝丝的不屑。

"今年多大了？"

"二十七岁。"

"哦，还很年轻，还是大有前途的。"老头伸出胳膊轻轻拍了拍吴寒峰的肩膀。

"爷爷，您就别逗他了。"雨涵笑着将目光转向吴寒峰，"这位是我爷爷。"

"您、您就是那位传说中的当年的海角市第一富豪汪、汪康森吗？"吴寒峰战战兢兢地问。

"哈哈，什么富不富豪的，都是过去时了，现在的我只是个一心向佛的糟老头子。"汪康森一边说着，一边加快了手中佛珠的转动速率。

其实吴寒峰内心非常好奇：眼前这个老人为何二十年前会突然隐退，搬到这个偏僻的小岛上来？但他知道，现在不是问这个的时候。

"雨涵啊，你和小吴是怎么认识的啊？"老人旁边的中年女人突然开口朝一旁的汪雨涵问道。

这个中年女人看起来四十出头，戴着一副厚厚的圆形银边眼镜，穿着一身深蓝色的碎花连衣裙，烫着一头黄色的波浪卷发，虽然化了眼妆，但眼角的皱纹依然出卖了她的年龄。吴寒峰注意到，这个女人的左手小拇指上戴着一枚银光闪闪的戒指。

"呃，这个嘛……"汪雨涵的脸红得像苹果一样。

"这有啥不好意思的，年轻人嘛，谈恋爱就应该大胆一点，有啥恩爱就应该秀出来，哈哈。"汪思明边说边拿起桌子中央的一瓶红酒，递给站在一旁的周梦缘。周梦缘从衣服口袋里拿出启瓶器，拔出木塞，然后将汪思明面前的酒杯斟满。

"爸，您怎么也拿我打趣。"汪雨涵满脸通红，嘟着嘴说，

"多不好意思啊。"

说着她向吴寒峰投来求救的目光。

吴寒峰赶忙主动开口说道:"我和雨涵是因为一只猫认识的。"

"一只猫?"汪思明好奇地瞪大了眼睛。似乎是因为喝了口酒的缘故,他的脸色微微泛着红光。

"嗯,那次我开着车去郊外散心……"吴寒峰把和汪雨涵的初遇从头到尾说了一遍,足足花了半个小时。

"看来你俩还是很有缘分的,哦哈哈。"中年女人发出夸张的笑声,"果然还是年轻好啊。"

"哦,忘了介绍了,这是我姑妈汪思晴。"汪雨涵及时介绍道。

吴寒峰朝汪思晴点了点头,算是打了招呼。他发现眼前这个中年女人的眼里总是含着一股莫名的笑意,但那却不是真正发自内心的笑,更像是某种刻意的伪装。

"大家赶紧吃饭吧,冷了就不好吃了。"林月婷用温柔的声音说道。

众人闻言,纷纷拿起筷子,吃了起来。吴寒峰的肚子早已饿得翻江倒海了,但因为是第一次来女朋友家,为了维持形象,他只能等众人先开始动筷。此时他惊讶地发现,汪康森虽然看上去十分衰老,但吃起饭来却完全不需要别人帮忙,只是手微微有些颤抖而已。

"小吴,你也别客气了,赶紧吃吧,累了一天,肯定饿坏了吧。"汪思晴满面笑容地说着,还夹了一块肉放到吴寒峰的碗里。

吴寒峰再也按捺不住食欲,狼吞虎咽吃起来。

幕间一

碧心，记不清这是第几次梦到你了。

又快到盛夏了，昨天傍晚我从家附近的公园小路旁经过时，一抹紫色不经意间跃入我的眼帘。

我转过头，原来是桔梗花开了，紫色和蓝色星星点点地散落在路旁的草地上。

我又想起那时的你，最爱的花便是桔梗花。

我还记得上学的时候，有一天放学后，你带我来到操场后面的小山坡上，指着那唯一的一朵紫色桔梗花，眨着扑闪扑闪的大眼睛，带着微笑神秘兮兮地问我："你知道桔梗花的花语是什么吗？"

"不知道。"我摇了摇头。

"傻瓜，一点都不懂浪漫，这样怎么讨女孩子欢心哦。"

"啊。"我羞红了脸，用微弱的声音自言自语道，"我只要有你的欢心就够了。"

"哈哈，好啦，不捉弄你啦，我知道你对我是真心的。"你嘟了嘟嘴说，"我可不允许你去讨别的女孩子欢心，不然我可饶不了你。"

说着，你伸出粉拳，假装用力地在我胸膛上轻轻一捶。

"好啦好啦，我发誓这一生只对苏碧心一个女孩子好，如有违反，天打五……"

我还没说完，你已经微微踮起脚尖，用温热的双唇贴住了我的嘴。

然后，你用双臂环住我的脖子，双唇慢慢滑向我的耳边，用蚂蚁一般的声音嗫嚅道："桔梗花的花语是永恒的爱哦。"

我们就这样倒在了那片小山坡上……

现在回想起来，那几年的时光真的是我一生中最快乐的日子啊。

可惜这样的日子再也回不去了。

碧心，你还记得我俩第一次相遇的光景吗？

那时的我还在读小学，身材矮小，体形瘦弱，不爱说话的我常常被学校里的其他同学欺负。

那时候的我，常常在厕所里被人在隔间外用整整一大桶的冷水从头泼下，也常常在坐到课桌旁时突然疼得大叫跳起，因为椅子上被人放了针。

但我从没抱怨过，也没有反抗过，更没有向老师或者其他同学求救过。

我只是平静地接受着这一切，因为我认定这就是我的宿命。

我的妈妈是一名虔诚的佛教徒，她常常对我说：人的命运在生下来就已经注定了，我们所能做的就是平静地接受命运，默默地种植善因善缘，积累福报，以便在来世争取轮回到天道和人道，而那些恶人在来世便会坠入畜生道、饿鬼道和地狱道，生生世世受着永无止境的折磨和苦难。

但我这样的态度反而让那些欺负我的人变本加厉。

我似乎成了全校学生都知道的"老实人"和"软柿子"。

但我对这些并没有什么感觉，也并不关心，直到那天你的出现，一切都变了。

记得那是小学五年级的一天，放学后，因为是当天的值日生，我回家比较晚，走出校门时，天色已经很暗了。在经过一条小巷时，突然从角落里闪出了好几个人影。他们身上穿的都是学校的校服，有五六个人，我一眼认出了为首的那个大个子，他叫陈大伟，染着一头黄发，鼻子上穿着一个鼻环，嘴里还叼着根烟，是出了名的小混混，虽然才上初三，但经常听说他打老师、偷东西、在街上斗殴的传闻。他最多也就十四五岁吧，可是嘴里的烟让他看上去跟个老烟鬼一般。

"小子，最近哥儿几个手里缺点钱，有没有钱借点给哥们几个买根烟啊？"陈大伟边说边走到我身边，脸上一副凶神恶煞的表情。

我知道他说是"借"，其实根本不会还，而且我身上也没钱。

"我、我没钱。"我战战兢兢地说道。

虽然我早已习惯了被人欺负，但第一次面对这个学校的小混混头子，还是免不了紧张。

"没钱？老子就不相信你他妈连一点零花钱都没带。"陈大伟气急败坏地对身边另一个小混混喊道，"给老子搜。"

在把我的书包和衣服口袋都翻了个底朝天，但依然没有找到一分钱之后，陈大伟彻底怒了："妈的，真是晦气，好不容易等来个人，却是个穷鬼。妈的，给老子打。"

当时的我瘫倒在地上，早已做好了被拳打脚踢一顿的准备，反正早就习惯了。

但不知何时,他们每个人都从身后掏出了一根长长的棒子。

是钢管!

我心里一惊,虽然遇到过太多霸凌,但还是第一次碰到用钢管的。

糟了,可能会死的!我的身体不由自主地开始发抖。

就在这时,你出现了。

我至今还记得听你说的第一句话是:住手!你们在干什么?!

我抬起头,看见一个小女孩站在小巷口,朝我们这边大喊着。

现在想来,那时的你也不过是个十一二岁的小姑娘啊。但那时的你,在我眼里,却是个天使。

陈大伟那群人看见你只是一个小女孩,脸上的表情反倒更加凶神恶煞了。

他们转过身,脸上带着轻蔑甚至有点猥亵的笑意向你走去。

你似乎也露出了胆怯的表情,毕竟站在你面前的是五六个又高又壮的恶棍。

但你没有逃走,反而用更响亮的声音喊道:"你们再过来,我可要喊人了啊!"

陈大伟听了这话,脸上的表情更加嚣张了:"哟!你这小妞挺厉害的啊!"说着就要伸出手朝你的脸蛋摸去。

你慌忙挡住他的手,用力大叫:"来人啊,这里有人打架啦!"

"哈哈,你喊啊,你喊破喉咙也没用,这小巷平时几乎没人会经过。"突然,陈大伟的眼睛一亮,脸上猥亵的笑意更明显了,"啧啧,刚刚还没看出来,原来你这小妞这么漂亮,是个美人坯子啊，嘿嘿。"

陈大伟那只被你挡住的手似乎想要向下移动。

我看见你的眼里已经浮现出了点点的泪光。

我知道你心里一定很怕，但此刻的你却没有显露一丝的胆怯，反而挺起胸脯，大声地说："我爸爸是苏少华！"

陈大伟的手停住了，脸上猥亵的神色也突然消失了，转而变成惊讶。

"你说什么？你爸爸是谁？"

"我爸爸叫苏少华。"

陈大伟的表情从惊讶变成了畏缩和恐惧，但随即又恢复了最初那张凶神恶煞的脸。

这时，那群坏蛋里面有个人突然走到陈大伟边上，对他说："算了吧，姓苏的我们惹不起，搞不好我们几个一辈子都完了。"

陈大伟狠狠地朝墙角吐了口吐沫，把头转向我，一脸不甘地说："算你这小子今天走运，改天老子再收拾你。"他转过身，对周围另外几个人喊道："我们走。"

我长舒了一口气，总算逃过一劫。

就在此时，我看到你的身子好像突然软了一般，摇摇晃晃地就要倒在地上。我赶忙站起身，跑到你身边，轻轻地扶住你："喂，你没事吧？"

"啊，没事。"你有气无力地说道，"你呢？"

"我没事，刚刚多亏你了。"

"你没事就好，我也帮不上什么忙，都是靠我爸爸的名号。"不知为何，你的眼神里闪过一丝丝的落寞，"哈哈，我真没用，什么事都要靠爸爸。"

"总之,这次谢谢你了,你叫什么名字?"

"我叫苏碧心。"你的眼皮微动,长长的睫毛也跟着轻颤,仿佛蝴蝶扑扇的翅膀。

是的,这就是我俩的初遇,一点都不浪漫的初遇。

第五章　往　事

吃过晚餐后，杨晓彤领着吴寒峰来到了给他安排的房间。

云雷庄的一楼是兼做餐厅的客厅、厨房、仓库、公共洗漱间，而汪家人的房间和客房都在二楼。

吴寒峰跟在杨晓彤的身后，走上螺旋楼梯，来到二楼。房间在二楼的东北侧，吴寒峰走进房门，环顾了一圈，发现房间里虽然朴素，但布置得清新雅致，收拾得干净整洁。房间里的床、梳妆台、衣柜、书架等家具都是用上好的木材制作的，一看便知价格不菲。

——别说这些家具的造价，光是把这些家具从陆地上运到这个小岛上来的成本就不会低。果然是富豪之家，出手就是不一样。

床上方的墙壁上挂着一幅画，画的是一位佛祖。吴寒峰知道这一定和客厅里那些画一样，都是汪康森信仰的那种密宗佛教里的佛祖。只见画里的佛祖通身呈绿色，双腿交互盘坐于莲花座上，左手握拳，置于膝上，右手舒展，五指当胸。

吴寒峰不禁好奇地向一旁的用人杨晓彤问道："晓彤阿姨，这画上画的是什么佛啊？"

"这是不空成就佛，又叫不空成就如来，是密宗五方佛当中北方莲花世界的佛陀，代表的是第五佛土，名叫胜业净土，藏文名称是行为、完全、圆满的意思，所以此佛陀代表着诸行圆满，在其中一切想做之事皆可轻易成就。"杨晓彤的语速虽然很慢，声音也不大，但吐字十分清晰有力。

吴寒峰若有所思地点点头："看来是个挺吉利的佛祖。"

杨晓彤走后，吴寒峰看了看表，已经快晚上十点了。他想先洗个热水澡，然后再睡觉，便走到房间另一头的卫生间里，打开淋浴开关，用手试着水温。

突然，房间外传来"砰、砰"的敲门声。

吴寒峰走出卫生间，打开房门，看见汪雨涵站在门口。

汪雨涵走进屋子之后，一屁股坐到了床上，说道："你是不是有很多问题想问我？"

"这都被你看出来了？"吴寒峰故作惊讶地说。

"嘿嘿，我比你肚子里的蛔虫还了解你。"汪雨涵狡黠一笑，"你是不是一直很好奇，为什么我这么急着要带你回家？"

"唔……是的，感觉太快了，我们交往才一个月，是不是有点……"

"今天你看到我爷爷，有什么感觉吗？"汪雨涵打断了他的话，面色突然变得凝重起来。

吴寒峰一愣，没想到汪雨涵会突然问这个，只好如实说道："和印象中那个叱咤风云的传奇人物差距有点大。"

"哈哈，就知道你会这么说。"汪雨涵笑了笑，"是不是看起来只是个邋遢的糟老头子。"

"是的，尤其是他的皮肤，一块斑一块斑的，到处都是，看起来好恶心。"

"其实，我爷爷以前不是这样的。我听爸爸说他年轻的时候可帅了，事业有成之后依然风度翩翩，不管颜值还是身材都保持得很好，然而一切都在二十年前改变了。"

"二十年前？"吴寒峰歪了歪头，"二十年前发生了什么？"

"二十年前，我爷爷突然得了一种不知名的怪病。"

"怪病？"

"对，这种怪病的症状从外表上看就是全身的皮肤溃烂、像树皮一样剥落，之后会再长出新皮，然后再溃烂，再剥落，再长出新皮，如此周而复始。久而久之，全身上下的皮肤会变得一块斑一块斑的。"

吴寒峰恍然大悟，总算知道了汪康森身上到处是斑的原因。

"我爷爷找遍了全世界著名的医院，找遍了全世界知名的大夫，花了无数钱，最后才弄清楚这种病是由一种极为罕见的病毒引起的。这种病毒导致皮肤溃烂的致病机理目前还完全不清楚，所以也没有办法医治，据说全世界仅出现过四起这样的病例。好在这种病毒只会导致皮肤越来越可怕，但对于身体本身的健康没有太大的影响，所以我爷爷一直活到现在，已经九十岁了。"

"哇，你爷爷年纪居然这么大了啊。"吴寒峰惊讶地说。

"我爷爷是老来得子，四十岁的时候才生了我爸。"汪雨涵继续说道，"言归正传，自从得了那种怪病之后，我爷爷的皮肤变得越来越可怕，甚至变成了'斑块人'。偏偏他又是个十分注重外表形象的人，觉得自己的样子已经没法再见人了，所以决定隐退，断绝与外界的一切来往。"

吴寒峰点点头："这副模样确实没法见人了。"

"所以爷爷就把公司交给了我爸爸，当时我爸爸才刚刚三十岁。当然，这只是名义上的，实际上盛源集团的最高权力仍然掌握在爷爷手里，所以每当有重要决策或是遇到重大事件，爸爸都要来岛上请爷爷做决定，可以说爷爷依然在暗处远远地控制着庞大的盛源集团。迄今为止，盛源集团的绝大多数股份依然握在爷爷手里，爸爸一点股份都没有。"

"唔，我明白你爷爷隐退的原因，没想到居然是因为一种皮肤怪病。不过我还是不懂：你爷爷为什么要选择隐退到这座偏僻的小岛上呢？"

"这个我也是听爸爸说的：爷爷因为从小生活穷苦，所以相当迷信，他一直信仰佛教，在得了怪病之后，更是变本加厉，整天就是诵佛念经的。而且，爷爷信的并不是一般的佛教，而是一种藏传的佛教密宗，看起来神神秘秘的。"

"这种宗教我也听说过，但是一般听到的都是负面新闻，什么性丑闻之类的，给人的印象相当神秘和恐怖，总有点藏污纳垢的感觉。"

"不不不，那些都是借着宗教的幌子招摇撞骗的，我爷爷是真的从内心信仰这种密宗佛教。隐退后，除了继续在幕后控制着盛源集团以外，他决定将剩余的生命和时间都花在这种密宗佛教的研究上。为此他想找个远离尘世的清静之地，可以安心地修炼佛法，最后他看中了这座云雷岛。"

"为什么会看上这座岛？"

"有两个原因：一是这座岛是附近这片海域当中唯一一个没有人居住的岛屿，所以买下来比较方便，不然还要劝说岛上的居民搬走，很麻烦；第二个原因就是这座岛离N国的海军基地比较近，所以方便接电线和水管过来，毕竟不是原始社会，大家都是现代人，虽然这个岛远离大陆，但要想长期在岛上生活，水电还是必不可少的。"

"唔，没错，没有水和电的日子我是一天都受不了的。我现在知道为什么你爷爷会选择这座岛作为隐居地点了，也难怪媒体在你爷爷隐退后完全找不到任何关于他行踪的蛛丝马迹，这种偏僻的无人岛，没人会想得到吧。"

汪雨涵点点头："这之后我爷爷找来了日本著名的国际建筑大师中村红司设计和修建岛上的建筑，据说当时中村红司表示可以不收任何费用，但岛上所有的建筑从设计到施工都必须由其团队一手包办。我爷爷一听十分高兴，立马表示有关岛上建筑的一切事宜都由其负责，自己安安静静地等待竣工就好。这之后花了一年多的时间，云雷寺、云雷塔、云雷庄和云雷馆这四座建筑在岛上拔地而起，接着我爷爷就搬到这座岛上来了。"

"为什么要建这四座建筑呢？"

"云雷寺和云雷塔嘛，自然是因为我爷爷信仰佛教密宗，所以用来供奉佛祖菩萨之类的，云雷庄是用来居住的，还有一座云雷馆是专门用作图书馆的。"

"图书馆？"吴寒峰好奇地问道。

"嗯，我爷爷虽是农民出身，但从小就十分喜欢读书，即使是成为富豪之后，依然保持着手不释卷的习惯。这座小岛上没有任何娱乐设施，对于爷爷来说，读书就是最好的娱乐方式。于是爷爷就想到了在岛上专门建一座用来藏书的图书馆，这就是现在的云雷馆。在搬到岛上来以后，他把以前家里大量的藏书都搬了过来，还采购了大量的新书，分门别类地收藏在云雷馆里。对了，范管家和晓彤阿姨他们每次去陆地上的时候也都会带几本最新出版的图书回来呢，如今的云雷馆藏书量完全可以比肩一座小型图书馆了。"

"哇，好厉害，真的很想去云雷馆看看呢。"吴寒峰满脸期待的表情。

"有机会肯定会带你去的。"

"好啊好啊。"吴寒峰脸上的表情由期待转为兴奋，然后又像突然想起了什么似的开口道，"对了，我刚刚一直想问：范管家是跟着你爷爷一起来岛上的吗？"

"没错，范管家在我爷爷没搬过来之前就一直是他的管家，可以说对我爷爷忠心耿耿。我听爸爸说，范管家也是从小家里十分穷苦，十几岁的时候就去部队里当兵了，退伍之后便去了爷爷的公司当保安。有一次爷爷被仇人盯上了，有人雇了黑社会的人朝他开枪，是范管家不顾性命用身体挡住了子弹，才让我爷爷幸免于难。从此以后，我爷爷就把范管家提拔做了自己的私人保镖，再后来又提拔成了汪家的管家，一直到现在都没换过。"

"那晓彤阿姨呢，也是原来就在你爷爷家做女佣吗？"

"不是的。当时我爷爷即将搬到这个岛上来，范管家就问家里的女佣有没有愿意跟着他一起来的，结果没有人愿意跟来，毕竟大家都不愿背井离乡跑到这个与世隔绝的岛上来。但是其中有个女佣说她自己虽不愿来，但有个朋友可能愿意，这个朋友就是晓彤阿姨。当时的晓彤阿姨五十多岁，刚刚下岗，正愁没了收入来源，而且她一直没结婚，无亲无故的，也没什么牵挂，所以想都没想就答应了。这之后，她就跟着我爷爷和范管家一起来到了云雷岛上。"

"那个周梦缘呢？她看起来还很年轻，我记得你说过她才来你们家一年多。"

"干吗？你不会看人家年轻就对人家有意思吧？"汪雨涵语气一变，嘟起嘴问道。

"怎么可能？你想多了，我就是问问。"吴寒峰赶忙摆了摆手，一脸冤枉的表情。

"傻瓜，逗你的啦，看把你吓的。"汪雨涵扑哧一笑，"范管家和晓彤阿姨都已经七十多岁了，体力上都有点吃不消了，想招个年轻一点、手脚麻利的女佣来帮忙也很正常吧。所以去年年初范管家就开始暗中托人物色有没有合适的年轻女孩愿意来岛上当用人，后来物色到的就是梦缘。听说梦缘本身是个非常聪明的姑娘，成绩一直很好，但高中毕业后因为母亲生病需要大量医药费，放弃了读大学的机会，去了海角市的一家餐饮店打工赚钱，因为聪明能干、吃苦耐劳，所以很受老板喜欢，而那家店的老板恰好是范管家以前的战友，就把梦缘推荐给了范管家。梦缘听说来岛上当女佣的薪水是她在餐饮店打工的十倍不止，便欣然同意了。她每次和范管家去陆地上采购食物和生活用品的时候，都会顺道去邮局将钱寄回家。"

"真是个好姑娘啊！"吴寒峰赞叹道。

"啧啧，天下的好姑娘多得是哦。"汪雨涵的语气里带着揶揄。

吴寒峰赶忙转移话题道："你刚刚说你爷爷选择这个岛有两个原因，第一个原因是附近这片海域中只有这个岛没有人住，我很好奇为什么这片海域里只有这座岛是无人岛？"

本来吴寒峰只是为了转移话题随便问了个无关紧要的问题，但没想到汪雨涵的脸色突然变得凝重起来。

"雨涵，你、你怎么了？"吴寒峰不知道发生了什么，"怎么突然变得这么严肃。"

沉默了一会儿,汪雨涵幽幽地开口道:"我刚刚说爷爷不惜花重金买下了这座云雷岛,把它变成了自己的私人岛屿,又请来了日本的大建筑师中村红司来设计岛上的建筑,包括云雷寺、云雷塔、云雷庄和云雷馆,但你知道为什么要特意在这个岛上建寺庙和宝塔吗?"

吴寒峰愣了一下,说道:"你刚刚不是说因为你爷爷信仰佛教密宗吗?"

"唔,怎么说呢,如果只是单纯地信仰佛教的话,那只需要一座云雷寺就够了,为什么还要建一座塔呢?"

"我猜不出来,为啥要建云雷塔啊?"吴寒峰挠了挠头。

"云雷塔,是建来镇压怪物的。"

第六章　传　说

"咔嚓"！

一道白光闪过，像一把利剑刺破夜幕，割裂黑暗。紧接着是一声轰隆巨响，好似在空中击鼓一般。神魔乱舞的雨点像一排排疾速飞行的利箭，猛烈地撞击着地面，也撞击着房间的窗户玻璃，不断地发出水珠碎裂的噼啪声。

窗外依旧是电闪雷鸣，风雨大作！

就在刚刚白光闪过的那一瞬间，吴寒峰分明看到汪雨涵的嘴角扬起一个诡异的弧度。

——她在笑，笑得很怪异！

尽管是盛夏，吴寒峰却感觉背后有丝丝凉气在往上爬。

"你知道吗？关于这座云雷岛，几百年来一直流传着一个传说。"汪雨涵似乎没有注意到吴寒峰的心理变化，接着说道。

"传说？"吴寒峰定了定心神，又仔细看了看汪雨涵的脸，可这次他并没有看到笑容。

——刚刚一定是我的幻觉。

"相传这个岛上一直住着一个妖怪，附近的渔民都叫它——五行怪。因为这个五行怪的传说，附近的渔民都不敢踏上这座云雷岛一步，所以这座岛一直是无人岛，直到我爷爷买下来为止。"

"五行怪。"吴寒峰用手托起腮,"这个名字还蛮萌的。"

"呵呵,一点都不萌,相传这个五行怪全身长满又粗又黑的毛发,体形巨大,四肢极长,脸上的鼻子像天狗一般凸出,血盆大口里长着两颗锋利的獠牙,好像要把一切都咬碎一般,面貌极其凶恶狰狞。而之所以叫它五行怪,是因为它法力高强,可以随意操控金、木、水、火、土五种元素来杀人,凡是踏上云雷岛的人,都会被它以极其残忍的方式杀害。"

"听你说得好恐怖。"吴寒峰觉得有些瘆得慌。

汪雨涵见吴寒峰面露怯色,不禁笑出声来:"刚刚你不是还说蛮萌的吗?没想到你一个大男人也会怕这些怪力乱神的东西。"

"我不是怕,只是觉得很新奇。"吴寒峰辩解道。

"其实,关于这个五行怪传说最早的来历,还有一个十分浪漫又残忍的故事,你想不想听?"

"快说快说。"此时吴寒峰的好奇心已经完全被勾了起来。

"据说大概八百年以前,某个王朝被北方的民族灭亡之后,有相当多的王朝遗民逃到了附近的这片海域,其中就有一些流落到了这座云雷岛上。他们在云雷岛上安居下来之后,繁衍生息,渐渐地在岛上形成了一个一百多户人家的村庄。由于这座岛和陆地完全隔绝,陆地上的新王朝完全不知道有这群人的存在,所以岛上这群人过着天高皇帝远的优哉日子,倒也快活。然而这样的好日子,却因为一件事情被打破了。"

"什么事情?"

"岛上有一个男人爱上了另一个男人。"

"什么?"吴寒峰露出惊讶的表情,"同性恋?"

"没错。现在看来这没什么,但八百年前,人们的思想还很保守，认为这是有伤风化的可耻行为。"

吴寒峰摇了摇头："不，即使放到今天，同性恋也没有被完全接受。"

"总之，当时岛上的村民们对此非常愤怒，认为这两人是全村的耻辱。在村长的带领下，人们将这两人抓了起来，然后关进了一间阴暗潮湿的地下室，勒令两人悔改。但不管禁闭多久，这两个男人都坚持互相之间是真爱，是超越了性别本身的爱情，不断地乞求着村民们的宽容和理解。愤怒的村民们哪里听得进去，他们认为这两个男人一定是被邪恶之物附了身，将为全村人带来灾难和不祥。于是，村民们便开始使用各种各样的手段来折磨这两人。"

"什么手段？"

"一开始，村民们还只是想吓唬吓唬这两人。但不知为何，暴力的情绪迅速蔓延，这些原本淳朴善良的村民似乎是过了太久的安稳日子，在这次事件当中，潜伏在人们心中的魔鬼逐渐释放出来，愈演愈烈，最终酿成了悲剧。"

"什么悲剧？"

"村民当中有人提议说，既然这两人宣称对彼此是真爱，那么最好的折磨办法便是在其中一人面前将另外一人活活虐待致死。当时情绪高涨的村民纷纷欢呼表示赞同，于是这两人被带到了岛上的空地中央，其中一人被众人强行按压着跪在地上，只能眼睁睁看着另外一人受到非人的折磨。你知道另外一人都受到了什么样的折磨吗？"

"不知道。"吴寒峰摇了摇头，"但一定非常残酷。"

"没错，确实很残酷。这些村民当中有几个在逃到岛上之前，曾在N国做过狱卒，见识过各种各样的酷刑，他们想到了利用金、木、水、火、土五种元素来折磨人的法子。"说到这里，汪雨涵顿了顿，然后露出一个微笑继续说道，"这五种酷刑都十分恐怖，你想不想听？"

吴寒峰知道她是故意勾起自己的好奇心，但又确实按捺不住听下去的欲望，只好点点头。

"所谓水刑，是将受刑之人平放并捆绑在木凳上，然后用棉布盖住犯人的面部，随后往棉布上注水，由于棉布的吸附作用，可以保持水不往外溢出，而当受刑之人吸气时又会将棉布里的水经由鼻腔吸入肺部，却无法呼气。此时受刑之人就像一个吸尘器，只能吸水，无法呼气，最终窒息而亡。当然，村民们不会让受刑之人窒息而亡，因为接下来还有更残酷的刑罚等着他，比如火刑。当然火刑比较简单，就是把受刑之人绑在柱子上，然后在下面堆上木材烧火来烤，在火焰的高温之下，人所受到的痛苦是难以想象的，所以受刑之人会发出凄惨而又恐怖的哀号。然而村民们对此没有一丝的怜悯之心，在这之后，他们又对那个男人实施了木桩刑。"

"木桩刑？"

"所谓木桩刑，不是拿木桩打人，而是将木桩插入受刑之人的肛门。"

"什么？"吴寒峰听得目瞪口呆，"还，还有这种刑罚？"

"村民们先将受刑之人的肛门用刀割开，然后将木桩插入，再用锤子往里面钉，在木桩插入五六十厘米之后，村民们把木桩竖起来，插入事先打好的洞里，让木桩配合受刑之人的自重，一点点地深入，直至木桩从腋下、胸部、背部或肛腹穿出。在一般情况下，被如此'修理'的人往往要承受三天以上的折磨。当然，村民们可等不了三天，他们不能让受刑之人就这么死掉，因为还有两种酷刑没用呢。"

"这……这简直太残忍了。"吴寒峰只觉得一阵恶心。

汪雨涵点点头，说道："是很残忍，简直可以说是将人类的残忍天性发挥到极致的创造。"

"那还有两种酷刑呢？刚刚已经说了三种了，分别和水、火、木有关，那剩下两种应该跟金和土有关吧？"

"接下来是土刑，也就是俗称的活埋。不过，这里的活埋并不是很多人理解的将人完全地埋入土里，而是将受刑之人竖直地置于被踩实的土壤中，但会露出头部。"

"露出头部还怎么叫活埋？"

"不，你搞错了。"汪雨涵嘴角一弯："这里有一个很重要的细节，活埋只露出受刑之人的头部，也就是说被踩实的土壤是没过受刑之人胸腔的。这样一来，就会阻碍受刑之人的胸腔扩缩，肺部换气出现障碍，时间一长人便会窒息而亡。"

"原来如此。"吴寒峰点点头，"这比直接坑杀更痛苦。"

"然而，村民们的疯狂行为到此还没结束，还有一项酷刑等着那个男人。"

"都只剩下一个头露在外面了，还能有啥酷刑？"

"嘿嘿，头上有脸，脸上长了嘴啊。这最后一项酷刑便是将加热融化的金属铅灌入受刑之人的口中。这种液态金属灌入人口之后要么将人烫死，要么在人体内凝固成块，其重力也能将人坠死。"

"简直是惨无人道啊，这群村民就是畜生。"吴寒峰的语气里带着愤慨。

汪雨涵没有理会吴寒峰的愤慨，继续说道："在经历过这五轮酷刑的折磨之后，那个男人最终在极端的痛苦中死去。可是更痛苦的则是另一个男人：他一直在一旁眼睁睁地看着自己所爱之人遭受惨绝人寰的虐待，却无能为力。这种心理上的痛苦，我想外人是无法体会的。"

"是的，我想世上恐怕没有第二个人能够体会那另外一个男人的心情了。"

"这种心理上的极端痛苦最终扭曲裂变成了极端的恨意，男人发誓说今天村民们对他爱人所做的一切，以后他都会加倍偿还。当然村民们完全没把他当回事，而是把他又关进了原先的地下室。然而，不久之后，岛上的村民们开始陆续地被人杀死，而且死状奇异：有全身起火而死的，有在水缸里淹死的，有被埋在土坑里的，有被刀砍去头颅和四肢的，有被钉在树桩上的，总之各种死法应有尽有，最重要的是这些死法恰好都和五行元素有关。人们纷纷传言是那个被折磨死了的男人来复仇了，便赶紧来到那间地下室，果然发现那个活着的男人已经消失得无影无踪。随着村民们不断地被杀，所剩无几的人们再也忍受不了这种恐惧，只能纷纷逃离这座岛，这样一来云雷岛就变成了一座无人岛。而岛上发生的这段经历也在附近海域的居民当中流传开来，慢慢地演变成了'五行怪'的传说，致使后来的人们再也不敢踏上云雷岛一步。"

"原来'五行怪'的传说是这么来的，还真是浪漫又恐怖的故事。"吴寒峰若有所思地点点头，然后开口问道，"难道你爷爷就不怕五行怪吗？他不是很迷信吗？"

"嘿嘿，爷爷只是信佛，那是信仰，对这些鬼啊怪啊什么的从来不信。"

"也是，你爷爷毕竟是曾经叱咤商界的传奇人物，要是连这点牛鬼蛇神的东西都害怕，那也不可能成为海角市首富了。"

说着，吴寒峰脸色一变，好像突然想到了什么，开口问道："对了，我记得小时候看过报道说汪康森有三个儿女，今天我见到了你父亲汪思明，还见到了你姑姑汪思晴，照理说应该还有一个才对啊，怎么没见到呢？"

汪雨涵没有回答他的问题，而是自顾自地说："你不是一直想知道为什么我要这么急着带你回来见家人吗，并且还是直接带你来了爷爷家，而不是先去见父母？今晚我来找你就是要告诉你原因。"

吴寒峰觉得周围的空气突然变得严肃起来，不禁用郑重的语气问道："什么原因？"

"遗嘱。"

第七章　遗　嘱

"遗嘱？什么遗嘱？"吴寒峰觉得今晚可能是汪雨涵和他交往以来说话最多的一次，也是信息量最大的一次。

"我刚刚不是说了吗？我爷爷已经九十岁了，你也看到了，他的样子已经是风烛残年，他也知道自己可能活不了多少时间了，所以肯定要事先把遗嘱立好啊。"

"这和你带我见家人有什么关系？"吴寒峰一脸不解。

"你刚刚问我为什么今天只见到了我爸爸和我姑姑，其实我还有一个叔叔，排行老二，也就是我爸爸的弟弟，我姑姑的哥哥，名叫汪思亮。你今天没有见到他是因为他明天才能到。"

"哦，是这样啊。"吴寒峰没想到汪雨涵这个时候又突然岔开话题，把他刚刚的疑问给解答了。

"爷爷四十岁的时候才和奶奶结婚，当时奶奶才二十五岁，已经怀了身孕，两人结婚后不久，我爸爸便出生了。两年以后，我叔叔也出生了。这之后过了七年，奶奶又生下了姑姑。虽然爷爷和奶奶是老夫少妻，但奶奶是从心底里爱慕着爷爷，爷爷也对奶奶十分宠爱，再加上三个可爱的孩子，一家人的生活可以说非常幸福。然而这幸福的生活却在爸爸十二岁那年的某一天戛然而止了。"

"那一天发生了什么？"虽然吴寒峰不知道汪雨涵为什么突然说起了家族往事，但他知道一定是有原因的，便一直耐心地倾听着。

"火灾。"汪雨涵稍微顿了顿，语气低沉下来，"一场火灾夺走了奶奶的生命。"

——怪不得今天只见到汪康森孤孤单单的一个人，原来雨涵的奶奶早已经去世了。

汪雨涵继续说道："据说爷爷家的保姆因为前一天晚上赌博输光了所有的钱，再加上长期以来对爷爷一家人富裕幸福生活的忌妒，导致心理极度不平衡，在冲动之下点燃了爷爷家里备用的医用酒精，引发了熊熊大火。当时爷爷还在公司，奶奶则去了附近的超市买东西，家里只剩下三个年幼的孩子。奶奶看到家的方向火光冲天，立马赶了回来，不顾周围人们的阻拦，一边哭喊着孩子的名字一边奋力冲进火场，最后三个孩子都被她救了出来，而她自己则变成了火人。当赶来的消防队员终于扑灭了大火时，奶奶已经变成了一具面目全非的焦尸。"说到这里，汪雨涵的眼眶微微湿润了。

吴寒峰轻轻抚摸着汪雨涵的后背，柔声安慰道："别伤心了，人死不能复生，我相信你奶奶泉下有知，看到三个孩子都健健康康地长大成人，心里一定会很高兴的。"

汪雨涵用手抹了抹眼睛，继续说道："在这次火灾之后，有一个人的人生发生了翻天覆地的转变。"

"谁？"

"我叔叔。"

"你叔叔？就是今天没来的那个汪思亮？"

"嗯。这次火灾之后，爷爷对叔叔的态度发生了翻天覆地的变化，就差没把他赶出家门了。"

"为什么？"

"因为爷爷认为是叔叔造成了奶奶的死。"

"什么？你奶奶的死和你叔叔有什么关系？"吴寒峰不解地问道。

"据说当时我奶奶本来已经带着三个孩子跑了出来，但是没想到我叔叔一直吵着说自己刚画好的画还在家里，大哭大闹着说一定要自己的画，无奈之下奶奶只好再次返回火海，可这次她再也没能跑出来。"

吴寒峰听得目瞪口呆，他没想到汪雨涵的奶奶竟是为了小孩画的一幅画而丢掉了性命。

"你是不是觉得很可笑，仅仅是为了一幅无足轻重的画，奶奶就这样被无情的大火吞噬。爷爷知道这件事之后大发雷霆，狠狠地将叔叔给揍了一顿。这之后，爷爷逐渐疏远叔叔，因为他认定叔叔是害死奶奶的罪魁祸首，要知道我爷爷可是个实打实的宠妻狂魔，奶奶的死对他可以说是毁天灭地的打击，我甚至怀疑后来爷爷患上那种怪病也和这次沉重的打击有关。所以，爷爷无论如何也没法原谅叔叔。"

"那你叔叔呢？他后来怎么样了？"

"叔叔早就受够了爷爷的态度，也受够了全家人异样的目光，仿佛每个人看向他的眼神里都写着'杀人凶手'四个字，最终在十八岁那年，叔叔跟爷爷要了一笔钱，去了国外，从此就和家里断了联系，再也没有回来过。"

"去国外做什么？"

"叔叔从小就热爱艺术，尤其热爱绘画，据说他去了德国一家艺术学校学习美术，至于后来的事情我就不知道了。"

吴寒峰好奇道："你奶奶在你爸爸小时候就去世了，你叔叔十八岁就去了国外再没回来过，这些事应该都是你出生之前发生的吧，所以你应该从没见过他们才对啊，为什么会知道这些事情呢？"

"当然是我爸爸跟我说的。"

"哦，这样啊，那你爸爸又是个什么样的人呢？"

"我爸爸从小就是个模范生，学习非常勤奋努力，明明是个超级富二代却一直很谦虚低调，大学毕业后就来到了爷爷的公司上班，但却是从最基层的普通职员做起，周围的同事都说他能力优秀、踏实肯干、待人和善，所以爷爷在隐退的时候才能放心地把公司总经理的位置交给当时只有三十岁的他。不仅如此，我爸爸还是个十分自律的人，每天的作息时间十分规律，而且保持着健身的习惯，这么多年来他的身材就一直没变过呢。"

吴寒峰想起今晚见到的汪思明，给他的印象确实和汪雨涵说的大差不差：看上去精明能干，自控力强，却又性格随和，十分爱开玩笑。

"我姑姑汪思晴则是个很有个性的女人，她从小的梦想是能开一间属于自己的咖啡店，大学毕业后，她便开始了艰苦的创业过程，如今她开创的T·S咖啡店在全国已经有了一百多家分店。"

"什么？你姑姑是T·S咖啡店的创始人？"

汪雨涵得意地笑着说："没错。"

T·S咖啡店是N国知名的咖啡店品牌，在各个城市都有分布，店面装饰主打蒸汽朋克和赛博朋克的混搭风格，十分有特色，深受年轻人的喜爱。吴寒峰没想到，今天晚上见到的那个眉目含笑的中年女人竟然就是这个著名咖啡店品牌的创始人。

"最厉害的是,从开始创业一直到今天,姑姑从来没有拿过爷爷的一分钱,也没找爷爷借过一分钱,能有今天的成就,完全是她自己打拼出来的。"

"厉害厉害,这简直是我听过的最好的励志故事了。哎,对了,今晚我注意到你姑姑的小拇指上戴了一枚戒指,难道她是不婚主义者吗?"

"你观察得还挺仔细的嘛,没错,我姑姑已经四十出头了,但是还没结婚,别人问她,她说是因为觉得结婚会束缚她追求事业的脚步,在她的心里,只有事业和梦想,没有婚姻。"

"啧啧,真是女强人啊。"吴寒峰伸出大拇指做了个点赞的手势。

"不过,我听一些小道消息说,姑姑不结婚还有别的原因。"

"别的原因?"

"据说姑姑不喜欢男人。"

"不喜欢男人,难道喜欢女人?"吴寒峰调侃道。

"没错,听说我姑姑是个蕾丝边。"汪雨涵下意识地放低了声音,还朝四周看了看。

"其实这也没什么,现如今这种事情早就见怪不怪了吧。"

汪雨涵想了想,开口道:"也对。算了不说这个了,我们的话题是不是扯远了,接下来我要回到正题了。我之所以这么急着带你回爷爷家,是因为后天就是宣布遗嘱的日子了。"

"什么,后天?"

"是的,明天不仅我叔叔要来,还有赵律师也会来,后天上午九点,将由赵律师在云雷庄的大厅里宣读爷爷的遗嘱。"

"赵律师是谁?"

"是爷爷非常信任的一位律师，经常帮爷爷的公司处理大大小小的各种诉讼。爷爷曾说过宣布遗嘱有两个条件，一是汪家所有人都要到场，所以从三个月前，范管家就已经托人到处寻找叔叔的下落，几经辗转，终于在差不多一个星期前联系上了叔叔。范管家明天会去海角市接叔叔，这样一来，明天将是自从叔叔离开之后汪家人第一次聚齐的日子。第二个条件是遗嘱必须由赵律师来宣读，所以明天范管家去海角市接叔叔的时候，也会顺便把赵律师接过来。这样一来，宣布遗嘱的条件就都达到了。"

"可这和带我回家有什么关系？你自己回来就好了啊。"吴寒峰还是不理解。

汪雨涵脸色一变，用低沉的声音说道："在我们汪家，有一个奇怪的规矩：女儿可以分到遗产，但是孙女却没法分到遗产，只有孙子才行。"

"什么？"

"孙女若想分到遗产，唯一的办法就是找到入赘的上门女婿，然后和这个上门女婿共同继承财产。"

"入赘？上门女婿？"吴寒峰似乎隐隐约约明白了什么。

"所以我一认识你就告诉了家里人，说我找到了肯入赘做上门女婿的对象，爷爷说会考虑将你的名字加到遗嘱里，给你分一部分的财产，但前提是公布遗嘱的那天你必须要到场。"

"原来你是为了钱才带我回家的！"吴寒峰感到自己被利用了，不禁有些生气。

"怎么叫利用？你知道我爷爷的财产有多少吗？只要分到一个零头就足够啥也不干过一辈子了，你知道自己走了多大的狗屎运吗？你就算不吃不喝工作一辈子也赚不到这么多钱。"

"我还是不明白，按你的说法，你爷爷就三个后代，就是你爸爸、叔叔和姑妈，不管如何，你爸爸都应该能分到一大笔财产吧？对你来说不是一样吗？"

"不一样，我爸爸对我的要求可严了，给我的钱总是不够花，所以我想要的是直接属于我的钱。"

"于是你就想到了找个男人入赘的办法，让这个男人继承一部分财产，而这个男人的财产其实就是你的财产？"吴寒峰嘴角扬起一丝苦笑，"我看错你了雨涵，没想到你是这样的女孩。"

然而吴寒峰更没想到的是，汪雨涵水汪汪的大眼睛里已经落下了豆大的泪珠。

"寒峰，我是真心喜欢你的，这一点你不用怀疑。我不否认刚和你相处的时候确实带有一定的目的性，但在我们相处的这一个月里，我发现自己渐渐地爱上了你，真的，你的温柔和体贴都让我很心动。"汪雨涵拿出手帕擦了擦眼泪，一边抽泣一边说道，"我时刻提醒自己不要深陷进去，可、可我还是第一次对一个男人产生这样的感觉。"

吴寒峰看着雨涵梨花带雨的样子，心一下就软了，想安慰几句，但又不知道该说什么。

"对不起，寒峰，对不起，你要是恨我的话就恨吧，我只想要你知道我对你是真心的，我带你回家不仅仅是为了遗产，更是为了向家人宣布我想和你结婚，想永远和你在一起。"

汪雨涵哭得越来越凶，吴寒峰赶忙轻轻搂过她头靠在自己胸前，轻柔地抚摸着她那柔顺的长发。

"好了好了，我知道了，我知道你是真心的。其实我也很想和你在一起，至于入赘什么的我也不介意，能分到多少遗产我也不在乎，只要能一直和你在一起就好。"

汪雨涵听了这话，渐渐地止住了哭声，咧开嘴露出了开心的笑容。

"后天早上九点在一楼大厅宣布遗嘱，别睡过头了哦。"汪雨涵说着重重地在吴寒峰的嘴唇上亲了一口，然后站起身来走出了吴寒峰的房间。

汪雨涵走后，吴寒峰心烦意乱地躺在床上，脑海里一直无法平静。

他不知道该怎么面对汪雨涵，也不知道该怎么面对未来。也许后天他就会变成一个超级富翁，拥有的财富以自己现在的工作一辈子也挣不到，但同时，也许后天的自己会变成汪雨涵手中的傀儡，一辈子都要活在她的阴影之下。

——不，雨涵不是这样的人，她是爱我的，只是，她也许更爱钱一些而已。

吴寒峰翻了个身，看了看表，已经是夜里十二点多了。他本想起身去洗个澡，但无奈一阵又一阵强烈的困意向他袭来，没过多久，他便打起了呼噜。

第八章 访　客

七月三日，云雷岛。

吴寒峰起床的时候又是中午了。他拉开窗帘，虽然外面已经不再电闪雷鸣，但依然下着瓢泼大雨。

吴寒峰走下螺旋状的楼梯，看见汪康森、汪思明、林月婷等人正在大厅里吃午餐。这次他们吃的是西餐，每个人的面前都摆着精致的高脚杯，杯子里盛着红酒，洁白的餐盘当中是诱人的牛排，旁边还放着色彩鲜艳明丽的蔬菜沙拉和水果拼盘。

汪雨涵用刀切开一块牛排，然后用叉子叉起来，蘸了点黑胡椒酱送入口中，露出一脸满足的幸福表情。吴寒峰看在眼里，默默地吞了口口水。

"啊，小吴啊，赶快来吃饭吧。"林月婷第一个注意到了走下楼的吴寒峰，赶忙朝一旁的女佣招呼道："梦缘，去把小吴的午餐端上来吧。"

周梦缘刚刚走进厨房，云雷庄的大门突然打开了。

"这雨也太大了吧！"推门而入的是一个中年男人。

"哇，这么热闹，看来我来得正是时候啊！"中年男人一边说着一边收着伞。

这个中年男人留着一头具有艺术气质的长发,头上戴着一顶花里胡哨的帽子,鼻梁上架着一副黑框眼镜,身穿印着紫色图案的花衬衫,给人的第一印象可以用玩世不恭四个字来形容。

"怎么不说话,都不欢迎我吗?"花衬衫男子一脸笑意地用目光快速扫过坐在客厅里的每个人,然后把目光停在了坐在餐桌正位的汪康森身上。"爸,三十年没见了,您老了很多啊。"

一听这话,吴寒峰立马想到,此人肯定就是昨晚汪雨涵口中所说的叔叔汪思亮了。

汪康森的眼神里闪过一丝讶异,但很快便恢复了平静。吴寒峰注意到他手上佛珠转动的速度明显加快了。

汪思亮见汪康森没有回答,便径直走到餐桌旁,坐了下来,继续说道:"爸,都这么多年了,你不会还在生我的气吧。"

汪康森停住了转动佛珠的手,缓缓开口道:"这么多年,你去哪里潇洒了?"

"我的性格您老人家还不知道吗?四海为家到处浪呗。"汪思亮面对父亲仍是一副玩世不恭的表情。

"哼,既然四海为家干吗还要回来?你不是发过誓再也不回这个家吗?"问话的是汪思明,他的语气里明显带着嘲讽。

"老哥,你还是一点没变啊,说话还是那么直接。"汪思亮点了根烟,肆无忌惮地抽了起来,"当年在家里,我们两兄弟就合不来,你总是那么争强好胜,喜欢用哥哥的身份来教育我,说我整天不务正业,就知道画些没用的画。后来妈妈去世,你们都把我当成害死妈妈的罪魁祸首,尤其是老哥你本来就看不起我,这之后更是整天对我冷言冷语,老实说当时我真的有点恨你。不过呢,这些都已经是三十多年前的事了。这三十年来我走遍了世界各地，以画画为生，也算艺术界小有名气的画家了。虽然不算大富大贵，但也算活得潇洒，不过当然不能和你这位盛源集团的总经理相比。"

"别扯这些有的没的，我还以为你当年发的誓有多么坚定呢，没想到一听说爸爸要宣布遗嘱就屁颠屁颠地回来了，说到底还不是想要钱。"汪思明冷笑着说。

汪思亮悠悠地吐了口烟圈："不是每个人都像你那么看重名和利的。都三十年了，再大的仇再大的怨也烟消云散了吧，再怎么说老爸的最后一面我还是要见的，妈妈的死已经是我心中最大的愧疚，我不想在有生之年再增加一个遗憾。"

"虽然是我派人找你回来的，但你可别指望我能分多少遗产给你。"汪康森的语气十分肃穆。

"没指望啊，我只是想来见您一面，毕竟这很可能是我最后一次见到您了。当然，您要是愿意分点钱给我，我也不会拒绝的，哈哈。"汪思亮一边大笑一边说道，"话说，爸您怎么跑到这么偏僻的岛上来了，哦对，来的时候范管家和我说过了，是因为一种怪病是吧。哥你看看，爸有这么多钱都奈何不了这种病，你可要保重身体，别整天光想着权力和财富，把革命的本钱给弄垮了，到时候再后悔就为时已晚了啊。"

"你说什么？"汪思明气得瞪大了眼睛。

"二哥，你什么时候开始抽烟的？"一旁的汪思晴突然开口，打破了剑拔弩张的气氛。

汪思亮先是一愣，继而用目光直勾勾地盯着汪思晴，过了半晌才开口道："你是小妹？"

汪思晴又露出了招牌式的笑容："怎么，三十年没见，已经完全忘了我了？"

"怎么可能，只是我离开这个家的时候，你好像才十岁左右，还是个小不点儿。啧啧，一晃三十年，现在已经完全是个成熟的中年女人了，对了，你老公和小孩呢？"

"我还没结婚。"

"还没结婚？"汪思亮注意到汪思晴左手小拇指上的戒指，"哈哈，看来国内也开始流行起独身主义了啊，我发现现在全世界的人好像都越来越不愿意结婚了，大家都觉得还是一个人活得最潇洒。"

"你呢？二哥你不会也没结婚吧？我听说很多搞艺术的都是独身主义者呢。"汪思晴调侃道。

"哈哈，没错，很多搞艺术的都觉得婚姻这种世俗的玩意儿只会限制和束缚创作的灵感，我以前也是这么认为的，不过后来我在奥地利遇到了我现在的夫人，她和我一样都非常热爱艺术，我们之间的交流可以互相促进彼此在艺术创作上的灵感迸发，所以没过多久我们就结婚了，现在我女儿都快上大学了。"

"啧啧，真羡慕二哥你能遇到自己的灵魂伴侣呢。"汪思晴推了推自己厚厚的银边眼镜，叹了口气。

正说着，云雷庄的大门突然又打开了，这次推门而入的是两个男人。

"啊，不好意思，我们来晚了。"瘦高个的男人一边脱着雨披一边说，"这雨实在太大了，穿着雨披都能被淋得浑身湿透。"

"哦哦，辛苦你了赵律师。"汪康森缓缓站起身来，客气地说。

"老爷您最近身体如何？"这次说话的是旁边的矮胖男人。

"托郑医生的福，最近身体还不错。"汪康森的语气同样十分客气。

这两个中年男人不仅身材、体形形成鲜明对比,穿着打扮也正好相反。瘦高个的男人穿着一身笔挺的黑色西装西裤,脚踏黑色皮鞋,手里提着一个黑色公文箱,脸上戴着一副黑框眼镜,显得十分精明干练。他看起来五十多岁,胡子剃得干干净净,看上去相当清爽整洁。而矮胖的男人则穿着白色的长大褂,手里拎的是白色的皮箱,脸上蓄着浓密的络腮胡,年纪应该和高个男人差不多,但看上去要显得老成很多。

从汪康森的话和他们的打扮上,吴寒峰已经想到他们一个是律师,一个是医生。

"那个穿黑西装的男人就是赵律师吧?"吴寒峰低声向汪雨涵问道。

"嗯,没错。"

"那个穿白大褂的呢?"

"那是我爷爷的私人医生——郑医生,不过我没想到他今天也会来。"

这时汪康森招呼道:"两位都还没吃饭吧?赶紧过来一起吃。小杨,你再去端两份西餐上来。"

两人坐下后,赵律师率先开口解释道:"我和郑医生还有二少爷都是范管家一起从海角市接过来的,不过我和郑医生刚刚一起去参观了一下岛上的建筑,所以来得比二少爷稍微晚了一点。"

"哈哈,这次两位怎么有兴致参观起岛上的建筑来了?"

郑医生回答道:"之前每次来岛上都是匆匆忙忙,办完事就走,这次听说要住几天,所以便有了兴致想仔细看看岛上的建筑,毕竟是大建筑家中村红司的作品,确实不一样啊。"

"哦？哪里不一样？"

"怎么说呢，我的感觉是将西方的建筑风格和东方的文化观念巧妙地结合在了一起。就拿云雷寺来说吧，虽说总体上依然是东方的寺庙，但又在其中融入了西方的哥特式建筑风格，使造型别致独特。这座云雷庄也是，从外表上看是一座英式庄园，但里面的装修又充满了东方的宗教氛围。要是这几天有时间的话，我还想去看看汪老爷专门用来收藏图书的云雷馆呢。"

"哈哈，明天公布完遗嘱一定带两位好好参观一下。"吴寒峰还是第一次见汪康森露出笑容，虽然这笑容配上他那脸部斑块状的皮肤看起来甚是恐怖。

这时，汪思亮突然笑嘻嘻地说："赵律师，老爸的遗嘱就在您的这个黑色公文箱里吧？"

"是的，就在箱子里。"

"我忘了公布遗嘱的时间是明天几点来着？"汪思亮露出夸张的疑问表情。

"我今天赶到这里就是为了向大家说明，正好现在汪家的所有人都在这里，那我就正式宣布一下好了：遗嘱的公布时间是明天上午九点，请大家准时到这个客厅里集合。"赵律师用十分正式的语气说道。

午餐过程中，林月婷向今天才到的三人介绍了吴寒峰。赵律师和郑医生都对他点头致意，只有汪思亮显得十分兴奋，一边表示没想到大哥的女儿都这么大了，已经到了谈婚论嫁的年纪，一边夸赞吴寒峰的气质和他自己很像，都从骨子里带着艺术家的气质，甚至问他要不要跟着自己去德国学习画画。

"假以时日，你一定会成为比我更伟大的画家，哈哈哈。"

在酒精的作用下,满脸通红的汪思亮笑得更加肆无忌惮了。

吴寒峰露出苦笑,不知道该如何回答,只能向汪雨涵投去求救的目光。

"阿嚏!阿嚏!阿嚏!"就在此时,汪思亮突然连续打了三个大大的喷嚏。他揉了揉沾满鼻涕的鼻子,眼睛里也仿佛流出泪水,表情显得很难受:"不好,一定是这几天从国外赶过来太辛苦了,再加上今天这破岛上的雨实在太大了,着实把我淋得不轻,让我感冒了。"

说着,他又抬起手掌贴在额头上,大喊道:"啊,好烫,我发烧了,头好晕,不行了,我要休息。"说完,便身子往后一倒,瘫倒在座椅上。

林月婷见状,赶忙吩咐道:"晓彤姐,你快扶二少爷去楼上的房间休息。哦对了,感冒药你知道在哪儿吧,记得喂二少爷吃点感冒药。"

杨晓彤点点头,赶忙走到汪思亮身边,将他从椅子上扶了起来,然后搀扶着他缓缓向二楼走去。不一会儿,杨晓彤又从螺旋楼梯上走了下来,径直往厨房走去。没过几分钟,她手里拿着几颗胶囊和一杯水又匆匆走上了楼梯,看样子是上去给汪思亮喂感冒药了。

汪思亮离开以后,剩下的人边吃边聊了半个多小时,之后便由杨晓彤和周梦缘领到二楼各自的客房去休息了。

入夜,吴寒峰躺在自己的房间里,依旧辗转反侧,难以入睡。

明天就是宣读遗嘱的日子了,吴寒峰觉得自己这二十七年的人生历程中从没有这么紧张过。

——过了明天，我就会变成超级富豪？不，不可能，再怎么说雨涵也只是一个孙女，和汪康森已经隔了一代，肯定分不到多少遗产。汪雨涵的父亲汪思明作为盛源集团的接班人，大头一定是他的。

——不过，汪康森的财富是我这种人根本想不到的，哪怕只能分到一点，那也是我一辈子赚不来的。再说，等汪思明去世以后，财产还不是都归雨涵所有，如果我入赘到雨涵家，那雨涵的钱就是我的钱，那我岂不是可以随随便便挥霍一辈子了？

——不不不，不对，吃人嘴短拿人手软，我的钱都是从雨涵那里来的，那我岂不成了软饭男？就算雨涵是真心爱我，并不在意这些，我的内心也无法面对如此无能的自己。

——我这二十七年的人生到底都做了什么啊？为什么我这么没用？

——不行，我要靠自己的双手奋斗出属于自己的未来，而不是靠吃女人的软饭。

——可是，像我这样出身平平、相貌平平、资质平平的人，就算奋斗一辈子也不可能有这么多钱啊，明天可能是我这一生中唯一一次能够跨越阶层，迈入上流社会的机会。

突然，吴寒峰的眼前白光一闪，整个世界明亮如昼，原来是一道闪电像利剑一般刺破了夜色。接着，轰鸣的雷声传来，打断了吴寒峰纷乱的思绪。

——真不愧叫云雷岛，又开始打雷了。

吴寒峰心烦意乱地从床上起身，走到窗边，想看看外面的夜色，稍微缓释一下迷乱的心情。

和昨晚一样，窗外又是狂风暴雨加上电闪雷鸣。这漆黑的夜色配上怒吼的狂风和轰轰作响的雷鸣，倒真像一头发了疯的巨兽一般，在狂舞咆哮着。

吴寒峰不禁想起了昨晚汪雨涵告诉他的五行怪的传说。虽然他从小就不信这些鬼神之说，但此时内心依然感觉瘆得慌。

又是一道白光闪过。

在这一瞬间的光亮中，吴寒峰分明看见窗外的路上有个物体在移动。

吴寒峰赶忙将目光转向那个物体，在眼睛终于习惯了黑暗之后，他才看出那个移动的物体是一把伞，一把黑色的伞，隐入这如墨般的黑夜里，要非常仔细才能隐约看出来。

显然，伞是不会自己移动的，一定是有人在撑着伞走。

那人走到了外面的铁门前，推开铁门，继续往北走去。

当下一道白光闪过的时候，吴寒峰终于看到了撑伞人的身影。伞下的那人穿着一身黑色的衣服，佝偻着背，在狂风暴雨中缓缓地向北边移动着。

——是汪康森。

吴寒峰一下子就想到了撑伞人是谁，那黑色的衣服和佝偻的背影跟这两天见到的汪康森的形象一模一样。

吴寒峰抬起手臂，看了看表，已经晚上十点钟了。

——这么晚了，汪康森一个人冒着这么大的雷雨要去哪儿？

他的目光牢牢地盯在汪康森身上，但汪康森的背影却逐渐地和夜色融为一体，消失不见了。

幕间二

后来我才知道，原来你是海角市市长苏少华的千金，怪不得陈大伟那群人那么忌惮你。

我知道，我们俩出身地位相差悬殊，我的父母只是在路边开小店的个体工商户。但我还是不得不承认——我爱上了你。

当时的你读的是海角市著名的贵族小学，而我则在平民小学读书，本来在学校经常被霸凌的我，早已对学习、对未来没有了兴趣，但你的出现改变了我的想法。

为了能和你在一起，我拼了命地学习，终于和你一起考上了海角市最好的中学。再后来，我使出浑身解数，终于成了你的恋人。

让我感动的是，即使身边的同学再怎么对我们的感情冷嘲热讽，说我配不上你，你也不为所动，总是帮着我说话。我们就这样度过了单纯而美好的中学时光，这之后，你不出所料地轻松考上了本地的海角大学，而我则在父母的坚持下去了二百公里以外、天涯市的天涯大学。

从此我们开始了漫长的异地恋，虽然很少见面，但我们都相信彼此之间坚定的爱情，完全可以抵挡住区区四年的时光。

在海角大学，你选择了心心念念的理论物理专业，我则随便选择了一个建筑学专业。本来，我对这些也不是很看重，只想着能早日毕业回到海角市，然后再也不和你分开。

但你不一样，你曾说过这世上唯一能让你放弃我的，只有物理。从初中有物理课开始，你就在这一学科上展现出了惊人的天赋和热情，每次考试你的物理成绩都是全校第一，从没有例外，你还代表学校参加了世界物理竞赛，拿到了一等奖，甚至在读高一的时候，你就已经自学完了全部的大学物理课程。还记得有一次上课，物理老师在班上宣布说你的物理水平已经超过了他，甚至已经达到了物理系研究生的水平。

让人无法相信的是，那么聪明的头脑竟然属于你这样一个看起来娇俏柔弱的小姑娘。

上大学后，你终于可以一门心思地安心研究物理了。当然，这从来没有影响我们俩的感情，爱好和恋人是可以兼顾的，这一点在你身上得到了最好的印证。

升入大四之后，根据学校的本科生导师制度，你选择了自己一直很崇拜的教授——全国著名的理论物理权威学者李晨风来做你的导师。

李教授的研究方向是超弦理论和凝聚态物理，刚好是你最感兴趣的两个方向，而你从大一开始就时不时地去李教授的实验室做助手，现在终于能成为他的学生，去放手研究自己最感兴趣的东西，心里的喜悦可想而知。我也真心地为你感到高兴。

然而，就是这个李教授，差点儿彻底改变了一切。

那是大四最后一个寒假，那一年的冬天可能是海角市历史上最冷的一个冬天，鹅毛大雪连续下了好多天，整个海角市都像裹了一层白色的棉被一般被厚厚的积雪给盖住了。

学校基本都放寒假了，我也回到了海角市自己的家。但你却一直留在海角大学的校园没有回家，因为当时的你正处在课题研究的关键阶段，必须坚守在实验室才行。为了不打扰你做实验，我也没有去大学看你。

就在寒假的某天早上，我还懒洋洋地在被窝里和周公神侃，突然一阵急促的铃音将我惊醒。

我不情愿地将手伸出被窝，一边在心里诅咒着那个大清早扰人清梦的家伙，一边拿起手机看了看，是一条短信。

然而下一秒，我立刻从被窝中坐了起来。

因为那条短信的内容只有两个字：救我。短信的发件人名字是：苏碧心。

我用最快的速度穿衣、洗漱，正准备出门的时候瞥了一眼老爸正在看的电视，却没想到突然从电视里看到了你的面容。

电视里正在播报一条新闻，标题是：海角大学教授在办公室被杀，凶手疑为该教授的女学生。画面里正是你被身穿制服的警察押着走向警局的样子。画面里你的脸上充满了迷茫和惊恐，我还是第一次看见你露出这样的表情，在我的脑海里，你的脸上应该永远都挂着自信的微笑才对。

新闻里的报道是这样的：昨晚十一点左右，海角市公安局突然接到报案电话，说海角大学一间办公室里发现了一具男尸。警察赶到现场后发现一个男人倒在血泊中，胸口插着一把刀。而办公室里还有一个神志模糊的女孩手里握着一把正在滴血的刀，警察认为这个女孩有重大作案嫌疑，当场对其实施了逮捕。

我知道，新闻里说的那个神志不清的女孩就是你。

我愣在了家门口，根本无法相信你会是杀人凶手。

我在心里默念着：一定是哪里弄错了，一定是哪里弄错了，碧心不可能杀人的，一定是有人要陷害她，一定是被人陷害的。

不行，我要去救你。

我束了束外套的领口，打开门，朝着一片雪白的世界走去。

第九章　寺　庙

二〇一六年七月四日，云雷岛。

这是哪儿？

吴寒峰瘫坐在地上，看向四周。

血！鲜红色的血像红毯一般铺满了他的身边。吴寒峰抬起手，浓稠的鲜血从手上滴落下来，那黏糊糊的触感和刺鼻的腥味让他的胃一阵翻滚，他能感觉到自己胃里的东西不断往上涌。

目光所及，四周滚滚而流的血河里漂浮着无尽的白骨，在这阴惨惨的修罗地狱中央，一个黑色的物体站立着。

那是一个全身乌黑的怪物，吴寒峰看不清它的脸，却能感觉到它的眼睛正死死地盯着自己，仿佛下一秒就要张开血盆大口将他吞噬一般。

吴寒峰本能地转过身，想要逃，但没跑几步就被脚下的白骨给绊倒，一头摔在了血河里。血水从四面八方涌进他的眼睛、鼻孔、耳朵和嘴巴，他感觉自己快要窒息了，赶忙抬起头，却听到"咚""咚"的巨大声响。

那是怪物的脚步声。

满脸血水的吴寒峰转过头，只见那个怪物正一步一步朝他走来。

他想站起身来，继续逃跑，但恐惧却让此时的他无法动弹。

眼看怪物即将走到他身边，吴寒峰才发现怪物的手里握着一支又细又长的东西。

那是一根箭，金色的箭，正闪烁着金灿灿的光芒，在这满眼血色的修罗地狱中显得格外神圣。

只见那怪物缓缓地举起手中的箭，箭头对准还瘫坐在地上的吴寒峰，突然用力地朝他的脖子刺去……

吴寒峰醒来的时候，已经是早上八点五十分了。

原来是个梦。

他摸了摸自己的脖子，还好，脖子上并没有多出一个血窟窿，只是有很多黏黏的汗液。

吴寒峰这才发现，不仅脖子，自己全身上下都大汗淋漓，已经全部湿透了。

——好奇怪的梦。

吴寒峰撑着昏昏沉沉的脑袋站了起来，走向卫生间，想要冲个澡，洗掉这一身的臭汗。

但楼下嘈杂的声音却让他突然想起今天是什么日子：上午九点赵律师要在一楼大厅宣读汪康森的遗嘱。

他赶忙穿好衣服，胡乱地刷了个牙，冲了下脸，便走出了房间，向一楼大厅走去。

此时，云雷庄的一楼大厅里已经聚集了很多人，吵吵闹闹的好像在争执什么。

"老爸不会是骗我们的吧？到现在还不来！"说话的是一脸焦急的汪思明。

"呵呵，我看你是想钱想得等不及了吧。"汪思亮讽刺道。

"说得好像你不想要钱一样。"汪思明直接呛了回去。

"都别吵了，我们去老爸的房间看看吧，说不定只是睡过头了而已，把他叫醒就是了。"汪思晴似乎已经无法忍受两位哥哥之间无休止的争吵，大声地说道。

"是啊，与其在这里等，不如直接去找他。"汪思亮首先对这个建议表示赞成。

"那好，我们一起去老爸的房间。"汪思明说着便转身向楼梯走去。

其他人也跟着汪思明走上了楼梯。这群人的面孔吴寒峰这几天都见过：汪家的汪思明、汪思亮和汪思晴三兄妹以及汪雨涵和林月婷，还有赵律师、郑医生、范管家和两位女佣。

众人似乎都没注意到吴寒峰，连招呼都没和他打，大家都急匆匆地走向二楼汪康森的房间。

只有汪雨涵在经过吴寒峰身旁的时候轻轻握住了他的手，拉着他跟随众人一起向汪康森的房间走去。

"砰、砰、砰。"汪思明站在汪康森的房间门口，用力地敲打着房门。

"爸，爸，起来了，都已经过了九点了。"他一边敲一边喊着。

然而房间内并没有传来任何回应。

"不应该啊，老爸这个年纪的人不可能到这个点还睡得这么死啊。"一旁的汪思亮一脸着急地自言自语着。

汪思明又用力地敲了几下门，依旧没有反应。

"老爸该不会是什么心脏病高血压发作、失去意识了吧？"汪思亮冷不丁地来了这么一句。

"没办法，必须要进去看看了。"汪思明一边说着一边转动门把手，然而无论他怎么转，门依然纹丝不动。

"门是锁着的。"汪思明转向范管家，问道，"范管家，你有这房间的钥匙吗？"

"有，云雷庄所有房间的备用钥匙都在我这里。"

"那还不赶紧拿来。"汪思明急道。

范管家从口袋里掏出了一串钥匙，从中选出一把递给了汪思明。

打开门之后，众人才发现汪康森的房间里空无一人。

"这大早上的老爸跑哪儿去了？"汪思明的目光在房间里四下打量着。

这时，汪雨涵走到床边，摸了摸床褥，说道："你们看，爷爷床上的被褥整整齐齐，被褥里面也是冷的，完全没有睡过的迹象。"

"雨涵你的意思是，老爸昨晚并没有睡在这里？"问话的是汪思晴。

"从床的情况来看，很有可能是这样。"

"那老爸去哪儿了？"

突然，吴寒峰的脑海里闪现出了昨晚看到的场景：一个黑色的身影，佝偻着背，在狂风暴雨中撑着黑色的伞，缓缓地向北边移动着。

"那个，昨晚我看到雨涵的爷爷朝云雷岛北边走去了。"

"什么？"众人的目光齐刷刷地转向吴寒峰。

"你是说老爸昨晚出去了？"

"嗯。"吴寒峰把昨晚看到的场景说了一遍。

"你确定那是我爷爷？"汪雨涵抢着开口问道。

"不，不能确定，毕竟我也是第一次见你爷爷。"吴寒峰被这么多人盯着，不免有些紧张，"不过，确实很像你爷爷。"

就在这时，一个低沉厚重的声音突然响起："两位少爷，思晴小姐，你们都忘了昨天是什么日子了吗？"

吴寒峰看向那个声音的源头，说话的是范管家。

"哦对，昨天是三号啊。"汪思晴露出一脸恍然大悟的表情。

"三号？"汪思明还没反应过来。

"大哥你忘了吗？每个月三号晚上老爸都要去云雷寺彻夜拜佛诵经啊。"汪思晴赶紧解释道。

"哦，对对对，我怎么把这茬给忘了，都怪我太久没回云雷岛了。"汪思明拍了拍脑袋，"老爸一定是在云雷寺，昨晚小吴看到的就是老爸，那时他一定是在去云雷寺的路上。"

"老爸居然还有这样的习惯？"汪思亮露出一脸不可思议的表情，显然他并不知道自己的父亲有这个习惯。"可是今天上午有宣布遗嘱这么重要的事，老爸不可能不回来啊。"

"都别说了，去看看不就知道了。"汪思明摆了摆手，用不容置疑的语气说，"我们一起去云雷寺看看。"

虽然暴风雨已经停了，太阳也出来了，但地上还是有些湿，汪思明一行人花了大概二十分钟从云雷庄走到了云雷寺。

云雷寺的大门紧闭着，经过一整夜狂风暴雨的洗礼，大门上方的牌匾上"云雷寺"三个赤金大字显得更加醒目了。

汪思明走到门口，边敲门边喊："爸，出来吃饭了，不吃早饭对身体不好。"

——明明是来要钱的,却说成是关心父亲的身体健康。

吴寒峰不禁在心里发出一声冷笑。

"爸,你开开门。"汪思明加大了敲门的力度,但云雷寺的大门仍然纹丝不动。

"爸!"此时的汪思明已经将动作由敲门改成拍门了,云雷寺的大门发出"砰""砰"的巨大撞击声。

"别敲了。"汪思亮走上前,推了推门,"这门应该是从里面闩住了。"

范管家也走到门前,伸出手摸了摸门上的古铜色挂锁,开口道:"云雷寺的门是老式的木质双开门,外侧用的是普通的挂锁,内侧则是用一根粗粗的木质插销横插在两扇门背后的凹洞槽之间,从而卡住门的转动这种很古老的木门锁。现在外侧的挂锁是打开的,内侧的木质插销是横插着把门卡死的状态,说明有人曾经从外面打开了这扇门的挂锁,推开门进入了云雷寺,接着又从里面用插销锁上了门,之后就再也没出来过。"

"那个人肯定是老爸啊,老爸就在这里面。"

"但是这么大的敲门声,老爸在里面不可能听不到啊,奇怪。"汪思晴也开始着急了。

"会不会是爷爷念了一晚上经,太困所以睡着了?"汪雨涵轻轻地插了句嘴。

"不可能。"范管家否定了汪雨涵的想法,"老爷从来没有因为念经诵佛而睡着过,他每次念完经出来都是精神矍铄。之前我也问过他,这样彻夜拜佛,第二天为什么一点不困,反而更有精神呢?他却笑着告诉我佛法精深,奥妙无穷,能让他心灵感到安静,心一安便不会觉得困倦,反而对精气神大有裨益。"

"那会不会是犯病了?老爸本来就有不治之症,年纪这么大了还彻夜拜佛，什么高血压心脏病之类的突然发作也是很有可能的。"

"那还不赶紧开门进去看看，别还没宣布遗嘱自己先挂了。"汪思明一脸焦急，连说话用词都顾不上讲究了。

"得想个办法弄开门才行。"范管家突然拍了拍脑袋，"我记得云雷庄的仓库里面有一把斧头，梦缘，你去拿过来。"

周梦缘点了点头，便转身跑开了。

范管家口中的仓库在云雷庄的一楼，周梦缘一路小跑，花了半个小时左右才返回。只见她气喘吁吁地拿着一把斧头，递给范管家之后，便累得快要瘫倒在地上一般。

二十分钟后，范管家终于打开了门。他先是用斧头在靠近门中央的位置砍出了一个洞，然后把手伸进洞里，用力抽出了那厚实的木质插销，这才把门打开。

这时的范管家已经累得全身是汗，就差一屁股跌坐在地上了。

然而下一秒，眼前的场景让他不禁没有坐下去，反而跳了起来。

地狱——这是闪现在他脑海里的两个字。

红色，到处都是红色，像盛开的玫瑰铺满在地上。

不，那不是玫瑰，是血。

血的源头来自一个人，一个倒在地上的人。

那个人身体向右卧倒，双腿蜷曲，双手无力地耷拉着，一串佛珠掉落在身旁的地面上。

然而最吸引人目光的却是他的脖子。

一支箭横插在他的脖子上。

暗红色的鲜血从他的脖子上不断地涌出，污染了大片的地面，一直蔓延到云雷寺的门口。

任谁都能看出，汪康森已经变成了一具尸体。

"快，快报警！"汪思明大喊着。

可是没有人理他，女人们尖叫着乱作一团，男人们则目瞪口呆地站在原地，还没明白过来发生了什么事。

范管家似乎是这群人中除汪思明以外第一个反应过来的，他赶忙从裤子口袋中拿出手机，想按——〇报警。

打不通。

范管家这才发现手机屏幕右上方的标志一直在提示他：没信号。

"我的手机没信号，打不出去，你们试试自己的手机。"

听他这么一说，现场有几个人总算稍微冷静了一些，纷纷掏出手机。

"我的也打不通。"

"我的也没信号。"

"不行，没信号。"

掏出手机的人不约而同地说出了差不多的话语。

"昨晚的电闪雷鸣可能把岛上唯一的一座信号发射塔给打坏了。"范管家推测道，眼里露出深深的忧虑。

"那我们岂不是和外界断了联系？"一直没说话的林月婷此时也忍不住开口问道。

"只能说断了通信，还不能算断了联系。"范管家摇了摇头说，"我们的船还停在北边的码头，我现在就去海角市找警察来。"

说着,范管家便朝码头的方向走去。

大约二十分钟之后,现场的人们已经冷静了下来。

吴寒峰仔细打量着这群人,除了范管家,现在云雷岛上的所有人应该都在这里了。

从表情上来看,汪家人都显得非常沮丧。汪思明和汪思亮紧锁着眉头,目光呆滞,不知道在思考着什么,汪思晴、汪雨涵和林月婷的眼里都含着泪水,不知道是伤心还是被这地狱般的场景吓哭了。

汪家以外的人脸上则看不出太明显的表情变化,赵律师和郑医生在小声地说着什么,似乎是在商量有关遗嘱的事情,杨晓彤和周梦缘则一直低着头沉默不语。

就在这时,一个人影从北边走了过来——是范管家。

"怎么这么快就回来了?"汪思明和汪思亮异口同声地问道。

"船不见了。"

"什么?"在场的所有人都抬起头,睁大了眼睛看向范管家。

"有可能是昨晚的风太大,把船吹走了,总之,船不在码头边了。"

"那,那现在是不是可以说:我们和外界断了联系?"林月婷再次问道。

"是的,现在可以这么说。"

"也就是说,我们被困在云雷岛上了?"汪雨涵一边抽泣一边低声问道。

"是的,除非我们有别的办法和外界取得联系,不然的话,我们可能会被永远隔绝在岛上。"范管家的话像针一样扎在每个人的心里。

"我受不了了,我们不能在这像傻子一样干等着,不如进去看看老爸的情况,搞不好老爸还有救。"汪思明说着就要走进云雷寺。

"慢着,不能进去。"赵律师挡在汪思明面前,制止道,"我们这一进去说不定就会破坏案发现场,对警方查案造成困扰。"

"我说,赵律师啊赵律师,你还没搞清楚状况吗?警察不会来了,我们现在与世隔绝了。"

"这,万一警察来了……"赵律师还想反驳。

郑医生在一旁打断了他的话:"依目前的情况看,警察一时半会是来不了了,现在最好的办法就是靠我们自己。汪大少爷说得没错,汪老爷搞不好还有救,就算没救,我也是个医生,而且做过法医,如果能第一时间接触到尸体,搞不好能获得很多重要的线索,对破案也能提供些帮助。"

"好吧,既然郑医生都这么说了,那我也不管了。"赵律师说着便让开了路。

汪思明和郑医生一前一后走进了云雷寺,其他人见状也都跟了进去。

"汪老爷应该是死于昨晚十一点半之前,死因就是被这支箭一箭封喉。"郑医生一边脱下白色的口罩和手套一边说道。

这位郑德天医生据说从前是海角市公安厅的法医,后来调到海角市中心医院做了外科医生,机缘巧合下和汪康森成了朋友。汪康森搬到云雷岛之后,便以高薪聘请他来做自己的私人医生。他平时依然在海角市中心医院上班,只是每年会不定期地来云雷岛给汪康森做身体检查。

这次宣布遗嘱的事情也提前通知到了他，汪康森邀请他来做见证人。虽然这几天因为有一台大手术要做，整天又忙又累，但他还是在手术结束后第一时间就赶来了汪家。毕竟，对于这个当年的海角市第一富豪究竟会如何分配巨额遗产，他也十分好奇。

"老爸为什么要在公布遗嘱的前一晚自杀？究竟是为什么？为什么？"汪思明握紧了拳头，自言自语般问道。

"你怎么知道老爸是自杀的？"汪思亮反问道。

"不是自杀是什么？你们没看到吗？这云雷寺的大门从里面闩得死死的，别人根本进不来。"

"是不是自杀要等警察调查过后才知道。"赵律师提高了嗓音，"不管怎么样，汪老爷死了，根据他生前的遗愿，遗嘱必须有他本人在场时才能公布，所以这份遗嘱暂时无法公开了。"

"什么？"在场的人听了这话都把目光投向了赵律师。

汪思明一脸不敢相信的表情问道："可、可是，那、那这遗嘱就这样作废了吗？"

"之后具体要怎么处理遗嘱，还需要等警察的调查结果出来再做决定。"

"可、可是……"汪思明还想争辩什么，却被汪思亮打断了他的话。

"哥，我看遗嘱的事情就暂时搁置吧，当务之急是搞清楚老爸的死究竟是怎么回事。"

"对，我同意二哥的看法，如果老爸是自杀的话，那必须弄清楚自杀动机；如果老爸是被人谋杀的话，就必须要找到凶手。"汪思晴附和道。

"谋、谋杀……如果老爸是被人谋杀的话，那、那这不就是……"

"密室杀人!"不知道是谁突然喊了一句。

一阵短暂的沉默后,汪雨涵幽幽地说:"如果警察来不了的话,那就得靠我们自己来破案了。"

"首先,必须要搞清楚的是,这个房间究竟是不是密室?"汪雨涵一只手托着下巴,一只手横放在胸前,俨然一副侦探的模样,但吴寒峰知道她只是强装镇定,其实内心依旧陷在深深的悲痛当中。

"这个插销应该是没问题的。"不知何时,范管家已经拿起了一旁掉在地上的木质插销,一边仔细观察一边说道。

"也就是说我们上午来的时候,云雷寺的门确实是从里面反锁着的,这点应该可以确定。对了,范管家,云雷寺外面那把挂锁平时应该是锁着的吧?"

范管家点点头:"平时是锁着的。"

"那钥匙都在谁手里?"

"我、晓彤、梦缘还有老爷都有钥匙。"

"看来,锁应该是爷爷自己打开的了。"汪雨涵似乎在思忖着什么,"云雷寺没有窗户,据我所知,这座云雷寺内部和外界相连通的地方只有大门,但说不定还会有一些不为人知的隐秘通道。"此时的汪雨涵仿佛已经全身心地投入了侦探的角色之中。

"你的意思是,有暗道?"

"我只是提出有这种可能性,接下来就是验证这种可能性了。"

众人已经明白了汪雨涵的意思:接下来要彻底搜查这座云

雷寺的地板。

虽然汪康森的尸体还躺在地板上，血也流得满地都是，但众人还是忍住了不适，蹲在地上仔细地搜查着脚边的每一块水泥地面。

然而，二十分钟后，筋疲力尽的众人便得出了结论：没有暗道。

汪雨涵叹了口气，一字一句地说道："如果爷爷不是自杀的话，那这确实是一起不折不扣的密室杀人。"

密室杀人！

这个词吴寒峰只在推理小说里看到过。他记得自己第一次看到这个词，是偶然在报刊亭买了一本杂志，其中有篇小说里出现了这个名词。现在那篇小说叫啥他已经完全忘记了，但他还记得小说的作者名字叫——鸡丁。

之所以记得作者的名字，是因为他最爱吃的一道菜就是宫保鸡丁。

后来他又陆续读过一些乱七八糟的推理小说，也经常会在其中读到密室杀人事件，但迄今为止还没有哪个密室诡计能让他觉得印象深刻。

他万万没想到的是，这个他以为只存在于小说里的名词，如今会在现实中呈现在他的眼前——以如此残酷和血腥的方式。

吴寒峰抬起头，再次仔细地观察起了这座云雷寺的内部空间。

云雷寺没有窗户，但并不显得黑暗，他们进来的时候天花板上吊着的白炽灯还亮着，直到现在依然散发着淡淡的白色光芒，应该是昨晚汪康森进来之后打开的，灯的开关就在大门旁边的墙壁上。

寺里一共供奉着三座铜质佛像。从大门走进云雷寺，一眼便可望见正对着门的一尊雄伟的佛祖铜像。

吴寒峰不太了解藏传佛教，但这个佛祖他一眼便知是大名鼎鼎的大日如来佛。这尊如来佛像大约高四米、宽两米，闪烁着古朴的黄铜色，但看起来并不显得老旧。佛祖闭着双眼，面容安详地盘膝坐在莲花宝座上，左手掌摊开平放在膝盖上，右手则向上抬起，掌心朝外，似乎在向世人传达着佛法的力量。

吴寒峰仔细观察着如来铜像的每一处细节，不禁在内心赞叹雕刻之人技艺的高超，不论是头发、耳朵、眼睛、鼻子、嘴巴还是手掌都栩栩如生，真可谓鬼斧神工。

如来佛祖铜像前设有一张蒲团供人跪拜，汪康森的尸体就倒在这蒲团旁边。

蒲团正左侧和正右侧大约四米的位置各立有一座体积相对如来佛祖像要小一些的佛像。这两尊佛像所雕刻的佛祖吴寒峰都没有见过，只是能大致看出两位佛祖都是女性。左边这位佛祖全身呈火一般的红色，奇妙的是她有三只眼睛，第三只眼睛在额头正上方，更奇妙的是她有四只手，左右各两只，只见她左边第一只手托着一张弓，弓上面还装饰着密密麻麻、紧紧排列的花瓣，右边第一只手则做拉弓状，但弓上面并没有箭。

"这是什么佛？"吴寒峰第一次看到这种佛像，不禁好奇地问道。

"这是作明佛母。"范管家说道，"又叫咕噜咕列佛母，是佛教密宗掌管权威及怀法的本尊，也被认为是二十一度母当中红色度母的化身，藏传力量女神。"

"原来是佛教密宗里的佛母。"

"你可不要小看这作明佛母，相传作明佛母功德遍摄三界，自在任运，以所作皆能成就得名，故又称'三界自在空行母'。其功德甚深广大，实在是无以比量。"范管家悠悠地说着一些佛教用语，似乎是因为长期跟在汪康森身边，他对这种藏传的佛教密宗也相当尊崇。

吴寒峰虽然没太听明白，但仍然点了点头，接着又把视线转向了蒲团右边的那尊佛像。

右边的这位佛祖身体呈绿色，身材纤细，左右两手各执一朵蓝色的莲花。只见她头上戴着宝冠，身上装饰着各种璎珞珠宝，下身穿着五彩的长裙，显得华贵而美丽，慈祥而庄严。

"这是绿度母，是藏传佛教中观世音菩萨的化身，二十一度母中的主尊。"范管家主动地介绍道。

"绿度母是掌管什么的？"

"绿度母是所有度母的主尊，总摄其余二十尊化身的所有功德。相传她能救八种苦难：狮难、象难、火难、蛇难、水难、牢狱难、贼难、非人难。后来，绿度母的救八难又发展为救十六难，加上了救疑、欲、贪、嫉、恨、谬论、虚妄、傲慢等人的内在邪恶之难。在西藏，救八难的职责为绿度母所独有，所以她又被称为救八难度母。"

"这么厉害。"吴寒峰不禁发出一声感叹，尽管对于这种密宗佛教他一直没什么好感。

除了三尊佛像和四根支撑着天花板的圆柱以外，这个庙里可以说是空无一物，灰黑色的水泥墙壁和低矮的天花板光溜溜的，地板上除了蒲团和汪康森的尸体、血迹和靠在门边墙壁上的一把伞以外，其余的地方只剩下灰尘。

——凶手到底是如何在这空荡荡的寺庙里完成密室杀人的？

"我们漏了一个地方没有检查。"汪雨涵的声音响起，打断了吴寒峰的思路。

"什么地方？"

"佛像。"

"佛像？"

"这三尊佛祖铜像都相当大，完全可能隐藏着什么秘密暗道的入口。"说着，汪雨涵走到最大的如来佛祖铜像前，敲敲打打地开始检查起来。

其他人也走到另外两尊佛母铜像身边，和汪雨涵一样认真地查看着。

然而十分钟后，众人便得出了和刚才一样的结论：三座铜质佛像虽然都是空心的，但并没有任何可以打开的缝隙或者入口。而众人合力将佛像移开之后，佛像下面的地板也没有任何可疑之处。

"看来密道之说可以彻彻底底地排除掉了，现场确实是一个完完全全的密室。"汪雨涵又开口说道，"让我们再重新梳理一下案情。首先，今天早上九点，我们大家在云雷庄的大厅里集合，等着爷爷出现，以便赵律师可以公布遗嘱。然而爷爷一直没来，我们先是去了爷爷的房间，发现房间没有人。这时寒峰说他昨晚看到爷爷往云雷岛北边走去，范管家也想起来昨天是三号，爷爷应该是到云雷寺彻夜诵经了。于是我们大家又来到云雷寺，发现云雷寺的大门从里面用插销横插着，处于反锁状态，在外面根本打不开。最后范管家让梦缘去仓库拿来了斧子，经过二十分钟的努力，范管家终于在门上劈开了一个洞，然后他把手伸进洞里，将插销从门后面拔了出来，这才将门打开。"

"接下来，我们便亲眼看到了倒在地板上的爷爷，一支箭横插在他的脖子上，血流得到处都是。"汪雨涵顿了顿，露出悲伤的神情，"后来经过我们的仔细搜索，可以排除云雷寺存在密道的可能性，也就是说案发现场是一个不折不扣的密室……"

汪雨涵越说越哽咽，一旁的吴寒峰见状赶紧接过话头："那么现在就只剩下两种情况：自杀和密室杀人。"

"不可能是自杀，老爸不可能会在这个时候自杀。"汪思明坚定地说。

"确实不像是自杀。"开口的是正蹲在尸体旁的郑医生，"我刚刚仔细检查了汪老爷的尸体，一般人自杀不太可能选择用箭，更不可能采用戳脖子的方法自杀。最重要的是，你们过来看这支箭。"

众人的目光都随着郑医生的话，落在杀死汪康森的那支箭上。

"这支箭是从左向右刺入老爷的脖子，而且箭刺入的角度有些向下的倾斜，也就是说箭是从左上方向右下方贯穿老爷喉咙的。我仔细检查了箭刺入的伤口，虽然因为刺破了颈动脉，造成了大量的出血，但很明显可以看出脖子上的伤口只有一个，也就是说只用了一击就刺穿了脖子，可谓是完完全全的一箭封喉。"

"这又代表什么？"汪思晴此时已经止住了眼泪，参与到众人的讨论当中。

"如果是自杀的话，根本不可能做到一箭封喉，尤其是汪老爷这么大岁数了，想要拿着箭一下子贯穿自己的喉咙可以说是天方夜谭,更别说是以这样一个侧着的角度了。况且我刚刚也仔细检查了老爷的双手,如果要握住箭横刺进自己的脖子是需要非常大的力量的,势必要紧紧握住箭才行,但老爷的双手手掌上都没有发现任何紧握住东西的痕迹。"

"所以郑医生你的意思是……"

"基本上可以排除老爷是自杀的可能性了,不管是从物理层面还是心理动机上来看,自杀的可能性都几乎为零。"

郑医生的话回荡在现场每一个人的耳边,大家都明白这句话的含义。

也就是说,汪康森是被人谋杀的,而且是在密室里被人谋杀的。

这时,汪雨涵的声音响起,她的情绪似乎已经平复下来:"好了,经过我们的搜索以及郑医生的检查,分别排除了现场有密道以及自杀两种可能性,我记得福尔摩斯说过:排除掉所有的不可能,剩下的即使再不可思议,也一定是真相。那么,我想各位已经很清楚了,虽然很不可思议,但爷爷的死确实是一起不折不扣的密室杀人事件!"

"你是说凶手使用了某种巧妙的密室杀人诡计?"

"不错,接下来我们要做的,便是破解这个诡计,然后找到凶手!"

突然,汪思亮大喊道:"老爸是被谋杀的,也就是说这个岛上潜伏着一个杀人凶手!我不要和杀人凶手待在一起,我要离开这个岛,我不要遗产了,我要回家!"

他的嗓音里隐约带着哭声。

"现在岛上的通信已经被切断了,唯一的船也不知去向,等于说我们被困在岛上了，根本没法出去！"范管家冷静而低沉地说。

"我不管我不管，我要回家！"汪思亮声音里的哭腔越来越大。吴寒峰惊讶地发现，此时的汪思亮仿佛突然从一个玩世不恭的中年男人变成了一个幼稚的小孩。

"你给我闭嘴。你不是要走吗？那你走啊，有本事就游回去啊。"汪思明朝着汪思亮吼道。

汪思亮被哥哥这么一吼，有点害怕地把声音放低了一些："你，你说什么？我不会游泳……"

"好了好了，你们别吵了。"一旁的汪思晴似乎看不下去了，开口制止道，"现在老爸尸骨未寒，当务之急是抓住凶手，让老爸的在天之灵能够安息。范管家，现在岛上的食物还够吃多长时间？"

"我上次说过，差不多还能维持两个星期。"

"也就是说：在这两个星期内我们必须要抓住凶手，而且还要想办法离开这个岛。"

听了汪思晴的这句话，众人都沉默不语，然而刚刚还带着哭腔的汪思亮突然哈哈大笑起来，一边笑一边说："可能我们已经活不到两个星期了，哈哈哈哈。"

"二哥，你在说什么？"

"你们想想，这岛上一共就我们这些人，这不就意味着：杀死老爸的凶手就在我们当中吗？"

"什么？你是说我们当中有人杀死了老爸？"汪思晴先是一脸不敢相信的表情，但随即便露出怀疑的目光扫视着在场的所有人。

"不，也有可能是有别的什么杀人狂魔潜伏在岛上。"范管家似乎生怕会引起众人之间的相互猜忌，赶忙出来圆场。

这时汪雨涵开口道："不管杀害爷爷的凶手就在我们当中还是另有其人，你们觉得岛上的通信被切断，唯一的交通工具小船也消失了，这些都只是巧合吗？"

"你是说，"吴寒峰皱起眉头，"有人想把我们都困在岛上？"

"没错，而且这个人肯定是凶手。"

"难道凶手……还要继续……杀人？"一直沉默不语的赵律师突然战战兢兢地自言自语道，"我在小说里看过，这叫孤岛模式，凶手把所有的人都困在一个岛上，然后一个一个杀掉……"

在场的人都不禁打了个冷战。

"不错，赵律师说得有道理，凶手很可能还要继续杀人。"郑医生露出担忧的表情，"不过大家不必过于惊慌，我们有这么多人，凶手肯定不敢擅自行动。"

范管家也点了点头。"是啊，所以从现在开始我们最好不要单独行动。"

"可是，可是，万一凶手就在我们当中呢？那不就是说我们要一直跟杀人狂魔待在一起吗？"汪思亮满脸惊慌地说，"我、我才不要和杀人魔待在一起！"

"你又在发什么疯？"汪思明不耐烦地骂道。

眼看这两兄弟又要吵起来了，汪思晴赶忙开口道："都已经中午了，我们还是先回云雷庄吧，上午这么一折腾大家都是又累又饿，先回去吃点东西，休息一下吧。"

听她这么一说，众人才发现已经快到中午十二点了，再继续待在这里也没什么意义，便都朝着云雷庄的方向走去。

第十章　调　查

只有吴寒峰和汪雨涵没有走。

"你怎么不回去？"汪雨涵望着吴寒峰问道。

"和你的理由一样。"

两人相互对视了一眼。

"我一定要破解这起密室杀人案的真相，找到杀害爷爷的凶手。"汪雨涵紧握着粉拳，语气十分坚定。

"我也想知道真相，所以要留下来再调查一番，一起吧？"

"哼！想和我一起破案没问题，可要记住你的角色是华生，我才是福尔摩斯哦！"

"好好好，都听您的大小姐，您是福尔摩斯，我是华生。"吴寒峰无奈地点了点头，但脸上却是一副温柔的表情。

两人再次走进了云雷寺。

"看这支箭的样式，应该是左边那座佛像上的吧？"吴寒峰直接走到汪康森的尸体旁，指着插在他脖子上的凶器问道。

这支插在汪康森脖子上的箭呈古铜色，很明显是铜质的。箭的尾部装饰着羽毛，箭身上还环绕着一些花瓣类的装饰，和左边那座作明佛母像手中握的弓上的花瓣装饰一模一样。

"没错,这是作明佛母的花箭,全称叫作红乌巴拉花箭。"

"这支箭不是固定在佛像上的吗?"

"不是,弓是和佛像固定在一起的,但箭却只是搭在弓上的,并没有固定住。"

吴寒峰走到作明佛母的铜像前,用手摸了摸佛母右手拉着的弓弦,这才发现弓弦虽然做得非常细,但也是铜质的,而且和佛母的右手焊接在一起,并无弹性。因此可以确定,杀死汪康森的箭并非由作明佛母手里这把弓弹射而出。

"既然如此,那么只剩下一种可能:凶手用手拿着这根箭刺死了你爷爷。"吴寒峰若有所思地说道。

"可现场是个密室啊,凶手到底是如何进来的?"

"这一点我暂时也想不明白。"吴寒峰摇了摇头,"除了密室以外,还有一个奇怪的地方:凶手为何要选用这支箭作为杀人凶器。"

汪雨涵也想到了这点:"确实,凶手如此煞费苦心地布置了一起密室杀人,说明应该是做了充分准备的。既然如此,凶器肯定是事先准备好的,那么为何还要用原本就放在现场的这支箭来杀人呢?箭如果不用弓射出来的话,本身其实并不适合拿在手里当作捅人的凶器。凶手要是想采取刺杀方式的话,为何不自己带把匕首呢,岂不好使很多?"

"这么说来,会不会并不是预谋杀人,而是突发的意外杀人?"

"意外杀人?"汪雨涵露出了惊讶的表情。

"有没有这种可能,凶手本来只是来找你爷爷有事,但在谈话过程中两人产生了争执,凶手一怒之下顺手拿起作明佛母铜像上搭着的箭,刺进了你爷爷的脖子。"

"那之后凶手又是怎么离开的呢?"

"这我就不知道了。"吴寒峰摇了摇头。

"确实,这样的话就能解释凶手为什么要用佛像上的弓箭杀人了,但依然无法破解密室之谜。"

"密室啊……"吴寒峰叹了口气,"不过这已经是目前最合理的解释了,只是还不知道凶手究竟是如何从云雷寺中消失的,但我相信这个谜底早晚有一天会被揭开。"

汪雨涵紧紧地咬住下嘴唇,似乎在思考着什么。

突然,她开口说道:"还有一点我们可能都忽略了,其实可以从箭插入的位置判断出一些凶手的体貌特征。你注意看,这支箭是从我爷爷的左颈处插入的,而且插入的方向略微向下倾斜。这说明两个问题:一是凶手是用右手握住箭行凶的,二是凶手的身高应该略微高于我爷爷。"

"有道理,这样一来嫌疑人的范围就可以缩小很多了。"吴寒峰点了点头。

汪雨涵却摇了摇头:"不对,我刚刚说得不对。你不觉得奇怪吗?拿一支箭当凶器就已经很罕见了,更罕见的是这根箭插入的角度和位置:从侧面刺进脖子。我们忘了还有一种可能:凶手可能是先从背后制住我爷爷,然后再从侧面将箭插入他的左颈,这样一来,凶手就应该是左手握箭了。"

"确实有这种可能。"

"看来,光凭凶器没法判定凶手的惯用手啊。"汪雨涵有些丧气。

"嗯,必须要做进一步的调查才行。"吴寒峰笑了笑,"不过,能想到这点已经很厉害了,雨涵你还真是有做侦探的天赋呢。"

"你这是在讽刺我吗?哼!"汪雨涵噘起嘴,装出生气的样子。

"我哪敢讽刺你呀,我的大小姐。"

"好了好了,别给我戴高帽了。刚刚我们只讨论了第一个问题:左右手,得出的结论是无法判定凶手的惯用手是哪只。现在来看第二个问题:身高。"

"既然箭是斜向下刺入脖子的,理论上说凶手的身高应该比你爷爷要高,这点应该没什么问题。"

"不一定哦,你仔细看我爷爷的尸体。"

"尸体怎么了?"吴寒峰盯着汪康森的尸体看了一会儿,但并没有看出来什么。

"注意我爷爷的腿。"汪雨涵边说边用手指着尸体的腿。

吴寒峰这才注意到汪康森的腿是蜷曲着的。

"你的意思是说:你爷爷死的时候可能并没有站直?"

"对。我爷爷年老体弱,在和凶手争执的过程中,很有可能被凶手绊倒或者制伏,呈现出蹲着或者跪着的姿势,然后被凶手一箭毙命。"

"这样一来,凶手的身高就并不一定要比你爷爷高了。"

"对,如果是这样的话,目前在云雷岛上的每一个人都有作案的可能了。"

"我爷爷现在年纪大了,背驼得厉害,身高在一米六五左右。我和我妈妈的身高都是一米六二,晓彤阿姨的身高应该在一米五七左右,岛上只有我们三人的身高比爷爷矮。如果凶手的身高比爷爷高的话,那么岛上的人当中只有我们三个不满足条件。但根据刚刚的推测,身高并不能算作一个限制条件,所以我们三人也不能被排除嫌疑了。"

"即使没有身高这个限制条件,我也绝对不会怀疑你的。不过说来说去，不管是左右手还是身高都无法作为限制条件来缩小嫌疑人的范围，那不等于没说嘛。"吴寒峰无奈地摇了摇头。

"看来我们还需要找到别的突破口。"汪雨涵说着，肚子突然"咕"的一声。

"哈哈哈，就算是名侦探也需要先填饱肚子才能破案啊，我们还是先回去吃点东西吧。"吴寒峰说着看了看表，已经是下午一点多了。

"好吧，再待在这儿估计也发现不了什么了。"汪雨涵说完，走到汪康森的尸体旁，突然跪了下来，双手合十，嘴里轻声说道，"爷爷你放心，我们一定会抓到凶手，让你的在天之灵能好好安息。"

吴寒峰和汪雨涵回到云雷庄的时候，汪思明和汪思亮正围着赵律师。

"赵律师，遗嘱的内容真的不能透露吗？"汪思明皱着眉头，一脸急切的表情。

"根据汪老爷给我的指示，公开遗嘱时他本人必须在场。"

"那现在老爸去世了，遗嘱难道不应该自动生效吗？"

"但是汪老爷的死亡是非正常死亡，必须在警察查明事实真相之后才能决定是否生效。"

"可是现在我们都被困在岛上了，到哪儿去找警察。"

"那没办法，我也是按规定办事。"赵律师婉言说道。

"可……"汪思明还想说些什么，却被刚刚回到云雷庄的汪雨涵一下打断，"爸，杀死爷爷的凶手还没捉到，你就在这关心起遗嘱来了？"

汪思明顿时语塞，说不出话来。

"你们大家应该都吃过东西了吧？"汪雨涵看着正在收拾饭桌的杨晓彤和周梦缘问道。

"嗯，刚刚晓彤姐下了点面给我们吃。"林月婷回答道。

汪雨涵转过头，对着杨晓彤说道："晓彤阿姨，能否再给我和寒峰下两碗？"

"是。"杨晓彤轻轻应了一声，便快步走进了厨房，留下周梦缘继续收拾餐桌。

"正好趁大家都在，我们干脆都说一下自己昨晚的行动吧。"

众人显然没有想到汪雨涵会突然来这么一句。

"你这是要调查我们的不在场证明吗？"汪思亮反问道。

"虽然话不好听，但我不得不说是的。从现在的情况来看，在场的每个人都有杀人的嫌疑。根据郑医生的推测，爷爷是死于昨晚十一点半之前，而寒峰昨晚十点还看到了爷爷往外走的身影，所以可以推断爷爷的死亡时间是在昨晚十点到十一点半之间。大家只要说一下自己昨晚这段时间在做什么即可。"汪雨涵的声音异常冷静。

"别忘了你自己也是在场的人之一哦。"汪思亮语气轻佻，又恢复了一副玩世不恭的模样。

"没错，所以我第一个说。昨晚吃完饭以后，七点多我就回房间休息了，然后一直躺在床上读一本科幻小说，读到十点左右便洗洗睡了，直到第二天早上八点被闹钟吵醒。"

吴寒峰跟在后面说道："我也是吃完晚饭就回房休息了，本来想早点儿睡的，但因为心烦意乱一直睡不着，大概十点钟左右我起身走到窗前，想看看外面的景色放松一下心情，然后就看到了雨涵的爷爷冒着雨往北走。"

"这之后呢？"汪思亮问道。

"我本来很好奇为啥雨涵的爷爷这个点要冒着大雨出去,所以想去找雨涵问一下的,但一想到雨涵可能睡了,只好作罢。恰好这个时候困意来袭,我便又回到床上,不一会儿便睡着了。"

"咳、咳、咳。"汪思亮一边咳嗽一边不耐烦地说道:"昨天中午开始我就一直处于感冒发烧的状态,身体难受得要命。晓彤姐喂我吃完药之后,我就一觉睡到晚上,连晚饭都没下来吃,然后我洗了个热水澡,把身上出的汗冲掉之后又一觉睡到了第二天早上。今天身体已经比昨天好多了,但还是有点发烧,而且开始咳嗽了。咳、咳,我不行了,好难受,我要回房休息了,梦缘你记得让晓彤姐待会儿上来喂我吃药。"

说完,汪思亮便在咳嗽声中快步走上了楼梯。

"昨晚下那么大雨,大家肯定都在自己的房间里休息,除了汪老爷这种虔诚的佛教信徒会顶着狂风暴雨去云雷寺拜佛诵经,一般人都不会出门吧。"赵律师开口道。

他的话音刚落,大家便纷纷附和,都说自己在房间里睡觉。

这时,一旁收拾餐桌的周梦缘突然开口道:"我的胆子特别小,从小就怕打雷什么的,偏偏这个岛上经常打雷,每次如果是晚上打雷,我就会去晓彤阿姨的房间睡,所以这几天晚上我都是和晓彤阿姨一起睡的。昨晚我收拾完之后,八点钟左右就去了晓彤阿姨的房间,然后我俩一直打牌打到凌晨一点多才睡。"

吴寒峰没想到这个看起来有些中性的女孩胆子如此之小,不禁开口问道:"你们俩是睡在一张床上的吗?"

"是的,我们的房间里都只有一张床,只能两个人挤一挤,而且我睡眠很浅,稍微有一点动静就会醒,所以我可以保证昨晚八点钟以后我和晓彤阿姨都在她的房间里,直到今早起床。"

周梦缘说话的声音很轻,但语气十分肯定。

"也就是说,这里的人除了晓彤阿姨和梦缘都没有明确的不在场证明。"汪雨涵似乎早预料到会是这样的结果,本来她也没指望能从不在场证明上查出点什么,只好无奈地说,"算了,我们还是先想一想怎么处理爷爷的尸体吧。"

"我也正想说这个。"汪思晴说道:"总不能让老爸的尸体一直晾在那里吧。"

"那到底应该怎么处理?小妹你出个主意吧。"汪思明说道。

"我建议火化,因为岛上没有棺材,没法土葬。"

"好吧,听你的。"

就在这时,一旁的赵律师开口道:"不能火化。"

"为什么?"

"汪老爷的尸体上可能会留下很多有价值的线索,需要警察带法医来验尸才行,如果火化掉的话这些线索就全没了。"

"赵律师,你怎么还不明白,我们被困在岛上了,自己能不能熬下去都不好说,别说等警察来了。就算警察哪天真的来了,这么热的天气估计尸体也早就腐烂了。"

"可、可是,如果因为尸体被破坏导致抓不到杀害汪老爷的凶手,那遗嘱可就没法公布了啊。"

一提到遗嘱,汪思明等人脸色立马变了。

"赵律师说的确实有些道理,那依你之见,该如何处理老爸的尸体呢?"

"我建议暂时先把汪老爷的尸体放在原处。"

"可是,现在岛上的天气又热又湿,过不了几天,老爸的尸体就会腐烂的。"汪思明急道。

"我知道,所以我们必须尽快逃离这个云雷岛。"

听到赵律师这句话,在场的众人纷纷一愣。

"听你的意思,似乎是有办法离开这个岛?"汪思亮急切地问道。

"没有,我也没有什么办法,但是在座的各位可能有办法。"

"我们有什么办法?"

"除了汪老爷、范管家和两位女佣以外,其他人都不是常住在云雷岛上的,请各位仔细想想是否在来之前将此行的目的地告诉过身边的朋友、同事等。"

"你的意思是说,万一我们长时间没有回去,那么周围的朋友或者同事就会起疑心,然后报警?"

"没错。"

"但是从老爸搬到云雷岛的那一刻开始,他就和我们说过绝对不能向任何人透露他的行踪,所以二十年过去了,除了我老婆和女儿,我从没告诉过任何人这座岛的存在,包括这次也是。"汪思明无奈地说。

"我也是,每次我要来岛上的时候就和别人说自己是去旅游了。"汪思晴说着把头转向汪雨涵问道:"雨涵,你呢?"

"除了这次带寒峰回来,我也从没和别人提起过云雷岛,因为老爸不让我说。"汪雨涵说着向汪思明瞅了一眼。

"思明不让我说,我也没有对任何人提起过。"即使是在这样的环境下,林月婷的声音依旧温柔平静。

"看来所有人都一样啊。"赵律师开口道,"我也是,每次来岛上给汪老爷办事的时候都会找各种各样的借口,或者干脆一个人偷偷溜掉。"

"我和别人说了。"突然,郑医生的声音响起。

"什么?"

"这么多年来,我从没向任何人透露过云雷岛的存在,包括我的家人。但不知为何,这次出发之前我突然觉得内心十分不安,所以出门前我跟老婆说了真相。"

"你老婆知道你来了这个岛?"

"本来不知道,现在知道了。我经常要来岛上给汪老爷检查身体,所以常常会突然失踪,我老婆早就起了疑心,但从没有多问过。这次我告诉她真相之后,她非常惊讶,完全没想到汪老爷居然还活着,而且隐居在一座偏僻的小岛上……"郑医生说着,一张肉嘟嘟的脸微微有些发红。

"太好了,幸亏你告诉了你老婆,我们有救了,哈哈哈。"赵律师一脸兴奋的表情,"你老婆要是发现你好多天没回家,又联系不上你,肯定会报警,到时候她一跟警察说,警察就会找到这个岛上来,我们就得救了。"

"可是,"郑医生似乎并不怎么高兴,反倒是皱起了眉头,"我老婆去国外旅游了。"

"什么?"

"今天早上的飞机,现在她人应该已经在非洲了。"郑医生边说边看了看表。

"你是说你老婆去非洲旅游了?"

"嗯。"

"这么巧,你前脚刚来云雷岛,她就去国外旅游?"

"这趟非洲之旅她已经和几个闺密筹划好久了,机票也是早就买好的。"

"她要去多长时间?"

"两个星期吧。"

"这……没、没关系,就算在国外,她也要和你联系的嘛,如果联系不上你，她肯定会着急，然后……"

"我老婆在国外旅游的时候从来不跟我联系。"

"什么？为什么？"

"她说旅游就应该好好玩，想说什么体会应该回家慢慢说，而且在国外打电话什么的都很麻烦。她还说难得去一趟国外，好不容易能摆脱我一阵……"不知为何，郑医生的脸越发红了。

"好不容易有点希望，又破灭了。"赵律师脸上的兴奋转化为了丧气，"算了，我先回房间再想想。汪老爷的尸体先不要动，如果后天我们还是想不出逃离云雷岛的办法，那就火化掉吧，估计尸体上也查不出什么了。"

"那大家都先回房间休息吧。"汪雨涵看了看挂在大厅墙上的钟，已经下午两点了。

就在这时，杨晓彤和周梦缘各端了一碗面走了上来。

"哇，终于能填饱肚子了。"汪雨涵拉着吴寒峰坐到餐桌前，大口大口地吃起面来。

第十一章　度　母

吴寒峰一觉醒来，已经是下午五点多了。

他记得自己和汪雨涵吃完面之后就各自回房间休息了，因为是中午不睡下午崩溃的体质，他一回到房间倒头就睡。

睡了一下午的他此时非常清醒，脑海里正在一遍遍地回放着汪康森遇害现场的情形。

一座远离大陆的孤岛，一个电闪雷鸣的雨夜，一座冷冷清清的寺庙，一间没有暗道的密室，三座藏传密宗的佛像，一具双腿弯曲的尸体，一支刺入脖颈的弓箭。

所有这一切，交织成一幅幅画面，在吴寒峰的脑海里来回播放着。

——凶手到底是如何完成密室杀人的？

正想着，一阵敲门声响起。

吴寒峰打开门，又是汪雨涵站在门口。

"你还在睡啊？怎么跟猪一样！"汪雨涵一边说一边大步踏进吴寒峰的房间。

"唔……"

"怎么，见到我就傻了？不会真变成猪了吧？"

"好了姑奶奶，你找我有什么事？"

"没事就不能找你？这话说的，那我走了！"汪雨涵说着就要往门外走去。

"哎，好了好了，算我说错话了，我的好雨涵，你就原谅我这一次好吗？"吴寒峰苦笑着求饶。

"这还差不多。"汪雨涵得意地眨眨眼，"我是来带你去参观云雷馆的。"

"云雷馆？"

"对啊，你不是说很想去看一看吗？我特意找范管家要来了钥匙。"

"哦哦，对对对。"吴寒峰这才想起来汪雨涵说的是那个用来收藏图书的云雷馆，"怎么现在突然想到要带我去云雷馆？"

汪雨涵脸色凝重地说道："唔，怎么说呢，我有一种不好的预感，我爷爷的死可能只是个开始，岛上可能还有事情要发生，唔，我也说不上来，总之我的心里有点慌慌的。所以我想尽早带你去了却心愿，不然我怕以后就没机会了。"

吴寒峰跟着汪雨涵从云雷庄出来之后，向西走了大约十五分钟，眼前突然出现了一座造型奇特的建筑。

"这就是云雷馆了。"汪雨涵说道。

"好、好特别的造型。"吴寒峰看着眼前的建筑感叹道。

这是一座白色的长方体建筑，之所以说它造型奇特，是因为这座建筑十分细长，可以说是一个长度远远大于宽度和高度的长方体，就好像是一列火车沿着南北方向停在岛上一般。

"怎么样，是不是觉得很像一列火车？"汪雨涵笑着问吴寒峰。

"嗯。"吴寒峰点了点头。

"走，我带你进去。"说着，汪雨涵走到云雷馆的最北边，用钥匙打开了门。

走进云雷馆，吴寒峰立马感觉自己走进了书海当中。这个房间的中央摆着一个长方形的木质书桌，书桌左右两边各有八个木质书架整齐地排列着，书架上整整齐齐地摆满了各式各样的书籍。房间东西两侧的墙壁上各有一扇窗户，柔和的夕阳从房间西侧的窗户外透进来，洒在这些书籍上，给人一种宁静之感。

吴寒峰发现这里所有的书架上都贴着"密宗"的标签，看来放的应该都是佛教密宗相关的书籍。他随手拿起其中一本，书名叫作《大日经》，里面的内容全是拗口的佛教用语，他完全看不懂。

"嘻嘻，傻了吧，这本《大日经》可是佛教密宗最重要的两本圣典之一哦。"

"还有一本是什么？"

"喏，"汪雨涵拿起放在书架上的另外一本书，"另外一本是这个《金刚顶经》。"

"真搞不懂，这些拗口难懂的佛经你爷爷是怎么读得下去的！"

"这你就不懂了吧，在真正一心向佛的人眼里，你口中那些拗口难懂的文字可都是世上最美妙的真理呢。"

"反正我是实在读不下去。"说着，吴寒峰把《大日经》放回了原处，又抽出了另外一本全彩印刷的图书，上面画满了五颜六色、千奇百怪的佛教人物图像。

"啊，这个就是那个作明佛母吧？"吴寒峰指着书页上一个全身红色的人物图案问道。

"没错。"

"哇,和云雷寺里那座佛像还真是一模一样。"吴寒峰一边说一边翻动书页,"这书上画的这些菩萨我好像在哪见过,啊,对了,是在云雷塔的墙壁外面画着的,你说过这些是什么度母来着?"

"是佛教密宗的二十一度母。"汪雨涵继续说道,"藏语叫'卓玛聂久',是度脱和拯救苦难众生的一族女神,在藏族地区被广大的信徒或百姓普遍尊奉敬拜,吸引力和影响力都十分之大。"

"听起来好厉害的样子,话说度母身体这些花花绿绿的不同颜色应该也是有含义的吧?"

"一点没错。二十一度母具有绿、红、黑、白、黄、蓝等不同的身体颜色,象征着不同的意义。绿色象征度母驾驭各种事业;白色象征度母之身,同时表示一切清净无染;红色象征度母之语,也表示她无贪恋,对所有众生充满悲悯之情;黑色和青蓝色象征度母之意,表示她远离嗔恨,对所有众生充满爱心和慈悲之心;黄色象征度母之功德,同时表示她能使所有众生的一切事业增益圆满。"

"那信奉这些度母到底有什么用呢?"

"度母就是女性菩萨形象的佛,主要事业是保护众生远离恐惧。"

"恐惧?"

"在我们的生活中,会面对两种恐惧:一是恐惧得不到所想要的人、事、物,二是恐惧无法免于危险、威胁或痛苦的情况。如果仔细观察,可以发现恐惧的真正起因,其实是自我本身,更正确地说，是我执——对于'我'的执着。这种执着越重，各种恐惧的情况就会越多：所有威胁到'我'的事情，不论什么情况，都会引起恐惧；所有'我'可能失去的事物，都会引起恐惧。"汪雨涵说得头头是道，俨然一副思想家的模样。

"没错。"吴寒峰不禁想到自从知道了汪雨涵带他回家的真实目的后，自己每天都觉得惴惴不安和焦虑烦躁，现在他终于知道，那是盘踞于他内心深处的恐惧所引起的情绪反应。

——那是对未来的恐惧。

"度母具有帮助众生免于恐惧的能力，但只有当我们对此具有信心时才能得到利益。我们必须毫无保留和怀疑、发自内心向度母祈愿，呼唤度母的名号。度母的回应与我们的信心强度有关：若是心中存疑，不太可能得到度母的加持与护佑；而毫无保留的信任与全然完整的信心，则必然得到她的加持与护佑。"

"我怎么越听越玄乎？"吴寒峰挠了挠头，"对了雨涵，这些神神道道的宗教玩意儿你都是跟谁学的？"

"当然是爷爷教我的，每次我来岛上，爷爷都会找机会说佛法给我听。"汪雨涵说着，突然眼神一转，"爷爷曾经教过我二十一度母的礼赞文，只要发自内心真诚地念诵，就能得到度母的加持与护佑，渡过一切难关。眼下我们被困在这个孤岛上，叫天天不应，叫地地不灵，而且岛上还有个神通广大的杀人凶手潜伏着，搞不好还会再杀人，我们真不知道还能再撑几天，这种危急关头，我希望度母能显灵保佑我们都能平安回到陆地上。"

说完，汪雨涵低下头，双手合十，嘴里开始振振有词地低声念诵着古怪的经文。

大约一分钟后,汪雨涵停住念诵,抬头对吴寒峰说道:"我念完了,要不要我再教你念一遍,多一个人念可能会更有效。"

"不了不了。"吴寒峰赶忙摆摆手。

突然,他发现和大门相对的墙壁上有一扇巨大的透明玻璃门,几乎占满了整个墙壁,由于是透明的,他一开始没注意到。

——原来我所在的只是云雷馆的一个房间。

"哦对,忘了跟你说了。云雷馆一共有十四个房间,在南北方向上呈线性排列,所有的房间都由一扇巨大的玻璃门隔开。走进大门便是最北边的第一个房间,也就是我们所在的这个房间,接下来每打开一扇玻璃门便是一个新的房间。"

"好独特的设计,简直就像是串糖葫芦一样。"吴寒峰不禁感叹道。

"毕竟是大建筑师的作品,肯定有与众不同之处。"

说着,汪雨涵用刚刚打开大门的钥匙打开了这扇玻璃门,俩人走进了第二个房间。

不知为何,穿过玻璃门时吴寒峰突然觉得有些不太对劲,但又实在想不起来到底哪里不对劲。他无奈地微微摇了摇头,开口问道:"这些玻璃门的钥匙都和大门的一样吗?"

"是的,毕竟有十四个房间,这么多门每一扇都弄个钥匙也太麻烦了。"汪雨涵一边说着一边将钥匙放回衣服口袋里。

这个房间的布局和第一个房间完全一样,也是中间有一张书桌,左右两边各有八排书架,只不过这些书架上贴的标签是"哲学"。接下来吴寒峰和汪雨涵又依次打开各扇玻璃门,走进了剩下的房间。这些房间的布局都一模一样,只是书架上的书类型不同,有"历史""文学""小说""地理"等,甚至还有不少"数学""物理"等理科类的书籍。

"你爷爷的阅读口味还真是广泛啊,天文地理、古今中外、社会自然无所不包,这里的藏书确实能赶得上一个小型图书馆了。"

"那是当然,你以为有钱人就都是没文化的土包子吗?那是暴发户。像爷爷这样的顶尖富豪都是文化修养很深的。"

"哦?是吗?"吴寒峰不置可否地笑了笑,然后和汪雨涵一起走进了最后一个房间。

最后一个房间的尽头虽然也是一块巨大的玻璃,但不能说是玻璃门,只能说是玻璃窗,因为这扇玻璃的另一边没有下一个房间,而是一望无际的大海。

"哇,好美的海景!"

吴寒峰走到这块巨大的玻璃窗前,望着外面夕阳映照下泛着红光的海面,不禁感叹道:"在这样美丽的海景旁读书,真是极为惬意的事情啊,果然还是有钱人懂生活。"

"其实,本来你今天就可以变成有钱人了。"汪雨涵怔怔地说道。

吴寒峰笑着摇摇头:"对我来说,只要能和你在一起就好,其他的都无所谓。"

"可是,只要我们能分到爷爷的一点点遗产,以后……"

"好了雨涵,不要再说遗产的事了,当务之急是找到杀害你爷爷的凶手,然后离开这个岛。"吴寒峰打断了她的话。

"嗯,"汪雨涵点点头,"对了,你知道为什么这个云雷馆一共要设计十四个房间吗?"

"难道有什么含义吗?"

"当然有含义。这十四个房间,每一间都代表一条密宗的根本戒律，所以十四个房间恰好就代表了密宗十四条根本大戒。"

"十四条根本大戒？"吴寒峰好奇道。

"密宗的戒律比佛教其他派系更为严格，一共有十四条根本大戒和八条分支戒。凡是密宗弟子，一定要了解所有的戒律，并且尽力去遵守，永远不破戒，尤其这十四条根本大戒，一条也犯不得。如果没有遵守十四条根本大戒中的任何一戒，这个人学密宗的根就断绝了。断了学密宗的根，任此人如何用功修持也得不到成就，而且此生会受到可怕的恶兆，将来还会堕入金刚地狱。所以这十四条根本大戒又叫作根断戒。"

"感觉好严苛的样子。"

"嘻嘻，其实这十四条根本大戒遵守起来并不难，无非是要你尊敬上师、遵守律仪、不要挑拨离间之类的。"

"哦，那倒还好，听起来都是些比较基本的道德要求。不过话说回来，这岛上的建筑还真是都和你爷爷信奉的佛教密宗有关啊，云雷寺里的佛像是密宗的佛祖和度母，云雷塔的外壁上画的是密宗的二十一度母，云雷庄里的大厅和各个房间里也都挂着密宗的佛祖和菩萨画像，连这云雷馆的房间数都是按照密宗戒律来设计的。"

"我听爷爷说起过，在中村红司开始设计岛上的建筑之前，他曾经和中村红司说过，虽然这些建筑的设计和建造都完全交给其团队完成，但唯一的条件就是这些建筑当中必须要体现出佛教密宗的元素。听说中村红司为此还特意恶补了一下有关佛教密宗的背景知识。"

"原来是这样，你爷爷还真是个狂热的信徒啊。"吴寒峰点点头，"好了，天快黑了，我们回去吧。"

夜里十一点，汪思明躺在床上翻来覆去，完全没有睡意。

虽然早在二十年前，汪康森就已经把盛源集团总经理的位置让给了他，但实际上汪康森手里仍然握有盛源集团最多的股份，是盛源集团实际的控制者。但凡有重大的商业行为，汪思明都要来岛上请父亲做决策。

这个隐居在孤岛上的老头，实际上依然牢牢掌控着庞大的盛源集团。

——终于，老爸终于要公布遗嘱了，老爸很可能会在遗嘱里宣布把手里的股份全部转让给我，那我就是盛源集团名副其实的统治者了，再也不用看老爸的脸色行事了。

为了这一天，汪思明已经等了二十年，没想到在这最后一刻，最关键的人物——他父亲汪康森居然被人杀死了。

汪思明是汪家的长子，但从小汪康森就不喜欢他，因为汪康森的妻子，也就是汪思明的母亲差点儿在生他的时候难产而死，休养了半年多身体才慢慢好起来。

而汪康森又是个典型的爱妻好男人，虽然是海角市第一富豪，但对别的女人完全没兴趣，只对自己的妻子一个人死心塌地。因为汪思明的出生差点儿害死了母亲，汪康森一直把他当作一个不祥的孩子，对他心怀偏见，甚至看他的眼神里都带着一丝隔阂。

而汪康森最喜欢的是汪思明的弟弟汪思亮。汪思亮天资聪颖，智商极高，很多时候汪思明需要十分努力才能取得的成绩，汪思亮轻而易举就能得到，这让汪思明对弟弟十分嫉妒。

好在汪思亮从小就醉心艺术，痴迷画画，对于经商毫无兴趣，而汪思明则抓住了这一点，在父亲面前总是表现得踏实能干又谦虚低调。但即便如此，汪思明依然觉得父亲十有八九会让弟弟汪思亮做盛源集团的接班人——如果没有那场大火的话。

本来母亲和他们兄妹三人已经从大火中逃了出来，但弟弟因为执意要自己刚画完的画，导致母亲重返火海最后葬身其中。当汪思明把这件事告诉父亲之后，父亲果然怒不可遏，把弟弟当成杀死母亲的凶手，对弟弟的态度发生了翻天覆地的变化。而汪思亮终于也忍受不了，在十八岁那年独自一人离家出走去了国外，再也没有回来过。

直到这时，汪思明心里的石头才终于落地，他知道盛源集团接班人的位子肯定是他的了。妹妹汪思晴毕竟是个女人，而且从小生活独立，在外面有自己的公司，不找家里要一分钱，父亲不可能让她来继承盛源集团。弟弟汪思亮作为自己唯一的竞争对手又已经和家里断绝了关系，这个位子非他莫属。

终于在汪思明三十岁那年，父亲将盛源集团总经理的位置交给了他。他本以为自己可以大展身手了，但没想到父亲却依然在暗中牢牢地掌控着盛源集团这个庞大的商业帝国，他只是个执行者，并非决策者。

汪思明一直在等。他可以等，因为他知道父亲总有一天会比他先去世，到时候父亲手中的股份总要转让给别人，而他则是唯一有可能的候选人。

终于，他等到了今天——父亲决定公布遗嘱。

他已经在脑海里无数次幻想过自己成为盛源集团一把手，成为这艘巨大的商业舰艇实际掌舵人的场景，这个场景即将成真！

可没想到，在这最后的关头，父亲居然被杀了！

而他最想看的遗嘱，那个姓赵的律师又死活不愿公开。

一定是汪思亮干的！

他和弟弟汪思亮从小就合不来，一方面弟弟确实天生比他更聪明，从小父亲就不喜欢他而喜欢弟弟，让他十分忌妒；另一方面他这个弟弟整天沉迷于艺术之类的幻想，而他汪思明则是一个务实的人，对这些虚的东西从来都是嗤之以鼻，这种思想观念上的差别也注定了俩人之间的不合。

　　汪思亮已经离家几十年，这次突然回来，一定是有所企图。

　　这企图就是阻止遗嘱的公布。

　　——老爸不可能把股份交给他，所以他得不到的也不想让我得到。

　　汪思明苦笑一声，恨不得现在就去找汪思亮对质。

　　就在此时，房间外传来了敲门声……

第十二章　沼　泽

七月五日，云雷岛。

这天上午，范宗凯在云雷岛上巡逻。

昨天发现汪康森的尸体之后，他决定要加强对云雷岛的安保工作，上午要绕整个云雷岛巡逻一圈。虽然他内心更倾向于认为凶手就在他认识的人当中，但也不排除有杀人狂偷偷混进了岛上的可能。

在经过云雷塔的时候，他突然发现塔附近的沼泽有点不对劲。一个物体似乎正悬浮在沼泽中央的上方。范宗凯用力揉了揉眼睛，才发现这个物体并非悬浮在空中，而是倒插在沼泽中央的小树枝上，因为树枝比较细小，距离又很远，导致他一开始没有看到。

范宗凯想要看清那个物体究竟是什么，便快步走到了沼泽旁边，他的脚几乎已经快要触碰到沼泽的边缘。

这次他看见鲜红色的液体正从这个物体上流出！

——是人！这不是物体，是人！

一个人倒插在树枝上，树枝的尖端从这个人的身体正上方穿出，暗红色的血液还在不断地从人的胸口涌出，从远处看去，好似红色的泉水一般。不仅如此,这个人的身上还有很多长条形的白纸在飘来飘去,只是这些白纸如今几乎都被染成了红色,显得十分妖艳诡异。

范宗凯吓得跌倒在地。

他知道这个人已经是个死人,是一具尸体了。

半分钟后,回过神来的他终于从尸体的衣服认出,这是大少爷汪思明。

林月婷和汪雨涵第一眼看到现场便昏了过去。吴寒峰和两位女佣赶忙将她们俩抱回了云雷庄的房间,然后又赶回了沼泽附近。

吴寒峰为自己的无能感到愤怒,因为他知道此时汪雨涵的内心已经到了崩溃的边缘——昨天爷爷刚刚被杀害,今天父亲又死了,而他却对此毫无办法。

离昨天汪康森被杀害的案子已经过去了整整一天,他绞尽了脑汁依然没能破解汪康森案的密室之谜。如今,嚣张的凶手又犯下了第二起案件。昨天还在为遗嘱争执不下的汪思明,此时已经变成了一具冰冷的尸体。

吴寒峰眼前的这片沼泽面积非常大,他粗略地在心里估计了一下,大约有一个足球场那么大。一眼望去,沼泽地里全是灰黑色的湿泥土,偶尔有一些类似芦苇的杂草星星点点地装饰在这片土地上。如果把这片沼泽比作人的皮肤的话,用满目疮痍、丑陋不堪来形容最合适不过了。

他捡起身旁的一颗小石头,用力朝沼泽中心的方向扔去,石头刚落下便迅速沉进了湿泥土里。那些看起来黏糊糊的湿泥土仿佛一只饿极了的怪兽一般,似乎要把接触到的任何东西都毫不留情地吞进肚子里。

"确实是名副其实的沼泽地，人根本没法在上面行走，估计没走两步就已经陷下去，再也出不来了。"

"那……那凶手是怎么过去的？"范管家发出疑问，但语气却像是自言自语一般。

"不清楚。"

"咳、咳，我、我哥到底是怎么死的？"汪思亮一边咳嗽一边用颤抖的声音问道，看来汪思明的死对他造成了很大的冲击。

"现在没法接近尸体，也没法进行检验、确定真正的死因。"一旁的郑医生回答道。

"现在要解决的最大问题倒不是汪大少爷的死因，而是这片沼泽有一个标准足球场那么大。"赵律师望着远处的尸体，推了推眼镜说道，"凶手到底是如何把尸体弄到沼泽中央去的呢？"

"不仅仅是弄到沼泽中央，还插在了树枝上。"郑医生补了一句。

"你们说的话有一个很大的漏洞。"吴寒峰开口道，"你们俩的话其实都已经预先假设了汪思明是先变成尸体，再被弄到沼泽中央的树枝上的。但目前汪思明的尸体还没有被弄下来进行检验，也有可能汪思明还没死就被弄到那儿了，也就是说他是直接被树枝刺死的。"

"确实，这种可能性也很大。从尸体的出血量来看，即使不是被刺死的，也应该是死后没多久就被插到树枝上了。"郑医生点了点头，"但真正的死因还是要等到检验之后才能确定。"

即使相隔了几十米，吴寒峰依然可以清清楚楚地看到汪思明那惨不忍睹的血腥死状。汪思明的身体面朝天空，像泄了气的皮球一般无力地耷拉着，因为那看似柔弱的树枝从下而上贯穿了他的身体。浓稠的血液不断地从身体流出，一直蔓延到了下方的树干上，将整个树干都染成了暗红色。那些粘在汪思明尸体上的白色纸条般的东西让他不由得想到了某种葬礼的现场，但由于距离的关系，他无法看清楚那些白色纸条究竟是什么。

而最令人不舒服的是，从汪思明身体中央流出的不仅有血液，还有肠子、胃等各种血肉模糊的内脏和器官，吴寒峰不禁感到一阵反胃。

"不管是死后才被弄到树枝上还是直接被树枝刺死，核心的问题都是一样的——汪思明为什么会在那个位置？凶手是如何做到这一点的？"吴寒峰强行止住了想要干呕的欲望，用极为冷静的语气说出了在场每个人心中最大的疑问。

"你说的没错，和昨天汪老爷的案子一样，这起案件同样是一起不可能犯罪，属于无足迹杀人，可以算是一个广义的密室。"赵律师回应着吴寒峰的话。

"难道说，咳，凶手不是人，是妖怪？"汪思亮满脸惊恐的表情，全身似乎都在颤抖。

"二哥你胡说什么呢？"一直没有说话的汪思晴突然厉声喝道。

"不是妖怪是什么？"汪思亮的声音已经有些歇斯底里了，"昨天老爸死在那个完全密闭的寺庙里，如果是人干的，那这个人肯定有穿墙而过的本事。今天老哥死在这么大一片沼泽中央，还被插到了树枝上，这要是人干的，那这个人肯定还会飞。你们说，有这样的人吗？这个世上有会穿墙而过还会飞的人吗？这不是妖怪是什么？啊，你们说话啊。"

"你先冷静冷静。"汪思晴的声音已经没有刚才那么严厉了，似乎是因为无法回答汪思亮的问题，底气也有些不足。

汪思亮突然笑了起来，开始是呵呵的轻笑声，慢慢地笑声越来越大，变成了哈哈大笑："我怎么冷静？你们还不明白吗？这根本就不是人干的，是妖怪！这个岛上有妖怪！我来岛上的时候，听范管家说过这个岛上的传说，我想你们应该也都知道吧？"

"你是说五行怪？"

"你们果然知道。哈哈哈，周围的渔民因为害怕这个五行怪几百年来都不敢上岛，老爸却不管不顾地在岛上大兴土木，肯定惊动了这个妖怪，现在好了，报应来了吧，哈哈哈，哈哈哈。"

"二哥你给我住嘴，你知道自己在说什么吗？什么五行怪这种无稽之谈你也信？"

吴寒峰还是第一次见到如此愤怒的汪思晴。

"当时范管家告诉我的时候我是不信，可是现在我不信不行啊，你自己说如果不是妖怪，人怎么可能穿墙而过或者在天上飞？一定是老爸在岛上大兴土木，触怒了五行怪，它要来报复咱们了！"

"就算像你说的，是五行怪来报复我们，那为什么要等到二十年之后？要知道老爸已经在这个岛上住了二十年了，那妖怪偏偏到现在才跑出来害人？"

"哈哈哈，我哪知道妖怪是怎么想的，我只知道我们这些在岛上的人统统都逃不掉！咳、咳、咳。"不知道是因为大笑还是咳嗽，汪思亮一边说着一边弯下了腰。

透过瞳孔，吴寒峰清楚地看到此时汪思亮脸上那夸张而扭曲的笑容。

幕间三

我见到你的地点，是在警察局里。

你的父亲是海角市的市长，托他的关系，我才好不容易获许进入警察局和你见面。

见到你的第一眼，我的眼泪差点就像决了堤的河水一样汹涌而出，但我知道，现在的我绝对不能让眼泪落下。

这还是我深爱的那个女孩吗？才短短一晚上的时间，你便像换了个人似的，原本活力四射，光彩照人的美少女变得目光呆滞，眼神恍惚，毫无生气。

你戴着手铐，坐在小隔离间里，而我和你之间隔着一扇玻璃窗，只能通过电话来传递声音。

"碧心，是我啊。"我急得就要伸手去拍眼前的玻璃窗，但一旁的警察用眼神阻止了我。

"对、对不起。"你的声音里带着哭腔，我知道你从来不会在别人面前流眼泪，这是我第一次看见你哭。

"到底发生了什么？"

"我、我没有杀人。"你的声音就像一头受惊的小鹿一般微微颤动。

"我知道，我相信你，你是不会杀人的，我一定会救你出来，所以现在你必须镇定下来，把事情的结果从头到尾详详细细地跟我说一遍。"其实此刻我的内心十分慌乱，但我不能表现出来一丝一毫。

我知道从小生活优渥、天资聪颖的你向来都是众人眼中的天之骄女，你是上天的宠儿，虽然你自己可能从没这么想过，但你一直都过着无忧无虑、让人艳羡的生活。如今一夜之间，你被戴上手铐，成为阶下囚，这种突然从天上落到地下的感觉一定十分不好受，你感到了无助甚至绝望。

但现在的我不能绝望，因为我知道，对于一个绝望的人，唯一能拯救她的办法就是告诉她还有希望。而我，就是你现在唯一的希望，所以我不能在你面前表现出慌张。

你抬起头，一边低声抽泣一边开口讲述事情的经过："早在一个星期之前，我的导师李晨风就在私底下通知我说要我在一月二十五号，也就是昨晚去他的办公室找他，说是有一些重要的实验数据需要我帮忙处理一下。昨晚八点，我从宿舍出发，冒着刺骨的寒风来到李老师的办公室，因为前几天连续下了三天的大雪，路面上的积雪很厚，所以这段不长的路程我艰难地走了大约半个小时。"

"也就是说，到达李晨风办公室的时间大约是八点三十分是吧？"我问道。

"是的，我进门之前还看了一下手表。"你抬起左腕，露出一块闪闪发光的女士手表，一眼就能看出价格不菲。我知道那是去年你生日的时候你父亲送的生日礼物。

你放下手腕，接着说道："到了李老师的办公室之后，我和他寒暄了几句，他说他最近一直忙着写论文，有些实验数据一直没空整理和分析，需要我帮一下忙，于是我就进到里屋去了……"

"等等，为什么要进里屋？"我打断了你的话。

"因为里屋有专门分析数据的电脑。"

"哦，也就是说李晨风的办公室分成两个房间是吧？"

"嗯。外面一间是他办公的地方，里面一间有两台专门做数据分析的电脑，使用的时候不多。两个房间用一堵墙隔开，墙上有一扇用来进出的木门。"

"嗯？"我轻轻地哼了一声。

"你怎么了？"

"没事，你继续说。"

"我在里屋的一台电脑前大约做了二十分钟的数据分析，这时李老师给我端来一杯热气腾腾的咖啡，我说了声谢谢就继续干手中的活了。"

"李晨风出去了没？"

"出去了，他把咖啡放到我的桌上，说了句趁热喝，便回到外间去了。"你顿了顿，继续说道，"过了几分钟，我觉得有点口渴，便端起那杯热咖啡喝了几口，结果……"

"结果怎么了？"我焦急地问道。

"结果我就睡着了。"此时的你已经停住了抽泣，沉浸在自己的回忆当中。

"什么？睡着了？"

"嗯，等我醒来的时候，已经差不多十一点了。我感觉自己的脑袋很痛，就这样迷迷糊糊地走出了里屋的门，然后，然后……"好不容易镇静下来的你，此时脸上又浮现出惊恐慌张的神情。

"别急，慢慢说。"我安慰道。

"我看见外间的地板上有一摊血,一个人倒在地上,有很多血,很多血……"你的表情显得非常害怕,表示你处于极度紧张的状态,"我害怕急了,一下子跌坐在地板上……"

"倒在地上的人就是李晨风吧?"

"嗯,他的胸口全是血,是被人捅死的。这是我当时的第一反应。"

"没想到你还挺厉害的啊,在这种情况下,脑子还转得这么快。"

"那是当然,从小到大我就是大家公认的天才少女啊。"你那惶恐的表情里微微闪过一丝得意,但转瞬间便又恢复了原样。

"后来呢?"我打断了你的话,但心里其实非常开心,因为你的神情表明你的心态稍稍放松了一些——本质上,你还是那个神采飞扬、自信满满的苏碧心。

"就在这时,突然有人敲门。当时的我头疼得不行,脑子里也是一团糨糊,听到敲门声,我也没多想,站起身来就去开了门,结果是一个送快递的。"

"送快递的?快递这么晚还送吗?"我有点惊讶。

"嗯,他说他是京西快递的。"

"原来如此。"我点了点头。

京西快递是全球著名的快递公司,这家快递公司与众不同的地方就是每天的送货时间范围比其他公司广得多,普通快递的送货时间一般是上午六点到下午六点,而京西快递的送货时间是上午六点至晚上十二点,所以这个时间有人来送快递并不奇怪。

"那个快递员看到我之后脸上立马露出惊恐的表情,转身就跑了,没过一会儿警察就来了。"

"等等，你说他看见你之后立马吓得转身跑了？这不对啊，你挡在门口，他第一眼应该看不到地上的李晨风啊。"

"那是因为，当时我的手里拿着一把刀，一把沾满了鲜血的刀。"你的语气又变得阴沉下去，"我醒来之后脑袋一直迷迷糊糊的，再加上处于极度紧张的状态，居然一直没有察觉到自己手里拿着一把刀，而且是一把杀过人的刀。"

我沉默了一会儿，开口道："在当时那种极度惊慌的状态下，没注意手里的刀也属正常。这么说来，报警的是那个送快递的男人了？"

"应该是的。"

"后来呢？"

"这还用问吗？警察来了之后，当然是把我当作嫌疑人抓起来了。"

我摸了摸下巴问道："我不明白为什么你喝了咖啡之后会睡过去？"

"我也不明白，后来警察勘查现场的时候，在我喝的咖啡里发现了迷药的成分，我才知道那杯咖啡里被下了药。"

"难道那个李晨风李教授在给你的咖啡里下了药？"

"不是他还会有谁，当时屋里就我们俩，咖啡又是他端给我的。"

我有点不敢相信："他、他给你下药，难道是想对你图谋不轨？"

我不敢再说下去，眼前的这个女孩是我的此生挚爱，我绝不容许任何人对她有一丝丝的玷污。

"唉，放心好了，后来什么也没发生，估计李老师在那之前就先被凶手给杀害了。"你的语气十分平静。

不知为何，我和你的角色好像突然换过来一般，变成你安慰我了。

我握紧拳头，恨恨地说："还真要感谢那个杀人犯呢，要不是他还真不知道会发生什么可怕的事。"

"嗯，其实李老师在我们学校是出了名的好色。他今年五十多岁，是个光头的胖子，不过他的光头不是剃的，而是秃的，他的肚子也很大，大得估计都能撑船了。听说他在外面包养了好几个情妇，还有好几个私生子，这些就不说了，平时给我们上课的时候他那双小眼睛总是色迷迷地盯着我们几个女生看，有时候还会假装不经意地对我们动手动脚，不过每次我们躲开也就算了，毕竟他是老师。哦对，他在物理学界的地位还是蛮高的，尤其是在凝聚态物理这方面，他算是国内的权威之一了，所以我还是很尊敬他的。"

"想不到这么有学问的人竟然这么猥琐下流。"我不禁感叹道。

你露出一丝微笑，虽然你的微笑里透着深深的无奈，但这毕竟是你今天第一次笑。

"傻瓜，学问和人品之间没有任何关系的。其实这次出门之前我就有不好的预感，毕竟现在是寒假期间，学校里几乎没人，所以我出发的时候随身带了一把小刀，就是为了防止李老师这个色狼会做出什么非分之举。不过可能是因为当时做数据分析做得太累了，我有点放松了警惕，而且当时也确实很口渴，完全没想到他会用在咖啡里下迷药这么下三烂的手段。"

你似乎是有点委屈，表情又逐渐黯淡下来。

我赶忙说道："没事就好，看来这次还真是那个杀人犯救了你。哎？你刚刚说你带了刀？"

"嗯。没想到这把刀竟然成了我杀人的证据。"

"凶手是用你的刀杀的人?"

"不是啦,我醒来的时候刀还在口袋里,手里沾满血的是另外一把刀。杀人的那把刀比较长,而我带的那把刀很短的,只有十厘米左右,都不知道要是真遇到什么情况能不能刺进李老师的身体里去,毕竟他的肚子那么大。"

"那你的刀怎么会成为杀人的证据呢?"

"警察说这是我有杀人动机的有力证据。"

"可是这样的话要怎么解释杀人的凶器是另一把刀呢?"

"警察可不管那么多,他们说我可能带了两把刀。"

"这……"我一时语塞。

"在警察看来,事情是这样的。我在里屋喝了咖啡晕过去之后,李晨风进了里屋想对我图谋不轨,没想到我早有准备,只是假装睡过去,然后在他要动手动脚的时候突然醒过来拿出匕首想要刺他,他赶忙向外逃走,结果在外间被我追上并且捅死。就是这样。"

"你醒来之后,隔开里屋和外间的那扇门有没有锁上?"

"没有,从我一开始来李老师办公室到醒来之后,那扇门一直没有锁,都是虚掩着的。"

"外间通向外面的大门锁了没?"

"也没有,那扇门在没有反锁的情况下从里面和外面都可以打开,我去给快递员开门的时候一转把手门就开了,所以这扇门肯定没有反锁,只是关上了而已。"

"看来这并不是一起密室杀人啊。"我微微露出一丝失望的表情。

"所谓密室,本质上是一种幻象。"你突然开口说道,脸上也再次露出了难得的笑容。

"哈哈，你学得还挺像啊。"我也露出了久违的笑。

"那是当然，跟你在一起这么多年了，你的口头禅我都听得想吐了。不过，虽然李老师办公室的门没锁，但是警察调查之后说，寒假期间物理学院大楼的入口处二十四小时都有保安值班，任何人进入学院都要进行登记。他们提取了昨天的出入登记表，上面显示除了晚上八点、八点半以及十一点，李老师、我还有那个送快递的快递员三人进入过学院外，那整整一天就没有别人出入过物理学院。所以，用你的话说，这也算得上是一个广义密室吧？"

我这个人虽然不像碧心你那样天资聪颖，甚至可以说有些笨拙，但我从小就有一个爱好，就是喜欢读推理小说。

小时候，我经常被人欺负，唯有读推理小说能将我暂时地从灰暗的现实生活中解救出来。因为我家里穷，买不起书，只好趁周末有时间的时候去书店里蹭书看，就这样，我慢慢地读完了很多著名作家的推理小说，像欧美的阿加莎·克里斯蒂、埃勒里·奎因、保罗·霍尔特，日本的江户川乱步、横沟正史、岛田庄司等，这些名家的书我基本上都读完了。后来上了中学，我已经不满足于读这些名家的作品了，而是更广泛地涉猎更多著名和不著名的推理小说，像麻耶雄嵩、西泽保彦、东川笃哉等作家的作品我都非常喜欢。其中我最喜欢的是麻耶雄嵩这个作家的作品，他的小说可谓风格多变，有诡计奇特的，有逻辑严密的，有逆转惊人的，更有脑洞奇葩的，但不管风格怎么变，他的每本小说都一定会让你感受到熊熊燃烧着的本格之魂。

而我最爱的推理小说题材是密室杀人，有一位以密室杀人诡计著称的推理小说作家笔下的名侦探总爱说:所谓密室,本质上是一种幻象。于是我也常常拿这句话做自己的口头禅,因为感觉很酷。

可以说在这个世上,碧心你是我最爱的人,推理小说则是我最爱的事物,在我灰暗无趣的人生里,你们就是照进我生命里的光,让我能一直坚持走下去。

我将思绪调整回现实中来,开口问道:"李晨风的死亡时间是几点到几点?"

"听警察说,法医判定是晚上九点到九点二十分之间。"

"九点到九点二十分,看来你刚刚晕过去不久他就被人杀了啊。"

"嗯。"

"我在脑海里大致整理了一下事情的经过,应该是这样的:昨晚八点你从宿舍出发,大约八点半到达李晨风的办公室,之后你就进入了里屋处理实验数据,接着快到九点的时候你喝了装有迷药的咖啡睡了过去。好色的李晨风一直在外间注意着你的动静,过了一会儿,就在他准备进里屋看看药效有没有发挥作用的时候,凶手从门外闯了进来,经过一番撕打,凶手刺死了李晨风。从这个意义上说,是这个凶手救了你,否则不知道李晨风会对你做什么可怕的事情。但是,凶手在杀完人之后无意中发现了里屋中晕过去的你,于是他灵机一动,把杀人的那把刀放到了你的手里,这样就能嫁祸给你。从这个意义上说,又是这个凶手害了你。"

"看来我真不知道是该感谢凶手还是痛恨凶手了。"你苦笑着说道。

"对了，李晨风的办公室在几楼？"

"六楼。"

"这栋楼总共有多少层？"

"八层。哎，你问这个干吗？"你一脸疑惑地问道。

"没什么，只是想多了解一点线索而已。"

你的脸上浮现出悲伤的神色，然后轻轻叹了口气，显得有些落寞："这次连爸爸都帮不了我，看来我真是陷入死局了，可我还不想死，我还要继续研究物理，我还想和你永远在一起。"

我安慰道："放心吧，还有我呢，我一定会想办法找出真凶，给你洗刷冤屈。"

"可是明天就要开庭审判了啊，所有人都认为我是杀人凶手，除非上帝显灵，不然我是真的死定了。"

我笑着说道："那我就向你证明上帝确实是会显灵的。"

第十三章　宝　塔

　　回到云雷庄之后，吴寒峰第一时间去了汪雨涵的房间。

　　汪雨涵躺在床上，已经醒了过来，但两眼只是无神地睁着，一动不动地望着房间的天花板。她的母亲林月婷则坐在床边，用手帕抹着眼泪。

　　吴寒峰想开口安慰，却不知道该说些什么。

　　"到底是谁？"

　　汪雨涵突然开口，吴寒峰愣了一下才反应过来，赶忙说道："还没查出来。"

　　"一定是汪思亮干的。"一直低着头轻轻啜泣的林月婷突然狠狠地说。

　　吴寒峰还是第一次见一向温柔端庄的林月婷用这样的语气说话。

　　"为什么？"

　　"当然是为了财产，思明死了，他就能分到更多的财产。"

　　"可是这样的话没必要连雨涵的爷爷都杀死吧，这不是和他的动机自相矛盾吗？"

　　"也对。"林月婷点点头，然后自言自语道，"那到底是谁干的？"

"汪思亮似乎认为雨涵爷爷和父亲的死,都是岛上的妖怪干的。"

"怪物?难道是说五行怪?"林月婷止住抽泣,抬起头,用两只红肿的眼睛看着吴寒峰。

吴寒峰将目光闪避到一旁,然后点了点头。

"不可能,这世上哪有什么妖怪。"汪雨涵努力地想要坐起身来,吴寒峰赶忙过去扶住她。

"当务之急是找到凶手,千万不能被五行怪这种虚无缥缈的传说给混淆了思路。"汪雨涵的语气非常认真。

吴寒峰看到她死命地忍住了眼角的泪水。

"你说得没错,我一定会努力抓到凶手。可是这个凶手的杀人手法实在太过诡异,先是在密室中用一支箭刺死了你爷爷,然后又把你爸爸插在沼泽中央的树枝上……"

吴寒峰似乎发觉自己的用词有些不妥,赶紧闭上了嘴。

"所以拜托你了,寒峰,自从认识你以来,我还没有如此郑重地请求过你什么,只有这次,拜托你一定要识破凶手的诡计,揭穿凶手的身份,让爷爷和爸爸的在天之灵能够瞑目。"汪雨涵说着,双手合十,用力地朝吴寒峰点头。

"雨涵,你别这样,我一定会尽力的。你自己要保重好身体,一定要注意安全,我估摸着,凶手就在我们这群人当中,而且可能还会继续杀人。"

走出汪雨涵的房间,吴寒峰没有回自己的房间,而是朝云雷庄的大门外走去。

他要去云雷塔看一看。

在汪思明的死亡现场,吴寒峰曾仔细地观察过沼泽周围的环境。那片大沼泽的东边是一片灌木和乔木夹杂的树林，其他方位则都是空荡荡的，什么也没有。

只有西边——云雷塔就坐落在离沼泽西侧边缘三米左右的位置。

从看到现场的第一眼开始，吴寒峰便一直在思考凶手是如何将汪思明弄到那个位置的。如果无法从地面接近沼泽中央，那么便只可能是采用了某种远距离的手法将尸体"扔"到了那个位置。

他的脑海里闪现出一幅画面：凶手坐在直升机上，在沼泽中央的那根树枝正上方将汪思明扔了下来……

但随即他便否定了这个可笑的想法：直升机会发出巨大的声响，不可能没有人听到，而且这个岛上也没有直升机。

他思来想去，觉得如果说凶手用了什么诡计把汪思明弄到那根树枝上，那只可能是利用了云雷塔的高度。

走了十多分钟，吴寒峰来到了云雷塔前。

和刚登上岛时看到的一样，塔的外壁上画着各式各样的菩萨图像，只是这次他已经知道上面画的是密宗的二十一度母。吴寒峰认出了其中一个红色的是作明佛母，一个绿色的是绿度母，剩下的他还叫不出名字。

他从西侧走进云雷塔的第一层。这座塔每一层都有六面墙壁，有门的那面墙朝向正西边，而正东方向的那面墙则正对着外面的大沼泽。除了有门的那一面墙壁以外，剩下的五面墙上都开有拱形的大洞作为窗户。当然说是窗户，其实只是个大洞而已，并没有任何隔绝塔内外空间的遮挡物。

吴寒峰一层一层地朝顶层走去。塔的每一层中央都供奉着一座正面朝向西方的佛祖铜像,这些佛像大都显得威严而愤怒,有的三面六臂,有的手持各种兵器,有的系着人头璎珞,身后燃烧着火焰。他知道这些都是密宗里的佛祖,除了一楼供奉的大日如来佛以外,他甚至还认出了其中一个佛祖正是他房间里那幅画像上画的不空成就佛。

随着脚步跟随楼梯逐渐往上,他发现每一层除了比下一层的面积稍微小一些,以及供奉的佛像不同以外,其他地方都完全一样。

走到云雷塔的顶层十三层,吴寒峰站在东边的窗口前朝下望去。汪思明那被鲜血染红了的尸体就位于他的正前方,仿佛一面插在低矮旗杆上的旗子,与周围丑陋不堪的灰色沼泽形成了强烈的色彩对比,显得更加凄凉。

吴寒峰早已在心里比画和计算过:云雷塔的底部到沼泽中央小树枝的距离大约是五十米,云雷塔一共十三层,第十三层离地面大约是四十米高,即使凶手站在十三层的窗户前将汪思明的身体用力往外扔,以人的力气也根本不可能将一个一百三四十斤的成年人扔这么远。

——单凭人力不行的话,使用某种机械装置呢?比如投石机。

——不,不可能是投石机。这里的空间并不大,中间还摆放着巨大的佛像,根本放不下投石机,更何况凶手要如何将一个投石机运送到塔的最高层?

——还有什么装置能将物体"扔"出去呢?

——弹弓!

吴寒峰的脑海里闪现出了这两个字。

——凶手会不会是在这里制造了一个类似弹弓的装置,然后将汪思明通过窗口弹射到沼泽中央呢?

吴寒峰感觉自己似乎找到了一点亮光，不禁有些兴奋，想要顺着这个思路继续往下思考，但立马便遇到了阻碍：凶手是怎样制造"弹弓"的？

他想到自己小时候经常拿来打鸟玩的弹弓：一根"丫"字形的树木枝丫，两头系上皮筋，皮筋中段再系上一小片可以包裹石头的软皮块，一个威力无穷的打鸟神器便诞生了。

而这弹弓最核心的部件便是皮筋。对于小时候的玩具弹弓来说，一根普通的皮筋即可，但如果是能把人弹出去的弹弓，那必须要非常大的巨型皮筋才有可能做到。

——然而到哪里去找这样一段巨型皮筋呢？除非是用于工业用途，一般情况下根本不可能用到这么大的皮筋。

吴寒峰想起了昨天上午发现汪康森尸体的场景：当时云雷寺的大门紧闭，范管家让周梦缘去仓库拿斧子，然后用斧子劈开了门，他们才进入云雷寺。

——仓库！

——汪家的仓库里既然有斧头，那会不会还有很多其他的工具呢？

这样想着，吴寒峰快步走下云雷塔。在回到云雷塔一楼的时候，他突然觉得一楼的这层房间似乎和其他楼有些不一样，但又说不出来哪里不一样。

——对了，是佛祖的朝向有些不太一样。其他楼层的佛祖都面朝着正西方，只有这层的大日如来佛祖的朝向微微有些偏离正西方。

吴寒峰赶忙走到铜像前仔细观察，通过铜像下面的灰尘痕迹，他确定这尊铜像的位置曾经微微偏转过，只是偏转的幅度非常小，像是被人推着在地上滑了几厘米。

——可是这么大的佛像，凭一个人的力气根本不可能让它移动一丝一毫。

——难道真是什么力大无穷的妖怪干的？不，不可能。

吴寒峰没空去细想这些问题，现在的他只想赶紧去位于云雷庄的仓库看一看。

汪家的仓库位于云雷庄的一楼，是一个紧靠着厨房的小房间。

吴寒峰找范管家借来了钥匙，打开门之后才发现，这个房间没有窗户，里面一片漆黑，只有开了灯才能看清屋里的情况。

仓库虽然不大，但里面却摆着很多东西：绳子、胶带、剪刀、卷尺、起电机、扳手、螺丝刀、锯子、斧头等各种各样的工具整整齐齐地摆在架子上，还有铝箔板、三合板、钢板、地板砖等应该是用剩下来的建筑材料堆在角落里。

但吴寒峰找了两圈，始终没有找到巨型皮筋，连街头小店里卖的那种可以用来扎头发的小皮筋都没看到。

——难道凶手用完皮筋之后就把它扔了？

正巧，他看到隔壁杨晓彤和周梦缘两个女佣在厨房里忙活着，便走过去问道："你们好，我想问一下，这个仓库里有皮筋吗？"

"皮筋？"周梦缘瞪着好奇的大眼睛，抬起手指了指自己的头发，"你是说这种扎头发的皮筋吗？"

原来今天的周梦缘给自己的波波头短发扎了个很短的小辫子，看起来倒是更加活泼了。

"不，不是的，我说的是比那个要大很多的，非常大的那种皮筋。"吴寒峰赶忙解释道。

"非常大的皮筋，是多大？"杨晓彤好奇地问。

"唔,怎么说呢,"吴寒峰张开双臂,"差不多有这么长吧。"

"哇,我还从来没见过这么长的皮筋,仓库里更没有。"杨晓彤和周梦缘异口同声地说。

——怎么回事?

在回房间的路上,吴寒峰一直在思考自己的推理思路是不是错了。

——难道凶手并不是使用弹弓,而是利用了某种别的弹射装置?

——确实,不可能是弹弓,有一个绕不过去的问题是:凶手为何能如此精准地将汪思明"扔"到沼泽中央的小树枝上?仅仅是弹弓的话,根本没法做到如此的准确,必须要更加精致细密的弹射装置才行。

吴寒峰觉得自己的总体思路并没有错:凶手一定是利用了某种弹射装置,只是他目前还没想到这种弹射装置究竟是什么。

夜里十点半,窗外又开始下起了瓢泼大雨。

汪思亮躺在床上,一边听着哗啦啦的雨声,一边回想着今天发生的一切。

今天哥哥的死,让他既害怕又窃喜。

害怕的是下一个就会轮到他,窃喜的是他少了争遗产的最大敌手。

他从小就对经商不感兴趣,但对那些奇奇怪怪、常人看不懂的画却格外好奇。记得小时候在家里看课外书,哥哥总是喜欢看那些军事战争类的故事,对历史上的帝王将相很是崇拜,而他则对这些毫无兴趣,反倒是对国外画家的画集十分着迷。

什么毕加索、萨尔瓦多、塞尚、莫奈等世界名家的画在常人眼里可能只是一些形而上的图案或者符号，在他看来却是实实在在能打动自己灵魂的作品。生于富豪之家，虽然吃穿不愁，但内心的孤独感却格外深重，他的身边几乎没有朋友，那些和他不在同一个时空的艺术家们的作品，仿佛跨越了时空的距离，直抵他的心灵深处。

在家里，父亲一直不喜欢他的哥哥，因此有心想把他培养成为自己未来的接班人。虽然喜欢艺术的他内心深处实际上看不起满身铜臭味的父亲，但老实说，对于盛源集团这样庞大的商业帝国，他不可能一点都不动心。他知道哥哥总是在父亲面前刻意地表现出很有经商才能的样子，于是他反其道而行之，更加沉迷于艺术当中，整天专心画画。

他知道父亲这样权欲很强的人是不会轻易放弃权力的，所以越是表现得刻意反而越会适得其反，只有假装对权力兴趣不大才能让他感到舒服。

本来，他很有信心父亲将来会把盛源集团接班人的位子交给自己，到时候他便有更多的钱去钻研艺术，也更容易结交世界知名的艺术家，说不定还会有很多人给他送各式各样的艺术品。

然而，那场火灾毁掉了一切！

在背负了八年杀母亲凶手的骂名之后，他终于忍无可忍，决定断绝与家里的关系，靠自己一个人去追逐艺术梦想。离家之后，他去了德国一家艺术学院留学，毕业后在德累斯顿开了一家小画室，靠帮人画画勉强维持生计。当时的他暗下决心，一定要在德国的这座艺术之都闯出属于自己的一片天地。

此后的日子，虽然过得清苦，但也算自在。四年之后，他在德累斯顿遇到了一个在奢侈品行业工作的女人，两人恋爱一年之后结了婚，婚后不到一年便生下了女儿。本来，他也算在德国站稳了脚跟，但没想到这几年他的妻子可能是受到了周围同事的影响，对于物质的欲望越来越不满足，经常数落他没用、无能，混到现在也没混出个名堂，害自己在同事面前抬不起头来。

可他对此从不敢还口，因为他的内心也非常委屈——艺术这条路确实难走，自己的画一直得不到大众的赏识，这么多年，他依然是寂寂无名的小画家。而随着女儿逐渐长大，家里的经济花销越来越大，他也越来越感受到了现实的残酷。在经济压力之下，他逐渐开始后悔自己当年的决定：作为一个富二代，放着令人艳羡的公子哥生活不过，偏偏一个人跑到异国他乡过这种苦日子。人到中年，当初的锋芒早已不在，现在的他只想过得安稳富足。

就在此时，父亲派人联系上了他，告诉他自己即将公布遗嘱。虽然跟家里早就断了联系，但急需要钱的他此时也顾不上面子了，急急忙忙就赶了回来，终于在公布遗嘱的前一天赶到了父亲现在居住的云雷岛。虽然他对于能分到多少财产并没有抱什么幻想，但父亲毕竟是海角市第一富豪，随便给他点零头就足够他花一辈子了，自己也就不用再过得这么窝囊了。

可没想到的是，父亲居然在公布遗嘱的前一晚死掉了，这让他的希望化作泡影。本来他也是那种能争就争、争不到就算的性格，如果遗嘱真的没法公开，他也不想强求。但没想到自己竟然被困在了岛上，回不去了。更令他感到恐慌的是，哥哥今天居然也死了，而且死状更加凄惨。之前他来岛上的时候听范管家说过云雷岛上的五行怪传说，喜欢艺术的他向来对这些神神鬼鬼的东西十分畏惧，现在更是到了杯弓蛇影的地步。

——不对,当年父亲在云雷岛上大兴土木的事情我根本不知道,那时的我远在德国。我是前天才第一次来这个岛,就算五行怪要报复也不会冲着我来。

这样想着,他的心稍稍放宽了些。一阵困意袭来,他看了看表,已经夜里十一点了,又到了洗澡时间。于是,他下床向卫生间走去……

第十四章 浴　室

七月六日，云雷岛。

早上六点钟，范宗凯刚刚起床，走到一楼洗漱间的门口，想要洗漱一下，然后开始今天的工作。

然而不知为何，他发现洗漱间的门打不开：门从里面反锁住了。

由于二楼的每个房间里都有独立的卫生间，所以一楼的洗漱间平时一般只有他和两个女佣使用。

"有人吗？"范宗凯敲了敲门。

没有回应。

他侧过身子，将耳朵贴在门上，然而什么也听不到。

"奇怪。"他一边嘟囔着，一边往回走到了杨晓彤的房间门口，然后伸出手敲了敲房门。

"晓彤、梦缘，你们俩在吗？"

他知道这几天周梦缘一直睡在杨晓彤的房间里。

不一会儿，房门打开了，一个女人睡眼惺忪地揉着眼睛站在门口。

"范管家，今天起这么早啊。"

"梦缘，晓彤呢？"

"喏。"站在门口的周梦缘闪了闪身子，范宗凯看见杨晓彤正坐在床上，似乎刚穿好衣服，准备起身。

"奇怪了，你俩都在这里，那洗漱间怎么会从里面反锁？"

"什么？洗漱间怎么了？"杨晓彤和周梦缘的脑袋似乎还没清醒过来，一时没有听清楚范宗凯的话。

"你们跟我来。"

三人急匆匆地走到洗漱间门口。

"刚刚我想来洗漱间上个厕所，然后刷牙洗脸，但是洗漱间的门却被人从里面反锁了。平时只有我们三个会使用这个洗漱间，所以我就想看看你俩在不在。"

"可是我俩都刚刚起床啊。"

"那这门是谁反锁的？"范宗凯的心里此时已经涌起了一股不好的预感，"不管了，先把门打开再说。"

说着，他开始用力地踢洗漱间的门。

洗漱间的门不像云雷寺的门那样牢固，只是一扇塑料门，在范宗凯持续不断的猛踢下，"啪"的一声开了。

在门开的瞬间，范宗凯看到一个肉色的物体正躺在地上。

那是一团肉，确切地说，是一个人的肉体。这个人全身赤裸地倒在地上，一动不动。

"二、二少爷？"范宗凯已经看清，躺在地上的是汪思亮。

他赶忙跑到汪思亮的身边，把手指伸到他的鼻孔前。

然而，几秒钟之后，他缩回了手指，摇了摇头说："已经死了。"

吴寒峰想不到，死亡会一起接一起地来得如此之快。

"是窒息而死，死亡时间在昨晚十一点到今天凌晨一点之间。"郑医生站起身来，一边脱下白手套一边说。

"窒息？但他的脖子上好像没有勒痕啊。"赵律师问道。

"不是掐死的，是淹死的。"郑医生叹着气说道。

"什么？淹死的？"

"对，你们看他的嘴边和鼻孔边，是不是有很多白色的泡沫？这是因为溺液进入呼吸道后，刺激气管、支气管黏膜，分泌大量含有蛋白质的液体，并与溺液混合，在呼吸运动的作用下，形成大量细小均匀的白色泡沫。这是确定一个人是否溺水而死的重要证据。"

"可是，一个人怎么会好端端的淹死呢？这虽然是个洗漱间，但是并没有水坑啊！"

吴寒峰环视四周，这个洗漱间的墙壁贴满了白色的瓷砖，瓷砖表面印着淡紫色的花纹图案。天花板则是那种吊顶的塑料三合板，使得洗漱间内部的高度比别的房间要稍矮一些。地面上铺的则是表面粗糙的大理石地板，以防打滑。从装修上看，这和世界上绝大部分普通的洗漱间几乎没有什么区别。

洗漱间靠门的一边是洗漱池，洗漱池的旁边是一个抽水马桶，马桶盖上放着一些衣服。再往里面则是淋浴的区域，一个形状精致的莲蓬头挂在墙的上方，下方可以左右转动切换冷热水的水龙头，再往下地板上的圆形地漏则是整个洗漱间唯一的地面下水口。

汪思亮的尸体躺在马桶左前方的地面上，靠近洗漱台正前方的位置。

吴寒峰注意到这个洗漱间没有做干湿分离，靠近门这边洗漱、解手的区域和里面的淋浴区域中间并没有任何东西分隔。

而且这个洗漱间没有窗户，热气没有地方散发，如果有人在里面洗澡的话，会把整个洗漱间都弄得湿漉漉的。

现实也确实是这样：洗漱间的大理石地板和瓷砖墙壁都是湿漉漉的，应该是有人洗过澡，产生的热气在地板和墙壁上液化成了小水珠，到现在还没有干。

这个洗澡的人，当然只可能是汪思亮。

"奇怪，真是奇怪，二少爷怎么会跑到这个洗漱间来呢？"范管家自言自语道。

"这个洗漱间应该是给你们用的吧？"赵律师看向范管家问道。

"是的，这个洗漱间平时只有我和两个女佣会用。老爷少爷他们都住在二楼的房间，而二楼的每个房间里都有独立的卫生间。奇怪，二少爷为什么会跑到一楼这个洗漱间里来呢？"范管家一边说着一边摇头。

吴寒峰看了看放在马桶盖上的衣服，不知为何这些衣服全都湿透了。他开口问道："这些都是汪思亮的衣服吗？"

"是的，我记得很清楚。"一旁的女佣杨晓彤说道，"这些都是我昨天拿给二少爷换上的衣服。"

"也就是说，汪二少爷走进洗漱间之后，脱下了衣服放在马桶盖上。"郑医生开口道，"那么很明显了，汪二少爷是想进来洗澡。"

"问题是，二少爷为什么不在自己房间的卫生间里洗澡，非要跑到这个洗漱间来洗？"

一阵沉默之后，吴寒峰开口道："我想最有可能的原因是：他房间的卫生间不能使用。"

吴寒峰说完这句话，便转身往二楼走去。他走到汪思亮的房门口，发现他的房门没锁。进入房间之后，他径直向位于房间里的卫生间走去。

大约半分钟过后，他快步走出汪思亮的房间，又回到了一楼的洗漱间门口，众人都还聚集在那里。

"果然，我猜得没错。"吴寒峰说道，"我刚刚去检查了一下汪思亮房间的卫生间，那里的淋浴坏掉了，不管怎么弄都出不来水。"

"也就是说，二少爷是因为自己房间的卫生间没法使用才来这个洗漱间洗澡的。"

吴寒峰点点头说："八九不离十。我猜过程是这样的：昨晚睡觉之前，汪思亮准备洗个澡，结果发现自己房间的卫生间淋浴出不来水。这时候已经夜深了，他估计住在二楼的人都睡了，如果去别人的房间里借卫生间很可能会打扰到别人休息，而且他和这里的人都不熟，更别提深夜去借卫生间洗澡了。这时候，他想起自己曾经在云雷庄的一楼看到过一个洗漱间，于是便一个人摸黑下到一楼，走进这个洗漱间，反锁住门，脱下衣服，准备在里面洗澡。"

一阵短暂的沉默之后，赵律师最先开口："这应该是最有可能的猜测了。可是，最关键的问题是：这之后呢？"

"是的，这之后呢？"郑医生露出苦笑，"汪二少爷进入洗漱间之后到底发生了什么？"

"这确实是这个案子最大的难点，和云雷寺汪康森的案子一样，这个洗漱间的门是从里面反锁着，现场在范管家他们破门而入之前呈密室状态，也就是说这又是一起密室杀人事件。"吴寒峰的语气里透露着一丝疲惫和焦虑。短短三天的时间，云雷岛上接连发生了三起看似不可能完成的杀人事件，而他到现在却没有一丝头绪。

"这起案子的不可解之处不仅在于现场是个密室，还有一个难以理解之处，我想你们也都注意到了：虽然现场是洗漱间，而且非常潮湿，但是并没有浴缸，也没有可以容纳水的盆之类的东西，那么凶手到底要怎么淹死二少爷呢？"发出疑问的是范管家，作为尸体的第一发现人，他的眼神中透出惶恐与不安。

"不，有。"吴寒峰抬起手指了指洗漱台，"如果把洗漱池底部的塞子堵上，洗漱池就变成了一个可以盛水的容器。"

郑医生点了点头说："确实，这个洗漱池相当大，凶手如果在里面放满水，然后用力地将汪二少爷的头按在里面，是完全可以实施溺杀的。"

赵律师皱了皱眉头说："但将一个成年男人的头用力按住谈何容易，这势必会引起汪二少爷的奋力挣扎……"

吴寒峰插嘴道："有没有这种可能：汪思亮当时已经失去了反抗能力？"

"你是说凶手先将二少爷打晕了，然后再……"

赵律师打断了范管家的话："这样确实能解释汪二少爷是如何被溺死的，但是别忘了，洗漱间的门是反锁着的，凶手到底如何逃离现场、制造密室？这一点不弄明白一切都毫无意义。"

"是的，如果无法破解凶手的密室诡计就毫无意义。"吴寒峰用力地咬了咬下嘴唇，"对了，昨天你们谁是最后一个看见活着的汪思亮的？他有什么异常吗？"

"应该是我。"女佣周梦缘说道，"二少爷的感冒咳嗽还没好，昨天晚饭他没吃几口就回房休息了。我收拾完之后，八点钟左右，晓彤阿姨把两颗感冒药胶囊递给我，让我去喂二少爷吃药，我到二少爷的房间喂他吃完药后便离开了。这之后发生了什么我就完全不清楚了。"

"当时的汪思亮有没有什么异常之处？"

"唔，好像没有什么异常。"周梦缘鼓起嘴，皱起眉头，一副在努力回想的样子，"只是因为感冒咳嗽还没好的关系，身体有点虚弱。我喂他吃完药以后，他就在床上躺下了。"

第十五章　五　行

中午十二点，云雷庄客厅。

杨晓彤和周梦缘做了些简单的饭菜，大家默默地享用着他们的午餐。

"难道，难道真的是五行怪？"突然，一个尖锐的声音打破了沉默。

吴寒峰没想到，发出声音的是汪雨涵。

"你、你们发现没有，爷爷是被金属制成的箭刺死的，爸爸是被树的枝干插死的，叔叔是被水淹死的，他们三人的死法不是正好对应了'金''木''水'这三种元素吗？"

突然，一道白光划破天际，紧接着传来轰隆隆的巨响，天色也突然暗了下来。

"又打雷了。"杨晓彤嘀咕了一句，朝云雷庄外面走去，似乎是想把外面晾着的衣物收回来。

果然，没过一会儿，窗外便传来了雨点和地面的撞击声，而且声音越来越大。

"雨涵，你的意思是……"吴寒峰从打雷声中回过神来。

"没错，岛上连续发生的这三起杀人事件中，被害人的死法恰好对应了五行的顺序。"汪雨涵的声音有些颤抖。

在场的人不知道是被刚刚的雷声还是汪雨涵的话给镇住了，都张大了嘴。

良久，吴寒峰开口道："雨涵，你不是说这世上不可能有妖怪吗，还说让我不要被这种虚无缥缈的传说给搅乱了破案的思路。"

"我当时是不信，可是现在却不得不信了。除了可以随意操控五行元素的五行怪，你告诉我还有谁能完成这些不可思议的杀人事件？"

赵律师插嘴道："你这么一说，还真是这么回事。被铜箭刺死，被树枝插死，被水淹死，正好是'金木水'，这样的话下一个是火，难道说还有人要被火烧死？"

"你是说，还没结束？"还在吃饭的林月婷放下筷子，眼里似乎闪着恐惧的光芒，"还有人要、要、要死？"

汪雨涵露出扭曲的怪笑："哈哈哈，没错，金木水火土，现在才三个，最少还要死两个，而且下一个肯定是被烧死的，哈哈哈。"

吴寒峰知道在这连续的打击下，汪雨涵的精神似乎有一些扭曲了。他伸出手，想握住汪雨涵的肩膀，没想到汪雨涵往旁边一躲，装作没看见的样子继续说道："现在的问题是，五行怪下一个要烧死谁？"

"不，不会的，一定是有人利用了五行怪的传说，以此转移我们的注意力。"吴寒峰急忙说道。

汪雨涵打断了他："那这个人是怎么在反锁的寺庙里刺死爷爷的？是怎么把爸爸弄到大沼泽中央的树枝上的？又是怎么在反锁的洗漱间里淹死叔叔的？除非这个人能够穿墙而过，还能够腾云驾雾！这可能吗？与其相信这个世上存在具有超能力的人,我倒更愿意相信这一切都是妖怪干的。"

"雨涵,你别急,我、我一定会揭穿凶手用的诡计,一定会。你、你要相信我。"

"你总说让我相信你,相信你,可是现在已经死了三个人了。"没想到汪雨涵的眼泪突然像决了堤的河水一般哗哗地往下落,"对、对不起、我、我已经受不了了。"

说着,她站起身来,一边低头抹着眼泪一边朝二楼自己的房间跑去。

"雨涵!我一定会找到凶手的。"吴寒峰站起身来喊了一句,然而汪雨涵没有回头。

吃完午饭,吴寒峰回到房间,躺在床上,想把迄今为止发生的一切重新在脑海里梳理一遍。

首先是七月二号,他和汪雨涵乘坐汪家的船来到云雷岛上。当时,云雷岛上的人有一直生活在岛上的汪雨涵的爷爷汪康森、汪家的管家范宗凯、女佣杨晓彤和周梦缘,还有比他们早一天登岛的汪雨涵的父亲汪思明、母亲林月婷和姑姑汪思晴。

接着第二天,汪雨涵的叔叔汪思亮、汪家的律师赵荣杰和私人医生郑德天也来到了岛上。

到此为止,这段时间岛上的所有人都到齐了。

吴寒峰在脑海里勾勒出了一张简单的人物关系图,但从这张人物关系图里,他找不到合理的作案动机。

目前为止发生的这三起案件除了作案手法奇特以外,还有一个难以捉摸之处就是:找不到动机。

汪家的人聚集在这个云雷岛上,是因为汪雨涵的爷爷汪康森要宣布遗嘱,从而确立遗产的分配。在这个节骨眼儿上,与遗产相关的人当中已经有三个人被杀,这很难不让人联想到杀人动机和遗产有关。

如果没有发生这几起杀人事件的话,那么正常情况下汪康森的遗产应该是由:汪思明、汪思亮、汪思晴以及有了男朋友的汪雨涵四个人来继承,当然四个人分到的遗产份额肯定有差别。

按照吴寒峰的猜测,这四个人里面能获得遗产份额最多的应该是汪思明,毕竟他是四个人里面唯一一个继承了盛源集团家业的人,除了他之外,汪康森不可能把这么大的盛源集团交给一个毫无经验的人。份额第二的可能是汪思亮,虽然他从小就去了国外,和家里基本上断了联系,但毕竟是汪康森的儿子。剩下的两个人当中,汪思晴是事业女强人类型,从没向汪康森要过一分钱,完全靠自己的打拼创立了T·S咖啡店,所以汪康森估计不会留多少遗产给她,毕竟在他生前女儿就坚决不要他的钱,更不可能要他的遗产了。而和汪思明、汪思亮以及汪思晴隔了一辈的汪雨涵仅仅是因为交了男朋友才刚刚获得分割遗产的资格,所以她能得到的遗产份额肯定也很少。

这样看来,作案动机最大的就是遗产份额最小的两个人:汪思晴和汪雨涵。虽然吴寒峰不愿意这样去想,但现在理性让他必须顺着这条线继续思考下去。

但是为什么凶手要杀掉汪康森呢?杀掉汪思明和汪思亮这两个最大的竞争对手不就好了?连汪康森都杀掉,那岂不是连遗嘱都没得公布了?

不,不对。

吴寒峰摇摇头。

如果只是杀掉汪思明和汪思亮的话,那么作案动机就太过明显了,所有人一眼就能看出凶手是为了遗产而来,那么凶手立马就会受到怀疑。而如果连汪康森一起杀掉的话,那么遗嘱就不得不推迟公布。这样众人的视线就会从遗嘱上面转移,而接下来再连续杀掉汪思明和汪思亮的话,则可以让人以为这是一起专门针对汪家的屠杀案。

这里凶手还特别利用了岛上五行怪的传说,按照金木水火土的顺序来杀人,从而进一步混淆视线,将众人的注意力转移到岛上妖怪作祟的无稽之谈上。

而杀掉汪康森导致遗嘱推迟公布并不会影响凶手原本的动机——最大限度地获取遗产,反而对凶手有利。因为就算把其他人都杀掉,遗嘱的最终制定权仍然在汪康森手里,也就是说汪康森很可能会因为察觉到凶手的动机而故意不给凶手留下一份财产。而汪康森死掉的话,他自己主观上立的遗嘱因为继承人的死亡很可能会失效,这样遗产就变成了自然继承,而凶手作为唯一一个有资格的继承人就能获得全部的遗产。

如果这样来推断,那么凶手就不可能是汪雨涵。因为如果汪康森的遗嘱失效,遗产变成自然继承的话,由于她根本不是法律上的直接继承人,就算能分到遗产肯定也只有很少的一份,可能还没有汪康森的遗嘱里分给她的多。

那么,凶手只有可能是——汪思晴。

汪思明和汪思亮死掉后,她就是和汪康森血缘关系最近的人,如果遗嘱失效的话,她将继承汪康森的几乎全部遗产。

吴寒峰的脑海里出现了汪思晴的模样:一副厚厚的圆框眼镜,镜片后面是一双笑意盈盈的眼睛,看起来知性温柔。虽然一直没有结婚生子,但毕竟生于大富大贵之家,自己的事业十分成功,在同龄人中保养得也算相当不错。

这样一个中年女人会是残忍地杀害自己父亲和兄长的凶手吗？

吴寒峰还是不敢相信，一个在父亲生前就不找家里要一分钱的女人，会为了父亲的遗产去杀人，而且杀害的还是自己最亲的人。

难道说从一开始我的思路就错了，凶手的作案动机并不是遗产？

不不不，我不能被凶手的外表所迷惑，也许表面看上去越是柔弱的女人内心越是狠毒。况且，从一开始他就觉得汪思晴的笑容并不是发自内心的，而是背后隐藏着什么说不清的东西。

可是，就算凶手真的是汪思晴，那她到底是如何实施这三起不可能犯罪的呢？

吴寒峰发现，自己绕了一大圈之后，又回到了原点。

一开始，他想从作案手法入手，却毫无头绪，完全无法破解凶手所使用的诡计。于是他调整思路，又从作案动机入手，这次总算看到了一丝曙光，找到了可能的凶手，可是他发现，如果破解不了这三起不可能犯罪的诡计，自己根本就不能给凶手定罪。

无论如何，必须要戳穿凶手的诡计！

第十六章　焦　尸

七月七日，云雷岛。

暴风雨昨晚就停了，白天又是艳阳炽烈的酷暑天气，仿佛要把这偏僻的小岛给烤熟一般。

这天中午十二点，岛上的人们都聚集到云雷庄的客厅里，漫不经心地吃着午餐。

范管家已经告诉他们，岛上的食物储备越来越少，所以为了节省粮食，这几天的饭菜越来越简单。

汪雨涵没有吃米饭，只是舀了一碗白米粥，慢慢地啜着。

吴寒峰想把自己昨天的推理跟她说，让她小心汪思晴，然而此时他发现，汪思晴没有来吃午饭。

"范管家，雨涵的姑姑呢？"吴寒峰问道。

"咦？"范管家往周围望了望，没有发现汪思晴的影子，"上午我看到思晴小姐急匆匆地走出了云雷庄，但是不知道去了哪儿，也不知道现在回来了没。"

说着，他便走上楼梯，朝二楼汪思晴的房间走去。

然而不到三分钟他便又走了下来，说道："思晴小姐不在房间里。"

在场的众人似乎都涌起了一股不好的预感。

"难、难道，姑姑也……"虽然是疑问的语气，但汪雨涵的声音听上去却显得有气无力。

"别、别乱说。"林月婷轻声喝止了她。

"我们去找找吧，搞不好她在岛上闲逛呢。"吴寒峰的直觉告诉他一定是出事了，但为了稳定众人的情绪，他不得不这么说。

吴寒峰、范宗凯、郑德天和赵荣杰这四个岛上仅存的男人自然担负起了搜索的重任，他们挨个去了云雷寺、云雷塔，然后又回到云雷庄把所有房间里里外外翻了个遍，却依然没有见到汪思晴的踪影。

"不会是跑到那座山上去了吧？"郑医生气喘吁吁地抬起手，指了指西北方向。

云雷岛的西北部有一座高高隆起的山坡，不知道是不是经常下暴雨，导致土地潮湿松软的缘故，那座山坡上并没有什么植被，看起来光秃秃的。

"应该不会吧，汪思晴跑那上面去干吗？"赵律师反问道。

"我们还有一个地方没去——云雷馆。"范宗凯满头大汗地说。

"云雷馆？"吴寒峰想起了汪雨涵带他去参观过的那座建筑。

"没错。云雷馆是老爷用来藏书的地方，平时只有老爷一个人会去，所以我一开始没想起来。"

"那还等什么，赶紧去云雷馆看看吧。"另外三人异口同声地说道。

焦味，浓烈的焦味！

吴寒峰一行人还没走出多远便都不由得捂住了鼻子。

焦味是从云雷馆的方向传过来的，吴寒峰这时已经看到，似乎有黑色的烟从云雷馆的方向冒了起来。

"不好，着火了！"四个大男人一起叫了出来，随即加快脚步，跑到云雷馆的门口。

云雷馆的大门紧闭，大量的黑烟从铁门门缝里往外涌出，仿佛一个黑色的恶魔要不顾一切地挣脱牢笼一般。

"怎、怎么回事？"郑医生慌乱地说，"快，快开门。"

一旁的范管家没等他说完，早已将钥匙伸进了锁孔。

"不行，门从里面反锁了，在外面打不开。"

"那怎么办？"赵律师急道。

"窗户。"范管家一边说着一边绕到云雷馆的东侧。

云雷馆的东侧墙壁上有一排窗户，吴寒峰知道，这是因为云雷馆里十四个房间的窗户都位于东西两侧的墙壁上。

由于云雷馆的第一个房间里浓烟滚滚，从窗外向里看去只能看到一片黑色。

"窗户是锁着的，我去西边看看。"范管家喊了一声，又绕到了云雷馆西侧的对应位置。

"这边的窗户也是锁着的，看来只能打破窗户了。"说着，范管家从地上捡起一块石头，用力地朝窗户玻璃砸去。

随着云雷馆的窗户被砸开一个大洞，更大量的黑烟从洞口疯狂地向外涌出。

吴寒峰等人的眼前一片漆黑，他们赶忙往后退了几步。等视线恢复过来，他们才看清，云雷馆第一个房间的地面上倒着一个黑色的物体。

这个黑色的物体正是黑烟的源头。

范管家把手伸进洞里,打开窗户的锁,然后推开了窗户。四人冒着仍在不断涌出的黑烟,用手臂挡住鼻子和嘴巴,慢慢地从窗户爬进云雷馆,走到那个黑色物体前。

突然,范宗凯发出一声惊呼:"思晴小姐!"

吴寒峰这时也已经看清,地上这个黑色的物体是一个被烧焦的人!

虽然尸体已经烧得面目全非,完全认不出来人样,但吴寒峰知道,这具焦尸很有可能是汪思晴的尸体。

看到尸体的那一刹那,他便已经想到自己原先的推理完全搞错了。根据他原本的推理,汪思晴极有可能是凶手,但现在连她也变成了被害者,显然凶手另有其人。

过了没多久,黑烟渐渐散去,吴寒峰等人才看清屋里的状况。

这是云雷馆的第一个房间,也是最北边的房间。原本摆在房间中央的书桌和两侧的书架已经烧得面目全非,横七竖八地倒在地上,书架上那些跟宗教相关的书籍也几乎全都掉到了地上,烧成了灰。

整个房间已经完全变成了黑色,连原本雪白的墙壁也不能幸免。

吴寒峰想打开通往下一个房间的玻璃门,却发现玻璃门是从这边反锁住的。他只好又走到东侧墙壁前,把另一扇窗户也打开了,让房间里充满焦味的空气能够更快地散发出去。

不对!吴寒峰突然想到,这个房间只有两扇面对面的门,一个是云雷馆的大门,一个是通往下一个房间的玻璃门,窗户则分别位于东西两侧的墙壁上。刚刚他们从外面进来的时候，云雷馆的大门是从里面反锁住的，现在对面的玻璃门也是从里面反锁着的，而东西两侧的窗户刚刚也都是从里面锁住的，也就是说这个房间与外界相通的出入口全部都是从里面反锁着的，换句话说：

又是密室！

吴寒峰在心里狠狠地说。

"尸体全身都烧焦了，已经辨认不出身份了。不过，虽然烧成这样，但我刚刚仔细检查了尸体全身的皮肤，可以断定除了火烧之外，尸体没有受到任何其他的外伤。只是这样的尸体如果不做专业尸检的话，是根本无法判断死亡时间的。"郑医生强作镇定地检查着尸体，虽然他的脸色平静，但吴寒峰能感受到他正强抑着自己胃部的翻涌。

一旁的赵律师可就没这么好的忍耐力了，他又从窗户爬了出去，在外面狂吐不止。

"那还能确定尸体是雨涵的姑姑吗？"

"从尸体的身体特征来看，很明显死者是位女性，但究竟是不是汪思晴，从尸体的脸部已经无法判断了，必须要做专业的DNA鉴定才能确定。"

"岛上的女性除了思晴小姐，其他人都还在云雷庄里坐着呢，不是思晴小姐是谁？"范管家问道。

吴寒峰不置可否地看了范管家一眼，然后把目光转向眼前的焦尸，突然，他注意到焦尸的左手小拇指上戴着一枚戒指。

吴寒峰走上前，抬起焦尸的左手，指着那枚戒指说道："这个戒指我看到雨涵姑姑戴过，戴在左手小拇指上，应该是表示不婚主义的意思。"

"没错，这确实是思晴小姐的戒指。"范管家点了点头。

"看来尸体确实是汪思晴了。"郑医生说道。

"没想到，雨涵说的那些话成真了，凶手真的还在继续杀人，而且这一次是用火。"吴寒峰的声音极度冷静，没有人注意到他的手慢慢握成了拳头。

"这扇门是锁着的？"赵荣杰不知什么时候已经爬回了云雷馆，他站在房间另一边的那扇玻璃门前，边推着门边问道。

吴寒峰回答道："嗯，我刚刚已经检查过了，这扇门是反锁着的，要用钥匙才能打开。"

"你们看这是什么？"郑医生的手里拿着一串黑色的物体，"我从焦尸旁边的地上捡到的。"

"这是钥匙。"范管家说道。

"是云雷馆的钥匙吗？"

"现在烧成这样肯定看不出来了，不过思晴小姐确实是有云雷馆钥匙的，她偶尔会来云雷馆拿几本书看，所以我们就给她也配了一把钥匙。我记得她很喜欢一个叫麻耶诚一郎的日本作家的书。"

"还有哪些人有云雷馆的钥匙？"

"老爷、我，还有晓彤和梦缘。"

吴寒峰托起下巴说："我听雨涵说过，云雷馆所有的房间用的都是同一把钥匙。"

"没错，包括云雷馆的大门，和隔开房间的所有玻璃门一样，用的都是一把钥匙。但是这里所有的门都是可以两侧反锁的，而且一旦哪一侧反锁住了，那必须要在那一侧插入钥匙才能打开，从另外一侧是打不开的。"

"这么神奇？"吴寒峰皱起眉头，"现在这个房间的两扇门都是从房间这一侧锁住的，也就是说只有从这个房间里面才能打开？"

"没错，所以我刚刚在外面打不开门。"范管家走到云雷馆的大门前，插入钥匙，转了一下，门便打开了，"看，从这边就可以打开了。"

"那是不是说从外面也没法给门从里面上锁？"

"没错。"范管家点点头，"要想从哪一侧给门上锁，必须从那一侧插入钥匙才行。"

"那凶手到底去哪儿了？这两扇门都是从房间内侧锁住的，也就是说凶手必须要在这个房间里面才行，可是我们刚刚闯进来的时候并没有看到其他人啊。"郑医生说出了在场所有人心中的疑问。

"难、难道真的有妖怪？"赵荣杰的语气有些颤抖。

"不、不可能，赵律师，你这个受过高等教育的精英也会相信这些鬼神之说吗？"吴寒峰以为赵荣杰只是在开玩笑，但看到他脸上惊恐的表情，才知道他是认真的。

"我、我不信不行啊。"赵荣杰的语气就像要哭出来一样，"我是一个坚定的唯物主义者，在三天以前要是有人跟我说世界上有什么妖魔鬼怪之类的，我肯定第一个冲上去跟他理论。可是这几天发生的事情，我、我实在是想不通啊。先是汪康森老爷子大半夜在云雷寺里被人用箭刺穿了脖子，而云雷寺唯一的大门当时反锁着；然后第二天汪家大少爷汪思明的尸体被发现插在一片大沼泽中央的树枝上，而那片大沼泽有一个足球场那么大；接着第三天汪家二少爷汪思亮被发现淹死在云雷庄一楼的洗漱间里，洗漱间的门也是反锁着的；现在汪家的小姐汪思晴又死了，被烧成了漆黑的焦炭，连个人样都没有了，而且你也看到了，这个房间的两扇门和两扇窗都是从里面反锁住的，没错，这个房间又是一个密室，该死的密室。"

吴寒峰说不出话来，老实说对于这一连串的密室杀人事件，他到现在还是毫无头绪，可以说已经接近崩溃的边缘了。可是他知道自己不能崩溃，他答应过汪雨涵一定要找到这一连串杀人事件的凶手，所以，他还不能认输。

赵律师又接着说道："四起案子，全是无法解释的不可能犯罪，这、这根本不是一个普通人能够做出来的，哈哈哈，汪雨涵说得对，除非这个人拥有穿墙而过和腾云驾雾的超能力，哈哈哈，那我还不如相信是妖怪干的。哦对，差点儿忘了，四个被害人被杀死的方式分别和金、木、水、火有关，而这个岛上正好有个可以随意操控五行元素的妖怪，哈哈哈，就是它，一定是五行怪干的。都怪汪康森这个老头非要跑到这个鸟不拉屎的岛上来大兴土木，惊动岛上的妖怪了吧，哈哈哈，这就是报应。"

赵荣杰一个人时而大笑时而哭丧一般，疯疯癫癫地自言自语着。

"赵律师，你怎么了？这种时候你一定要保持冷静啊，老爷的遗嘱还在你手中呢。"范管家双眉紧皱地说道。

"哈哈哈，现在那遗嘱还有什么用？汪康森自己先死了，现在他的三个子女也都死了，连继承人都没了，还要遗嘱干吗，哈哈哈！"赵荣杰的语气似乎有点幸灾乐祸，范管家微微露出了一丝不快之色。

幕间四

我从海角市警察局出来的时候已经快中午十二点了。

几天前的那场大雪留下的厚厚白色地毯一点也没有要消去的意思。由于积雪的缘故，整个世界看起来散发着柔和的银色光芒，让人生出一股萧索之意。

我没心思吃午饭，而是先去了附近的一个朋友家，一个小时后又拦了一辆出租车向海角大学驶去。

下午一点半，我准时到达海角大学门口。

海角大学的校园面积很大，校园里的马路笔直宽阔，建筑排列得整整齐齐。不仅如此，校园里的风景也非常优美，有很多小河在校园里蜿蜒交叉，河上有不少造型别致、颇有韵味的桥，马路两旁的树木高耸入云、枝繁叶茂，仿佛要将整片天空都遮住。

因为还在寒假期间，所以学校里的人很少，我好不容易看见一个怀里抱着几本书，低头匆匆向前走着的女生，赶忙上前问道："你好，请问，你知道物理学院怎么走吗？"

女生似乎是被吓了一跳，抬起头，扶了扶鼻梁上的黑框眼镜，用手指指身后那幢气派的大楼："那栋就是。"

"谢谢。"说完我便朝那栋大楼走去。

这是一幢很漂亮的长方形大楼，外表刷着红色的油漆，在这肃杀的冬日午后，由于积雪的映衬而格外显眼。我目测了一下，确实如碧心所说，一共有八层楼。

我走进大楼的入口，门口值班室的保安立马拦住我。我掏出刚刚委托朋友伪造的警官证在保安面前晃了晃，他便恭敬地退到了一旁。

我走到电梯处，按下了六层的按钮，大约三十秒后，我便站在了六楼的走廊上。因为寒假的缘故，这栋大楼显得十分空荡，六楼的走廊上一个人也没有。我沿着走廊挨个检查着两旁房间门上的门牌，没过一会儿，便看到一个房间的门上贴着黄色的封条，写着禁止入内。我抬头一看，房门上的铭牌显示这便是李晨风的办公室。我从口袋里拿出手套和鞋套，戴好之后，握住门把手转了转，不出所料，房门是锁着的。

我从口袋里掏出朋友为我准备的锡纸开锁工具，插入锁孔，转了几次之后，锁便打开了。我推开门，用手摸索着打开了旁边墙壁上的电灯开关，李晨风办公室内部的景象便呈现在我的眼前。

水泥地板上有一个用白色粉笔画出的人形轮廓，一眼便知是李晨风尸体所在的位置。除此之外，房间的布置是一间十分普通的办公室标配：一进门的墙边摆放着一组灰色的沙发，看上去十分柔软，沙发前是一个玻璃茶几，茶几上放着一个典雅的紫砂茶壶，周围有三个同款小茶杯。沙发旁边是一个巨大的文件柜，透过玻璃柜门，可以看见里面摆放着许多物理学教材，什么圈量子引力、共形场论……还有许许多多我完全看不懂名字的英文书。除了教材，里面还堆着很多白皮书一样的文件，看样子是学生们的硕博论文。

再往里面走一点便是李晨风的办公桌了，桌上摆着一台台式电脑，电脑旁还有一本厚厚的论文打开着，我瞧了一眼论文，里面全是我看不懂的名词。除了这些，桌子的左上角立着一个精致的相框，相框里的照片上有三个人，一男二女，男的戴着一副大圆眼镜，光头小眼，我想起碧心的描述，他应该就是李晨风了；两个女人一个看起来四十多岁，五官秀美温婉，另一个是十几岁的可爱女孩，她们应该是李晨风的妻子和女儿。照片的背景是日本东京的晴空塔，三个人都笑得很开心，应该是全家一起去旅游时照的。

明明有这么美丽的妻子和可爱的女儿，却还这么好色，不仅包养情妇，甚至对自己的女学生下手。我在心里冷笑着。

在桌子的后面，是一扇普通的钢塑玻璃窗。我转动了窗户上的锁，将其中一扇窗户滑到一边，窗外的冷空气骤然涌了进来，我不由得打了个哆嗦。

我探出头朝下看去，虽然身处六楼，但地面上积雪形成的白色地毯依然清晰可见，从这里可以看到这栋楼附近地面上的积雪十分光滑平整，没有一点脚印。

关上窗以后，我走到沙发对面的另一堵墙面前，那里有一扇刷着红色油漆的木门，我想这扇门的后面便是碧心说的那间专门用来处理数据的里屋。门没有上锁，我推门而入，房间里漆黑一片，我打开灯，才发现原来这间里屋没有窗户。

环顾四周，虽然里屋的面积不大，但依然显得十分空荡，因为屋里除了一张桌子、一把椅子和桌子上的两台电脑，便没有其他任何东西了。当然，那两台电脑一望便知是高级货，不愧是专门用来做数据分析用的。

想到我的碧心就是在这间漆黑的屋子里喝下装了迷药的咖啡，差点儿遭到玷污，一股怒火便从我的心中升起。但此刻我强迫自己要冷静，当务之急是找到凶手，救出碧心。

我一边思考案情一边坐上下楼的电梯，不知不觉又到了物理学院的大门口。门口的保安见到我，露出了狐疑之色，显然是已经开始怀疑我的身份了。我赶忙主动上前打招呼道："这位大哥，您贵姓啊？"

"我姓陆。"

"陆大哥是哪里人啊？听您的口音不像海角市本地的啊。"

保安脸上的狐疑稍稍缓和了一点，说道："我是天涯市来的。"

"哦哦，天涯市啊，那陆大哥来海角市多少年了？"

"快三年了。"

"三年来您一直在这里做保安吗？"

"一开始是在经济学院做保安，一年前才调到物理学院来的。"

我从口袋里掏出早已准备好的香烟，送到保安面前，一边给他点上火一边说："陆大哥，关于昨天那个李教授的案件，我还有点事情要问一下您。"

"你们警察昨天半夜来的时候不是都问过了吗？"保安一边吐着烟圈一边说。

"哦，昨天晚上我请假在家休息，所以没来。今天上午同事也跟我说了一下大致的情况，但我觉得还是没有第一手的信息来得准确，所以想再跟您确认一下。"

"哦，那你问吧。"

"昨晚是您在这个门口值班吗？"

"是的。"

"哦,晚班是几点到几点?"

"从晚上六点到第二天早上六点。"

"哦,这段时间陆大哥您都待在值班室里吗?"

"没错。"保安听我一直叫他"陆大哥""您",再加上烟的作用,脸上的神情早已放松下来。

"对了,您昨晚值了一晚上的班,怎么现在又在值班啊?"我好奇地问道。

"嗨,别提了,这不今年冬天流感肆虐吗,跟我一起的那几个同事全都中招了,在医院躺着呢,所以这几天不管白班晚班都是我一个人值。"

"那您可够辛苦的。对了,昨天晚上九点到九点二十之间有人进来过这栋楼吗?"我开始把话题转移到案件上去。

"没有。"

"确定?您记得这么清楚?"

"唔。"这时保安突然露出了犹豫的神色,踌躇着似乎想说些什么但又不好开口的样子。

我赶忙开口道:"陆大哥您有什么想说的尽管跟我说,把我当成您的朋友就好。"

保安上下打量着我,嘿嘿笑道:"我要是有你这样的朋友,那真是睡觉都能笑醒。不瞒你说,昨天半夜警察来问的时候我没告诉他们,昨晚九点十五分的时候发生了一件事情。"

"什么事情?"我敏锐地感觉到有什么线索即将浮出水面。

"跳闸。昨晚我正在值班室里听着收音机,听着听着眼前突然变得一片漆黑,我立马反应过来是跳闸了,赶紧去了地下一楼的电力控制室,把电闸推上去,才又回值班室。"

"您这一趟大概花了多长时间？"

"三分钟，我记得很清楚，跳闸的时候正好是'吐槽秀'节目开始的时候，我回到值班室的时候看了下表，是九点十八分，所以一共是三分钟，不会错。"

保安口中的"吐槽秀"节目是海角市一档很有人气的广播节目，因为吐槽力度大、笑点多而深受欢迎，这档节目每天晚上都是九点十五分准时开播。

我不禁好奇道："那我的同事来问您的时候您怎么没说这事儿？"

保安露出一个尴尬的笑容："可能是因为我潜意识里觉得这根本是件无足轻重的小事吧，也就三分钟而已，所以当时压根儿没想起来。而且你那些同事都凶神恶煞的，把我弄得紧张死了，哪像你这么……"

我打断了保安的话："陆大哥您不觉得奇怪吗？当时这楼里就两个人吧，怎么会突然跳闸呢？"

"嗨，你别看这楼外面看着还挺气派的，其实建了好多年了，楼里的电路早就老化得不成样了，跳闸是常有的事。说不定当时李教授在做什么实验，启动了什么仪器。"

"哦，原来是这样。"我点点头，接着说道，"陆大哥，我还有最后一个问题：会不会有人一直躲在这栋大楼里躲上好几天，您却一直没有发现？"

"不可能。"保安自信满满地说，"我们保安每天早中晚都要仔细巡查一遍这栋大楼，一天要巡查三遍。我可以负责任地告诉你，在昨天晚上八点李教授来之前，这栋大楼已经有一个多星期没有人进来过了。案发的时候，只有李教授和那个很漂亮的女学生进来过。"

"我相信您,也相信你们团队的专业性。"我想伸出手拍拍保安的肩膀,但他的个子比我高很多,我只得作罢。

"啧啧,还是你说话中听,不像你那些同事。"

"陆大哥您提供的线索非常有价值,可能是破解李晨风教授被杀案的关键所在呢,我回去之后一定如实上报,到时候破了案帮您申请记个大功。"

保安兴奋地掐灭了手中所剩无几的香烟:"好好好,多谢,多谢你了。"

走出物理学院大楼时,已经是下午三点了,我匆匆打车前往碧心的家。

碧心住在海角市郊区的一栋豪华别墅,我第一次来她家是在初中的时候,不过当时我只是以普通同学的身份来参加她的生日派对而已。高二,当碧心将我介绍给她的父母,告诉他们我俩是恋人关系的时候,她的父母吃了一惊。本来,像碧心这种出身的人,父母估计是想等她长大后给她找一个门当户对的结婚对象,像我这样出身卑微的人他们肯定是看不上的。但好在碧心的父母还算比较开明,向来很尊重女儿的想法,只要女儿喜欢,他们也不会多说什么。所以后来,我又跟着碧心去过好几次她家,一来二去和她的父母也熟了。

"是小杨啊,赶紧进来,赶紧进来。"碧心的母亲徐巧芸一边客气地招呼着我,一边喊道,"少华,你看谁来了。"

碧心的父亲苏少华是海角市的市长,中等身高,瘦削的脸庞线条透露出坚毅的品格和威严的气质,因为平时有健身的习惯,所以身材看起来十分壮硕。母亲徐巧芸是海角市一家著名汽车公司的董事长千金,在国外留学毕业回国后,在知名投行工作。在嫁给苏少华之后,她又辞职专心做起了家庭主妇,虽然已经四十多岁,看起来还十分年轻,是个言行举止处处显露着优雅和高贵的美人。

在碧心家的客厅坐定以后,我开口问道:"伯父,您有利用您的关系调查过李晨风这个人吗?"

"不瞒你说,其实我曾经在一次会议上见过这个李晨风一面。当时他给我的印象是虽然外貌上有些欠缺,但说起话来十分斯文,是个彬彬有礼的中年男人,所以这次听说他想对我们家碧心图谋不轨时我非常惊讶。"苏少华接着说道,"幸亏那个凶手,不然我们家宝贝女儿就要惨遭毒手了。"

"话不能这么说,最终碧心还不是被这个凶手害得进了警察局吗?"徐巧芸显得有些气愤,插话道,"那些警察也是蠢得不行,不分青红皂白就把我们家碧心关了起来,只想着早点儿结案去领功,根本不管是不是抓错了人。那孩子从来就没受过苦,在那地方一定挨饿受冻的,也不知道现在过得怎么样了。"说着说着,徐巧芸的眼眶逐渐湿润了,她抽出茶几上的一张餐巾纸,抹了抹眼角的泪。

"那你们二位调查过李晨风有哪些仇人或者说对他怀有恨意的人吗?"我知道现在不是动感情的时候,便强忍住内心的情感波动,换了个方式再问了一遍刚刚的问题。

"当然调查过。我昨天夜里刚一知道这件事就花钱请了私家侦探去调查李晨风的人际关系,就在刚刚才找到一个有可能对他怀有强烈恨意的人,可惜……"

"可惜什么?"我迫切地问道。

"那个人只不过是个才上初二的学生,而且案发当时他独自一人被反锁在一间十三层楼的房间里,根本就不可能出来杀人。"

"什么,还有这种事?可不可以详细地说给我听一下。"我的眼睛里闪烁着兴奋的光芒。

十几分钟后,我已经大致掌握了碧心父亲苏少华调查到的线索。

江天华是一名在海角中学读初二的学生。他的母亲沈若离在和李晨风偷情的时候被他的父亲江建国撞破,江建国一怒之下和沈若离离了婚。离婚之后,江天华被判给了父亲,而沈若离一直做着李晨风的情妇。

江建国的身体一直不怎么好,这次因为撞见老婆出轨,气得怒火攻心导致一病不起。他是海角市一家证券公司的总经理,虽然身体不好,但十分富有。在离婚之后不久,他就又娶了一个年轻女人,也就是江天华现在的继母郑芳琴,然而再婚后仅仅半年左右,江建国就因病而死,留下了巨额的遗产给郑芳琴。据说郑芳琴是个非常奢侈的女人,当初愿意嫁给江建国这个老男人就是看中了他的钱。如今江建国已死,她如愿以偿地获得了巨额的遗产,便撕下了伪装温柔的面具,经常对江天华又打又骂,甚至拳打脚踢,据说有一次差点儿把他从楼上扔下去。

"江天华认为是李晨风害得他父母离异,又遭到继母的虐待,所以十分痛恨李晨风?"我问道。

"没错,那个私家侦探是这么说的。"苏少华点点头,"这个小孩一定是把李晨风当成自己身上所有悲剧的始作俑者了。"

"这个江天华年纪轻轻想问题倒是想得挺深入的,他是个什么样的人?"我好奇道。

"听说是个特别内向老实甚至有些懦弱的孩子,平时就很少说话,逆来顺受惯了。"一旁的徐巧芸补充道。

我点点头："这种性格的小孩确实很有可能做出一些极端的举动。"

"但是可惜他有非常完美的不在场证明。"苏少华叹了口气。

"能详细说说吗？"我知道自己正在一步一步地深入案件的核心。

苏少华起身从卧室里拿出了一支录音笔，放到茶几上，说道："你自己听听吧，这是那个私家侦探和郑芳琴的谈话原文。"

录音笔里缓缓发出了一男一女的声音。

"郑女士，你能详细说说昨天晚上九点到九点二十分之间的事情吗？"问话的是一个声音低沉的男人，应该是私家侦探。

一个声音非常尖细的女人高声叫道："没什么好说的。昨天晚上从七点开始我就一直和几个同事在家打麻将。"

我知道这肯定是郑芳琴在说话了。

"江天华呢？"

"他被我锁在房间里了。"

"啊？你把他锁起来了？"

"一开始没有上锁。快到九点的时候他突然从房间里跑出来大嚷大叫地说他要写作业，嫌我吵，让我把房门锁起来，然后又回房间里去了。我看见那个臭小子就心烦，恰巧他自己让我把他锁起来，哈哈。"

"他的房间是哪个？"

"喏，就是最东边的那间。"

"房门是从外面反锁的吗？"

"那当然，必须要从外面用钥匙才能打开。"

"你们一直打麻将到几点？"

"十点左右，每晚和同事们打麻将打到十点是我的生活习惯。"郑芳琴接着说道，"不过这个时候发生了一件怪事。"

"怪事？"

"嗯。十点左右，我出门将三个同事送到电梯门口，他们刚刚坐上电梯不久，我的手机就响了，是一家快递公司打来的，让我去楼下取快递。我家住在十三层，可是电梯刚刚下去，电梯门外的数字显示电梯才下降到第十层，我又是个急性子的女人，于是我一狠心穿着拖鞋就走楼梯下去了。"

"哎？现在的公寓大楼不是都有两台电梯吗？"

"边上的电梯坏了，一开始我当然是准备坐另外一台电梯的，可是我走过去一看，电梯门被两条相互交叉成X形的封条给封住了，门旁边还贴着一张告示，用很大的字写着：该电梯出现故障，正在维修中。为了您的生命安全，请不要乘坐。"

"你说你穿着拖鞋就下楼了？那你有没有关门？"

"当然没关，因为我本来打算把同事们送到电梯门口就马上回去，谁知道他们刚上电梯就有快递打电话来。"

"那你有没有带钥匙？"

"没有。本来我也想先回去换双鞋子，把钥匙拿了，门关好再下去的。可是那个快递员的口气非常急，好像催人还债一样地催我马上去取，而我又是个急性子，所以最后我没有多想就直接穿着拖鞋走楼梯下去了。"

"你大概用了多长时间回家？"

"下楼大概用了八分钟，拿快递用了大概两分钟，坐电梯返回十三楼大概要两分钟，所以我这一趟应该一共花了十二分钟左右吧。"

"有没有可能……江天华是在那个时候跑了出来？"

"不可能。我回家之后，立刻拿起放在客厅桌上的钥匙打开了他的房门，那小子正老老实实地坐在里面写作业呢。"

"江天华这几天有什么异常的行为吗？"

"没有。昨天是星期天，这小子自从二十三号星期五下午补完课回家之后，就一直一个人待在房间里，整个周末都没有出来过。"

"他不用吃饭吗？"

"他房间里有面包之类的东西，我才没空做饭给他吃呢。"

"最后再问一个无关紧要的问题，那个快递员是哪家公司的？"

"还用问吗？这么晚还会送快递的只有京西快递了。不过那天收到的快递我到现在也不知道是谁寄给我的，哈哈哈，反正暗恋我的人多了去了，给我送点惊喜也很正常，哈哈哈。"

谈话声到这里戛然而止，录音结束了。

"那个叫郑芳琴的女人有没有可能撒谎？"我问道。

"应该不会，私家侦探说那个女人一身的名牌，脸上的妆化得很浓，而且可以明显感觉到她非常讨厌那个叫江天华的孩子，不可能包庇他。"苏少华非常肯定地说。

"郑芳琴和江天华住在哪里？"

"离海角大学不远。"徐巧芸想了想说道，"在海角大学西边，就是那个钱贵大厦。听说再过不久，郑芳琴就要搬到新家去了，她用江建国留下的遗产在市区买了一栋豪宅，等装修完就搬过去住，不过估计她不会带着江天华一起。"

"钱贵大厦？"我稍稍有点惊讶，"具体的门牌号码是多少？"

"一三〇七，也就是十三楼的七号房，在大厦的最东面。"

沉默了一阵，我自言自语道："现在只剩下最后一个，也是最困难的问题没有解决了。"

"小杨，这次你一定要帮我们家碧心洗刷冤屈，真的全靠你了。"徐巧芸忽然站起身来，紧紧握住我的手说道。

我赶忙用坚定的语气说道："伯父伯母，你们放心吧，碧心是我生命中最重要的人，我绝不会让她受到任何伤害。记得以前每次别人欺负我都是她帮我解围，这次轮到我来帮她脱离困境了！"

下午五点左右，我赶到郑芳琴和江天华住的钱贵大厦附近。

从外面看，这是一栋非常高的长方形大楼，总共有二十二层。

我仔细观察着这栋大厦周围的环境，发现这栋楼离海角大学物理学院那栋楼并不是很远，但也不算近。

钱贵大厦的东面正对着海角大学物理学院那栋楼，两者之间隔了二十米左右，从海角大学物理学院那栋楼往西边数的话，这二十米大约可以分为这几个部分：从物理学院西侧的墙壁到海角大学校园的围墙大约两米，围墙外面是一条宽约十米的小河，小河西边是一条加上人行道宽约八米的马路，马路西边紧接着就是钱贵大厦了。

晚上七点左右，我筋疲力尽地坐在钱贵大厦楼下一个公园的秋千上，想要休息一会儿。从五点到七点，我花了两个小时的时间确认了一个事实：从钱贵大厦出发，即使立马坐出租车走正常路线到达海角大学物理学院也要四十分钟，虽然两者之间的直线距离只有二十米左右，但因为小河的阻隔，必须要沿着马路绕一个大圈子，然后还要再绕大半个海角大学的校园才行。

可是李晨风最晚在九点二十分就已经被杀了，而直到九点左右，江天华还被证实待在房间里。

——到底是怎么做到的呢？

我坐在秋千上努力地思考着。

突然，两位正在散步的老人的对话打断了我的思路。

"现在的年轻人素质真是越来越低，社会治安也越来越差了，小偷强盗越来越明目张胆了。"其中一位满头白发的老人说道。

"可不是嘛。昨天晚上住四楼最东面的张老太太一个人在家里的客厅看电视，突然'砰'的一声巨响，房间里面闯进一个强盗，把她吓得半死。"另外一位光头的老人说道。

"啊，那后来张老太太怎么样了？"

"听说那个强盗在她家里翻来翻去，把她家里翻得乱七八糟的，但是好像没找到什么值钱的东西，最后那个强盗硬是把她脖子上那条不值钱的假项链给夺走了。"

"张老太太人没事吧？"白发老人担心地问。

"张老太太没事，就是受了点惊吓。"

"哦，人没事就好。"白发老人松了口气，"她也是个苦命的人，儿女都在国外，几乎从没回来看过她，也没给她买过什么值钱的东西。这强盗也是倒霉，偏偏跑去张老太太家抢劫。"

光头老人点点头："可不是吗，而且动静还搞得很大，据说那强盗是打碎窗户进来的，而且那扇窗户几乎是整块玻璃完全粉碎了，就像是被什么东西大力撞破的一样，所以才会发出'砰'的一声巨响。"

"哇，居然有这么明目张胆的强盗！"白发老人皱了皱白色的眉毛，"现在的社会治安真是越来越差了，住四楼也不保险了。那些警察也是越来越没用，整天就想着拿公款吃喝，真到抓贼的时候啥事也不会干，真不知道国家养这一群饭桶有什么用。"

听到这里，我脑海中似乎有什么东西闪过，但没等我反应过来便转瞬即逝。某种奇妙的直觉促使我站起身来走到两位老人面前，问道："两位老人家，您们刚刚说的张老太太是住在哪里的啊？"

两位老人先是一怔，接着露出警觉的表情，仔细观察了我几秒钟，随即表情缓和下来，可能是看我的样子只是个人畜无害的大学生吧。

那位光头老人伸出右手指了指面前的建筑："喏，就是这栋钱贵大厦。"

——江天华真的是凶手吗？如果他是凶手的话，是如何逃离被反锁的房间的？又是如何在二十分钟以内到达李晨风办公室的？

——到底是怎么做到的？又应该去哪里寻找证据呢？

明天早上八点这个案子就要开庭审判了，时间只剩下不到十二个小时了。如果十二个小时内我还是找不到真正的凶手，那么碧心将被永远地关进监狱，甚至可能失去生命。

我不敢再多想，失去碧心的生活要如何过下去。

此刻的我坐在公园里的秋千上，冬日夜晚的气温已经降到了零度以下，凛冽刺骨的寒风肆意地侵袭着我，让我的身体不住地发抖。而一整天的连续调查已经让我的身体疲劳到了极点，眩晕感和呕吐感像潮水般一阵阵地涌来。

我感觉自己的身体已经接近崩溃的边缘，但我还不能放弃，即使只剩下最后一口气，我也一定要救出碧心。

我慢慢地晃动秋千，身体也随之逐渐摇晃起来，远处海角市的万家灯火点缀在夜幕之上，多少让人在这萧瑟的冬夜中感受到了一丝丝的温暖。

　　随着秋千的摆动,我想起中学时代常常会和碧心一起去学校附近的公园里散心。

　　那时候,我总会一个人坐在草地上看着喜欢的推理小说,而碧心则很喜欢荡秋千,她说秋千那种有节奏的周期性摆动能带给她深深的愉悦感,让她暂时忘记现实中的烦恼。

　　明媚的阳光洒在她的白色水手服和深蓝色短裙上,反射出浅浅的金色光芒。她的影子被倾斜的阳光拉得很长,投射在青青的草地上,映衬出美丽的轮廓。

　　我的脑海里浮现出这幅唯美的画面,渐渐地,画面旋转、翻滚,我感觉自己的全身似乎都被这幅画包围了。

　　——如果时间可以再来一次,我绝对不会在那时候看什么狗屁推理小说,一定会陪着她一起快乐地荡秋千。

　　——也许,这辈子再也没有机会和她一起荡秋千了吧……

第十七章　伪　装

　　吴寒峰没有理会赵荣杰疯疯癫癫的话语，他现在一心只想破解密室之谜，早日找到凶手。
　　郑医生突然喊道："你们快看，我有一个重要的发现。"
　　"什么发现？"另外三人都转过头望向郑德天，赵荣杰也安静了下来。
　　郑德天用手指着焦尸的脸——如果那还能称作脸的话——说道："我仔细查看过了，虽然尸体全身都被烧得焦黑，但如果仔细对比的话，就会发现，尸体脸部的烧伤程度明显要比其他部位更加严重。"
　　"什么意思？为什么会这样？"
　　"有两种可能：一种情况是脸部是最先烧起来的地方，也就是说火是先烧到脸上，然后扩散到整个头部，最后再烧遍全身。这样脸部的烧伤程度就会最高，因为受到火烧的时间最长。另外一种情况是……"
　　吴寒峰情不自禁地插嘴问了一句："是什么？"
　　"也有可能凶手在烧死了思晴小姐之后，又故意点火将她的脸烧得稀巴烂。"
　　"什么？凶手为什么要这么做？人都已经烧死了，为什么还要再烧一遍脸？"范管家不解地问。

"因为凶手不想让我们看清死者的脸。"吴寒峰冷冷地说。

"为什么？"

"因为脸是识别一个人最直接的手段，凶手不想让我们看清死者的脸，当然是为了隐藏死者的真实身份。"

范管家睁大了眼睛："你是说，死的不是思晴小姐？"

吴寒峰摇了摇头："现在还不能确定，但是我可能需要转换一下思路了。"

"你有什么思路？"安静了没多久的赵荣杰开口问道。

吴寒峰将昨晚他在房间里的思考向在场的另外三人说了一遍。

"你、你怀疑思晴小姐是这起连环杀人案的凶手？"范管家露出一脸难以置信的表情。

"没错。"

"可、可是现在她也成了被害者。"

"在见到尸体的一刹那，我就在心里推翻了凶手是汪思晴的推断，但刚刚郑医生的话却让我不得不重新捡起了这个推断。"吴寒峰顿了顿，语气一变，反问道，"如果这具焦尸并不是思晴小姐呢？"

"什么？可、可是这只戒指……"范管家瞟了一眼尸体上的戒指。

"这个好办，只要思晴小姐把自己的戒指取下来，戴在尸体左手的小拇指上就行了。"

郑医生摸了摸下巴，皱起粗短的眉毛说："你的意思是思晴小姐烧死了另外一个人，然后烧烂这个人的脸，再将自己的戒指脱下来戴在死者的左手小拇指上，将这具尸体伪装成自己的，从而让大家以为自己是被害者，好将自己从嫌疑人的名单中排除掉？"

"我不能肯定，但确实有这种可能，不是吗？"

"可是，光凭戒指就想将别人的尸体伪装成自己的，也未免太小看我们了吧。"

"不，戒指只是一个辅助性的物品，更重要的是两个心理条件。"

"心理条件？"

"刚刚我看见这具焦尸的第一眼，便在心里认定这是思晴小姐的尸体，我连戒指都没看见，却自然而然地这么想，为什么呢？"

"因为我们正在找她啊。"

"没错，这便是第一个心理条件。如果你正在找一个失踪的人，而偏偏这时候正好发现了一具尸体，是不是会很容易把这具尸体和失踪的人联想到一起？况且，这座岛上又恰好已经发生了三起连环杀人案，我们很自然地就会把这个失踪的人当成第四位受害者。"

"那另外一个心理条件呢？"

"另外一个心理条件是思晴小姐的身份。"

"身份？我不明白。"范管家摇了摇头。

"我想大家已经发现，前三起案件除了手法上都是不可能犯罪以外，还有一个共同点——那就是被害人都是汪家的人。不仅如此，三人的被害顺序是汪老爷汪康森、汪大少爷汪思明、汪二少爷汪思亮，如果告诉在场的诸位接下来还会有人被杀，那么诸位脑海里最先浮现出的受害者是谁呢？"

"没、没错，在二少爷被杀之后，我就想过如果杀戮还没停止，那么下一个被害人很有可能是思晴小姐。"

范管家的话音刚落，郑德天点了点头，表示自己也有过同样的念头。

"所以，你的意思是汪思晴利用了大家的这两个心理条件，再加上一枚戒指，让我们以为这具尸体就是她本人，从而摆脱自己的嫌疑。"

"我并没有确定，只是说存在这种可能性。在这种可能性下，汪思晴小姐无疑就是这一连串不可能犯罪的凶手，她的最后一步是将自己伪装成受害人，从而彻底摆脱嫌疑。但是我们知道，想要将别人的尸体伪装成自己谈何容易，好在我们如今身处在一个与世隔绝的孤岛之上，警察完全无法介入，这就为伪造尸体身份提供了极大的便利。"

"没错，如果警察介入的话，只要稍微做一下专业的尸检，立马就会发现尸体身份的蹊跷。"郑医生摸着下巴说道。

吴寒峰接着说道："在无法进行专业尸检的情况下，伪造尸体身份唯一的障碍就是尸体的外在特征了，因此最好的办法就是火烧，一把火烧成焦尸，从而消除所有的外部特征。汪思晴也是这么做的，只是她在烧完之后发现最重要的外在特征——脸部并没有完全烧毁，所以又特意在脸的部位放了一把火，彻底把尸体的脸部烧烂。"

"所以才会造成现在这种脸部烧毁程度最严重的情形。"郑医生幽幽地叹了口气。

"而且刚刚郑医生你也说了，烧成这样的尸体你根本无法判定死亡时间，也就是说有可能这个人在被火烧之前已经是一具尸体了。"

"什么？可是你看这凌乱的房间，受害人生前应该遭受了极大的痛苦，以至于到处乱滚乱撞，把桌子和书架全都撞倒了。"

"这也有可能是汪思晴的伪装，她事先把房间里的书桌和书架都弄得七倒八歪的，让人以为受害人是被活活烧死的。"

"我、我还是不敢相信思晴小姐是凶手。"范管家有些结巴地说，"她、她是个很温柔的人。"

吴寒峰摆了摆手："我也说了只是存在这种可能性，而且思晴小姐是唯一有杀人动机的人，但并没有任何证据来证明这种可能性就是事实。对了，范管家，你今天上午看见汪思晴急匆匆地走出了云雷庄，当时她的模样是否有什么异常？"

"异常？唔……"范管家眉头紧蹙，摇了摇头，"我也只是匆匆一瞥，并没有太注意，好像也就是比较匆忙，走路的速度很快，其他的倒没什么。啊，对了！确实有一点和平常不一样。"

"什么不一样？"

"眼镜。今天早上我看到思晴小姐的时候她没戴眼镜，要知道思晴小姐患有重度近视，如果不戴眼镜根本看不清东西，所以平时的她不可能不戴眼镜。"

"原来如此，"吴寒峰的脑海里浮现出汪思晴那副厚厚的眼镜，"一个重度近视的人没有戴眼镜就急匆匆地要出去，到底是要去干什么呢？"

"管她要去干什么！"赵荣杰刚刚平复下来的情绪似乎又波动起来，"就算按照刚才的假设，凶手是汪思晴，那么她在烧完尸体之后是如何离开这个房间的呢？不要忘了，这次的现场又是一个密室！该死的密室！"

"你说得对，如果没法破解凶手使用的密室诡计，那么任何推测和假设都是徒劳。"吴寒峰又看了一眼这个曾经摆满书，如今却已全部烧成灰的房间，语气就像泄了气的皮球一般。

"不，还有一个更大的问题：如果凶手是思晴小姐，那么这具焦尸的身份到底是谁？"郑医生自言自语道。

第十八章 箱　子

吴寒峰一行人急忙回到了云雷庄。

郑医生的问题像一根卡在喉咙里的鱼刺一般，让他们不得不立马回到云雷庄，确认是否有人失踪。

还好，岛上剩下的人都还好端端地坐在云雷庄的客厅里。

吴寒峰特别注意了岛上女性的人数：汪雨涵、林月婷，还有杨晓彤和周梦缘两个女佣，除了汪思晴以外，剩下的女性都在云雷庄里。

他松了一口气，看来那具焦尸并不是这些人当中的某一个，然后他才将云雷馆里发生的事件和自己的推理向在场的人和盘托出。

"什么？你怀疑思晴是这一系列连环杀人案的凶手？"林月婷吃惊地问。

"仅仅是猜测而已。"

"那……那具烧焦的尸体究竟是谁的？我们可都好端端地在这里坐着啊。"

"这个，我也不清楚。"

"难、难道说姑姑早就已经策划好这一系列杀人案，所以提前准备好了一具和自己相似的尸体？"汪雨涵的双眼里流露出惊恐的情绪。

"可、可是思晴是怎么把尸体带上岛的？"林月婷似乎被女儿的情绪感染了，身体有些发抖地问道。

"大、大箱子。"女佣杨晓彤突然开口道。

"什么大箱子？"

"七月一号那天思晴小姐是最早来岛上的，她是中午到的，大少爷和大少奶奶是傍晚才到的。当时范管家和梦缘刚从陆地上买了大量的食材和日用品回来，正在收拾，腾不出时间，所以是我去接的她。她来的时候带着一个大箱子，因为女人出门一般带的东西会比较多，所以我也没多想。到了云雷庄之后她就直接提着箱子去了自己的房间。"

"那个箱子现在在哪儿？"

"应该还在思晴小姐的房间里。"

杨晓彤说完，吴寒峰和汪雨涵已经快步走向了二楼。

那个大箱子就这样打开着放在汪思晴房间的地板上。箱子的外表呈银白色，体积也确实相当大，然而箱子是空的，里面什么也没有。

"难道汪思晴就是把准备好的尸体塞在这里面带上岛的吗？"吴寒峰自言自语道。

突然，汪雨涵抓住吴寒峰的胳膊，全身颤抖地指着箱子里面说道："你看。"

吴寒峰这才看到，箱子的内衬几乎完全被染成了红色。起初他以为箱子的内衬本来就是红色的，所以没有太注意，这时才发现是被某种液体染成了红色。

他走过去，用手摸了摸红色的内衬，然后把手指伸到鼻尖附近。

——是血！虽然已经干了，但仍然有浓烈的腥味。

此时，剩下的人也都赶到了汪思晴的房间。

吴寒峰将在箱子里发现大量血迹的事情告诉了大家，林月婷第一个捂住嘴惊呼道："难、难道真的是思晴……"

"难、难以置信，有人会把尸体塞在箱子里随身带着。"

"可、可是这具尸体到底是谁？"郑医生问道。

"管她是谁，总之汪思晴在上岛之前就已经将此人杀害，然后把尸体藏在箱子里带上了岛。接着她在岛上先后杀害了她的父亲和两个哥哥，最后将带上岛的尸体烧焦，把自己也伪装成被害人，从而让自己摆脱嫌疑。不仅如此，她还按照五行元素的顺序杀人，想把大家的注意力都转移到五行怪的传说上去。"赵律师的语气十分愤怒。

"可是究竟是为什么？为什么思晴姑姑要杀死爷爷、爸爸和叔叔？"汪雨涵的声音里带着哭腔，"难道真的是为了爷爷的遗产吗？"

此时，赵律师插嘴道："不、不对啊，按照汪思晴的想法，我们会以为她已经被杀害了。如果她是为了继承汪康森的遗产的话，总有一天要现身才行，那到时候我们这些人不就立马知道她是幕后凶手了吗？只要我们一做证，别说遗产了，警察可不会轻易放过这个背了好几条人命的杀人凶手。"

"除非……"吴寒峰的脸色突然变得十分严峻，"除非那时我们都已经不在了。"

"什么？你说什么？"

"假如汪思晴为了遗产连自己的父亲和哥哥都敢杀，你觉得她还会在乎我们这些人的性命吗？"

"你、你是说她要把我们都杀光?"赵律师瞪大了眼睛。

"根本不用她动手,只要再过几天,我们自己就撑不住了。"

一旁的范管家叹了口气:"是啊,今天早上我又仔细算了一下,岛上的食物最多还能支撑三天。"

"什么?之前不是说还能再撑一个多星期吗?"

"今天早上我发现冰箱坏了,这么热的天气,没有冰箱的话,很多食物立马就会变质,没法吃了。"

"冰箱怎么会坏?"赵律师声嘶力竭道,"难道又是汪思晴搞的鬼?"

"我今天一早起来到厨房做饭,发现冰箱的电线插头被人剪掉了。"

"一定是汪思晴,一定是她干的。"赵律师握紧拳头,用力地拍打着旁边的墙壁,"她想让我们尽早饿死在这个岛上。"

"那她自己呢,她去哪里了?"

"当然是已经离开这个岛了。"吴寒峰接口道,"范管家,你还记得那艘小船吗?"

"当然记得。"

"现在看来应该是汪思晴剪断了绳索,然后把小船藏了起来,等她完成了连环杀人计划之后,再坐小船逃之夭夭。"

"你的意思是汪思晴现在已经坐小船离开岛了?"

"很有可能。"

"我还是不明白,爷爷的遗书不是在赵律师那里吗?如果赵律师也死了,那她做的这一切还有什么意义?"汪雨涵大声喊出疑问。

"不,你错了。如果我们全部死掉,那么作为汪康森唯一的直系亲属,遗产自然而然地会全部归她所有,遗书什么的早就毫无意义了。"赵律师的嘴角扬起了一丝自嘲般的微笑。

"难、难道就没有别的办法了吗？"汪雨涵的眼泪已经哗啦啦地落了下来。

"不，凶手一定还在岛上。"突然，一个冷静的声音响起。

是郑医生。

"你说什么？"

"凶手一定还在岛上。"

"为什么？"

"你们都忘了吗？凶手是按照五行元素的顺序来杀人的，现在金、木、水、火都有了，还差一个土呢？"

"都这种时候了，谁还管什么五行顺序啊！"

"不，凶手一定会管。"

"为什么？"

"从这几起连环杀人案的特征来看，凶手一定是个对不可能犯罪极度痴迷，而且仪式感很强的人，甚至说有强迫症也不为过，所以他不可能只利用金、木、水、火四种元素，还差最后一种五行元素：土。他一定要把这最后一块拼图也拼上，从而完成他内心引以为豪的究极杀人艺术！"

"疯了，简直是疯了！"赵律师大喊道。

"你是说汪思晴还留在岛上，而且还要再杀人，并且这次杀人手法会和土有关？"吴寒峰问道。

"我说的是凶手，没说汪思晴。"郑医生纠正道。

吴寒峰没理会郑医生的纠正："不管怎么样，不管她是否还在岛上，不管她是否还要杀人，我们都必须在三天内逃离这个岛。"

"说得轻巧，到底要怎么逃？"

"如今岛上的通信被切断了,我们必须先恢复通信,早点儿和外界取得联系,然后就能求救了。"

"可是岛上唯一一座信号发射塔已经被雷击坏了啊。"范管家说道。

"事到如今,你们还觉得那是被雷击坏的吗?"汪雨涵在一旁突然插嘴反问道。

"啊,不对。"范管家恍然大悟一般,"不是雷击,是凶手故意破坏的。"

吴寒峰开口道:"如今之计,靠我们这些人想把发射塔修好是不可能的了,如果想和外界取得通信的话,必须另想办法才行。"

"还能有什么办法?"汪雨涵用力擦干了眼泪,露出期待的表情。

"我也不知道。"吴寒峰摆了摆双手。

汪雨涵满脸失望地说:"我还以为你能有什么奇思妙想呢。"

"我倒有一个想法。"范管家开口道,"你们也都看到了,那片大沼泽附近有一片树林,里面长了很多竹子,正好仓库里有斧头、锯子和绳子。"

"你是说用斧头和锯子把竹子砍断,然后用绳子绑起来做成竹筏?"汪雨涵瞪大了红肿的眼睛。

"没错。"

"听起来好有意思啊。"汪雨涵兴奋地拍了拍手,"终于有办法离开这个岛了。"

一旁的郑医生说道:"这个想法是不是太天真了?感觉有点像武侠小说里才会出现的场景。"

吴寒峰在一旁应和道:"是啊,且不说要多大的竹筏才能载得下我们这么多人，就算我们都坐上了竹筏，在这茫茫大海中，我们根本不知道竹筏会漂向哪里，搞不好漂到太平洋，那就更回不去了。"

"你们都忘了吗？这个岛不远的地方有一个海军基地啊，我们只要能划到那里就得救了。"

"对哦，我怎么忘了这茬，"吴寒峰眼睛一亮，"那个海军基地在哪个方向？"

"在岛的东边，我算了下，如果顺利的话，大概四个小时就能划到。"范管家继续说道，"现在这种情况，一直待在岛上无异于坐以待毙，结果要不就是被凶手杀死，要不就是活活饿死，还不如去大海上碰碰运气，说不定就会遇到过路的船只将我们救了，再不济半天时间总能划到海军基地了吧。至于竹筏能不能坐下的问题，这个倒不用太担心，我们这里四男四女，竹筏只要稍微做大一点，我们挤挤一定可以坐得下的。"

听了范管家的这番话，吴寒峰一时之间也不知道该说什么才好，只能把目光转向在场的其他人问："你、你们觉得呢？"

一阵沉默，在场的每个人都呆坐着，目光涣散地望着眼前的那一小块空间，只是视线并没有聚焦在瞳孔里。

"我同意范管家的想法。"郑医生的声音率先撕破了平静的空气，"与其坐在这里等死，不如放手一搏，碰碰运气。"

听到一向沉着冷静的郑医生都这么说了，其他人也纷纷附和道："是啊，已经不可能有十全十美、百分百成功的办法了，哪怕有百分之一的概率能回去也比坐在这里等死好。"

"我宁愿掉到海里被淹死，也不要在这岛上活活饿死，更不想被凶手残忍地杀死。"

吴寒峰听了众人的话，转向范管家说道："现在也没别的办法了，我们只有三天时间了，来得及做一个大竹筏吗？"

范管家环视了一圈在场的人，回答道："如果这里的人一起上阵的话，两天应该就够了，只是……"

"只是什么？"

"只是在场的人有一半都是女的，我怕……"

汪雨涵打断了他的话，大声说道："别小瞧我们女人，以前在学校的时候，我可是曾经把两个喜欢欺负人的人高马大的男生给揍哭了呢。"

"这种时候不管是男是女，都必须全力以赴了。"林月婷露出一丝苦笑。

范管家点点头："那好，时间紧急，我现在就去仓库里拿斧子、锯子和绳子，我们马上去那片树林。"

第十九章 逃 亡

七月十日，云雷岛。

就这样，男人们负责砍竹子和锯竹子，女人们则负责用绳子把竹子捆成一排。还没到三天，一个不大不小、还算结实的竹筏就做了出来。

这天中午，众人合力将竹筏抬到云雷岛的东边，将竹筏放下海，准备逃离这座岛。

"终于要离开了。"吴寒峰回头望了一眼云雷岛，云雷塔的顶部清晰可见，他的嘴角扬起一丝自嘲的笑意。

他在笑自己直到即将离开这个岛，依旧没有弄明白凶手所使用的杀人手法。然而这一切如今已经不重要了，他现在只希望有个好运气，能够顺利地去海军基地，然后返回大陆。

当然，即便如此，他依然没有放弃解开谜题的希望，他知道凭借自己的能力已经不可能了，而此行凶多吉少，搞不好会葬身大海，到时候岛上这一系列神秘杀人事件将永远无人知晓，更不要说背后的真相了。

——一定会有人揭开真相的！

吴寒峰从口袋里掏出一个小小的玻璃瓶，里面塞了好几张纸，纸上密密麻麻写满了字。那是昨晚他在房间里足足写了两个多小时的成果——从登岛的缘起一直到即将离开这座岛，他将自己这段时间的所见所闻全都详细地写在了这几张纸上，然后他将纸用力塞进了这个小玻璃瓶里，用木塞死死地堵住了瓶口。

"你们说，凶手真的是思晴吗？"林月婷一只脚已经踏上了竹筏，另一只脚却没有动，而是直愣愣地问了这么一句。

"谁知道呢？"已经站到竹筏上的汪雨涵蹲下身，一只手按住裙子，一只手伸进了海水里轻轻摆动着，"总之，我们一定要活着回去，然后把一切都告诉警察，他们自然会把真相查个水落石出。"

"不知道凶手还在不在岛上。"伴随着吴寒峰的这声疑问，竹筏缓缓地离开了云雷岛。

划船的是赵荣杰，当然所谓船就是这个竹筏，而划船的桨则是一根竹竿。众人约好由男人们轮流划船，每个人划一小时，赵荣杰是第一个。

杨晓彤和周梦缘此时正在给众人分发干粮和水。岛上的新鲜食物今天中午已经被他们全部解决了，剩下的面包、罐头等零食都被他们当作干粮带上了竹筏，当然他们也没有忘记带水。郑医生测算过，这些零食和水最多还可以提供给船上的人三天的能量，如果三天之后他们还漂在海上，没有找到新的食物来源，那么饿死在海上就是他们唯一的结局。

此时，每个人都在心里祈祷，他们可以顺利逃生。

然而，一件让他们始料未及的事情发生了：才刚刚驶离云雷岛还没到二十分钟，竹筏当中的一根竹子突然"砰"的一声裂开了。

随着这根竹子的开裂,海水涌了上来,更惊险的是,随着水不断地往上涌,捆住竹筏的绳子逐渐松动,竹子四散开来,整个竹筏变得四分五裂。

这突如其来的意外让所有人都始料未及,一时之间竹筏上的众人全部落入海水当中,他们惊慌失措地抱住四散开来的竹子,总算勉强保持住了身体的平衡。

一阵慌乱当中,不知道是谁大喊了一声:"赶紧往回游,这里离云雷岛还很近,往回游还有希望。"

吴寒峰听到这句话之后也大喊道:"大家抱紧竹竿,往云雷岛的方向游吧。"

就这样,也不知道游了多久,这群人终于又回到了云雷岛——这个他们不顾一切想要逃离的地方。

只是此时,他们全都筋疲力尽地躺在海边的沙滩上,没有力气去思考接下来的行动。

只要这一刻还活着就行——每个人心里都这么想着,至于下一秒会变成什么样,就交给命运来决定吧。

"不对,少人了。"虽然已经七十多岁高龄,但范管家还是第一个从沙滩上站了起来。

他迫切地想知道刚刚的意外有没有导致更严重的后果,然而他最担心的情况还是发生了。

"晓彤和梦缘不见了!"范管家大喊道。

"什么?"其他人听了这话都腾地一下站了起来,转动目光向四处搜寻。

然而,整片沙滩上都没有这两人的身影。

"一定是被海浪冲走了……"范管家的脸上写满了悲伤。

"不要，我不想再有人死掉了。"汪雨涵突然紧紧抱住吴寒峰，眼泪像雨点一样落了下来。

就在此时，一道白光划破天际，落在远处的海平线上，紧接着，轰鸣的雷声响起。

暴风雨又来了。

"我们先回云雷庄躲雨吧！"吴寒峰轻轻拍了拍汪雨涵的肩膀，柔声说道。

汪雨涵渐渐止住了哭声，而豆大的雨点已经落了下来，并且势头越来越大。

吴寒峰等人急忙起身，往云雷庄的方向走去。

走了大约半个小时，众人已走到那片大沼泽附近，汪思明的尸体还插在沼泽中央的树枝上，经受着风雨的洗礼。虽然大雨像帘幕一样遮挡了大部分的视线，但云雷庄的影子已经隐约可见，大约再走二十分钟，他们又将回到熟悉的云雷庄客厅。

然而，众人的心情却像跌落悬崖的石头一样，不断下沉。食物和水已经全部葬身大海，就算回到了温暖舒适的云雷庄，等待他们的依然只有活活饿死这一种命运。

吴寒峰突然想起了什么，他用手摸了摸裤子的口袋，然后又翻遍了身上其他的口袋。

——玻璃瓶不见了。

—— 一定是竹筏散裂的时候掉到海里了。

他长舒一口气，因为原本他就计划要把这个玻璃瓶扔到大海里，等待路过的有缘人发现它。现在，他不必为此再特意往海边跑一趟了。

也许，云雷庄就是自己生命的终点了。他看了看身旁的汪雨涵，无奈地笑了笑。这个自己短暂的一生中唯一爱过的女人，却亲手将自己带到了生命的终点。但他并不埋怨她,能和这个女人死在一起,也算不枉此生了。

想到这里,他转过头,隔着厚厚的雨帘,轻轻叫了声:"雨涵。"

汪雨涵抬起头,两人的视线在雨中交汇,她的嘴唇微微颤动,似乎想要说些什么。

就在这时,一声巨响传到了众人的耳边,整个云雷岛似乎都震了一下。

这不是雷声!

吴寒峰朝传来巨响的方向转过头,眼前的一切让他难以相信自己的眼睛!

是泥石流!

云雷岛西北部的那座山坡上,大量的泥沙夹杂着石块如同土黄色的海啸一般,怒吼着朝他们奔涌而来。

"不好,是泥石流,暴雨引发了泥石流!"郑医生大喊道。

"快跑啊。"吴寒峰大喊一声,拉起汪雨涵的手,朝东南方向跑去。

只是,汹涌而来的泥石流像一头狂怒咆哮着的巨兽,已经冲到了他们的身后,瞬间便淹没了所有人。

在失去意识之前的最后一刻,吴寒峰仍然紧紧握着汪雨涵的手,只是他的脑海里突然闪过了一个可怕的念头:这场泥石流也许并不是因为暴雨所导致的,刚刚的巨响是爆炸的声音,有人趁着暴雨用炸药炸开了那座山,人为地制造了一场泥石流,目的是要将岛上所有剩下的人一网打尽。

是凶手!是岛上这一系列神秘连环杀人事件的凶手!凶手

还在岛上!

　　而这，正是凶手依照五行顺序杀人的最后一环——借"土"杀人。

第二十章　侦　探

八月十六日，N国南海的一艘豪华游轮上。

宋立学捂着嘴巴，冲向甲板边缘的栏杆，然后迅速地移开手掌。下一秒，胃里的东西像火山爆发时喷涌而出的岩浆一样，从他的嘴里一泻千里，在青碧色的海面上留下微微的波纹，然后迅速地融入海水之中，消失不见。

就这样趴在栏杆上呕吐了好一会儿，他才感觉翻江倒海的胃部稍微好受了一点。他摸摸自己干瘪的肚皮，转过身，无力地弯下腰，背靠着栏杆，缓缓坐到了甲板上。

宋立学是天涯市天涯大学哲学系大三的一名学生，爱好就是看书，尤其喜欢看哲学和历史书，平时除了上课就是宅在宿舍或者窝在图书馆里看书，从不参加任何集体活动和体育运动，是个标准的死宅。

一个标准的死宅为什么会出现在这样一艘豪华游轮上？这都拜他的室友马旭光所赐。马旭光的父亲是一家著名的上市科技公司恒光集团的CEO，是天涯市几个有名的超级富豪之一。不知是不是心血来潮，他要举办一届史上规模最大的全球人工智能探讨会。他向来遵循"有钱就可以为所欲为"的硬道理，别出心裁地将会议地点选在了大海上,当然,要在海上举办活动,自然需要船。他包了一艘可能是整个天涯市最豪华的巨型游轮——岛田号,载着几百名与会人员,来到南海上,一边享受着夏日清凉宜人的海景,一边召开为期一周的会议。

当然,动用如此大的财力,一方面是因为马旭光的父亲向来行事高调,喜欢弄些大新闻;另一方面,也是因为这次会议的与会人员阵容强大,几乎集中了人工智能领域最顶尖的科学家、工程师,还有来自金融、IT等行业的大佬和商业精英。

作为主办人的儿子,马旭光本来也要参加这场盛会的。可不凑巧的是,会议开幕的当天,正巧是马旭光女朋友周薇薇的生日。周薇薇也是富二代,她的母亲是天涯市最大的电器公司的董事长,也是天涯市十大超级富豪中唯一的女性,经常说的一句话是:当你站在山顶的时候,你的头上还有星空。如今她的母亲已经成了天涯市乃至全国想在事业上有所成就的女性的精神偶像。

而周薇薇作为富二代,过生日自然少不了举办派对,当然她邀请的朋友也都是"圈内人"。马旭光作为周薇薇的男朋友,这次的派对他自然是要参加的,而且他还准备在派对上当着众多富二代的面,向周薇薇求婚。

因为时间上的冲突,马旭光无法参加他父亲召开的科技盛会,但会议议程上原定他是要代表恒光集团发言的,在两难之下,他想出了一个办法:向他父亲举荐了他唯一的室友宋立学来代他参加会议并且发言。他知道宋立学虽然是个标准的死宅,却有一项极为厉害的技能——演讲。

虽然宋立学平时总是一个人静静地看书,看起来内向木讷,但不知为何当他站在高高的演讲台上面,面对着成百上千的听众时，却能滔滔不绝、口若悬河地即兴演讲，而且语言逻辑条理清晰，声音也洪亮有力，完全不见平时那木讷呆滞的样子。

于是马旭光便将事先准备好的演讲稿给了宋立学，然后让父亲对外宣称自己临时有事，无法出席盛会，请自己最好的朋友代自己发言。

宋立学之所以会答应马旭光的请求，一方面马旭光确实是他为数不多的朋友当中关系最好的一个，他不想让其为难；另一方面也和他这个人最大的缺点——脾气太软、太好说话有关。

宋立学从小性格懦弱，常常被班里的女生欺负得哭鼻子，而他自己倒也不怎么在意，哭过之后就算了，照样整天沉迷于各种稀奇古怪、没人看得懂的书籍当中。但班上那些常常欺负他的女生每次要找他帮忙时，稍微求他一下，他又立马心软，屁颠屁颠地去帮她们办事了，为此又被一些爱恶作剧的女生耍了好几回。

宋立学不知自己为何天生擅长演讲，但他其实内心并不喜欢那种被众人盯着的感觉。他是个喜欢清静的人，只想安安静静地躲在宿舍里，利用难得的暑假时光好好地研究研究海德格尔的哲学思想。所以，当马旭光跟他说让他代自己出席这种高端会议的时候，他内心是非常不情愿的，但一看到马旭光那两难的样子，他又心软了，内心想拒绝，嘴上却勉强答应了下来。

就这样，宋立学来到了岛田号上，并且在大会开幕式上面对来自全世界的精英，做了精彩的发言。他本来以为自己的任务就完成了，但没想到的是，台下众多听众被他简短而有力、风趣又深刻的演讲深深吸引了，纷纷想要结识他这颗冉冉升起的科技新星——至少这些人是这么认为的。于是，他受到与会各方的盛情邀请，参加了各种各样的宴会。

参加宴会自然少不了喝酒，虽然宋立学几乎从不喝酒，酒量也很差，但不会拒绝人的毛病却让他被灌了一杯又一杯。终于，他的胃发出了警告，开始感到极度不适。在这天傍晚，他终于忍不住冲到甲板上，狂吐不止。

现在的宋立学像一摊烂泥一样，靠着栏杆的支撑力，勉强地坐在岛田号的甲板上，如果把栏杆抽走，他或许会立马瘫在甲板上。

虽然胃里的东西已经差不多吐完了，但头部还是感到疼痛和眩晕。他这辈子之前喝过的所有酒加起来还没有今天一天的量多，酒精不断地上涌，像火一样灼烧着他的大脑。宋立学从没觉得身体这么难受过，他闭上眼睛，在心里默念着历史上那些著名哲学家的名字，祈祷这些哲学家保佑他尽快睡着——他觉得如果睡着了就感觉不到生理上的痛苦了，而醒来之后可能酒也完全醒了。

就在此时，一个娇柔的声音打断了他内心的祈祷。

"你没事吧？"

宋立学睁开眼，只见一个长发披肩，上身穿着白色水手服，下身穿着深蓝色百褶短裙，一副高中生打扮的女孩正眨着水汪汪的大眼睛关切地望着他。

宋立学赶忙说道："没，没事，就是酒喝多了点儿。"

"我房间里有止吐药，可以醒酒，我去拿来给你吧。"女孩说着就要转身朝船舱的方向走去。

宋立学赶忙拉住女孩雪白的胳膊："不用了，真的不用了，谢谢你，刚刚我差不多已经把胃里的东西都吐出来了，已经好多了。"

女孩停下即将迈出去的脚步，朝宋立学说道："好吧，刚刚看你吐了好久呢。"

"啊！原来你一直在甲板上啊。"一想到自己刚刚狼狈的样子被眼前这个容貌俏丽的女孩全都看在眼里，宋立学刚刚恢复正常的面庞又微微泛起红光。

女孩"扑哧"一声笑了出来，眼睛弯成两道月牙："放心，我不会告诉任何人的，大演说家先生。"

"你，你知道我？"

"今天上午你在台上发表演讲的时候，我就坐在下面认真地听讲呢。"女孩笑嘻嘻地说道，嘴角露出两个浅浅的酒窝。

宋立学的脸色更红了，赶忙转移话题："你也是被邀请来参加这个什么人工智能大会的吗？"

"你觉得我像吗？"女孩反问道。

宋立学摇了摇头："你看起来才十六七岁，不像是被邀请参加大会的嘉宾。"

"哼！"女孩噘起嘴，似乎有点生气。

宋立学见状，急忙说："我，我是不是说错话了。"

"不，你没说错，我的确没有收到邀请。"

"那你为什么会在这艘船上？"

"我也不想来，是我爸爸非要带我来的。"女孩抬起双手，交叉于胸前，"好不容易放个暑假，还不让人在家睡觉，偏偏要跑到这么远的海上来受罪。"

宋立学好奇地问："你爸爸到底是谁啊？"

"我爸爸啊，他叫孙玉东。"

"什么？孙玉东？就是那个大名鼎鼎的孙玉东教授？"

"啊？他很有名吗？"女孩皱起眉头，似乎思考了片刻，然后点点头,"哦,好像是蛮有名的。"

宋立学瞪大了眼睛,不敢相信眼前的女孩竟然是孙玉东教授的女儿。

说到孙玉东,在天涯市可谓无人不知。出生于天涯市的他,因为提出了"CL弦理论模型",完美地调和了广义相对论和量子力学之间的矛盾,为统一自然界的四种基本力扫清了障碍,一跃成为世界顶尖的物理学家之一,获得了无数荣誉,成为当时国内无人不知无人不晓的人物,而当时的他不过才二十八岁。

即使是对宋立学这样彻头彻尾的文科生、一看到数字就发蒙的理科盲来说,天才物理学家孙玉东的大名也是如雷贯耳。

"你叫什么名字?"

"孙小玲。"女孩眨着水灵灵的大眼睛,笑着说。

"你父亲是被邀请来参加大会的嘉宾,而你是被他拖来的,是吗?"

"是的,好不容易能放个暑假,我还想多睡几天呢。"

"你读高几了?"

"过完暑假就高三了。"

"那一定很辛苦吧。"宋立学想到了自己读高三时每天早起摸黑学习的日子,还好皇天不负有心人,他最后如愿以偿地考上了天涯大学。

"不辛苦啊,那些题目都太简单了,一点意思都没有。"

"什么?"

"我是说高中书上的那些知识都太简单了,还好我马上就不用学这些东西了。"

"你不是还没读高三吗?"

"高三读不读都无所谓了,反正我已经提前保送天涯大学了。"

"这么厉害?"

"信不信由你。不过我已经自学完了大学本科阶段所有的物理课程,最近在看研究生的课程,所以估计本科四年也没啥意思了,唉。"孙小玲叹了口气,露出忧伤的表情。

宋立学起初怀疑这个女孩是在吹牛,毕竟她只是个高中生,居然已经在自学物理系研究生的课程了,听上去实在是不可思议。但一想到她是天才物理学家孙玉东的女儿,又觉得不是没可能。

"果然,基因这玩意儿真的很强大啊。"不知为何,宋立学突然感叹了这么一句。

"哎?你看,那是什么?"突然,孙小玲的眼角余光似乎瞥见了什么东西,她拍了拍宋立学的胳膊,然后抬起手,指向不远处的海面。

宋立学沿着她手指的方向望去,只见一个物体漂浮在蓝色的海面上。随着船慢慢地往前开去,那个物体越来越近,他才看清那是一只瓶子,一只玻璃瓶子。

"好像是一个玻璃瓶。"宋立学说道。

"嗯,瓶子里好像装了什么东西。"孙小玲的表情似乎有点兴奋,就像小孩见到新奇的玩具一样。

宋立学此时已经隐约看到,玻璃瓶里装的似乎是——白色的纸团。他赶忙叫来船上的水手,拜托他们去将那个玻璃瓶打捞上来。

十分钟后,玻璃瓶已经握在了宋立学的手里。他用力地拔出橡胶瓶塞,然后将里面的纸团抽了出来。

一共有三张纸被揉在了一起,每一张纸上都密密麻麻地用黑色中性笔写满了字。

一旁的孙小玲迫不及待地把脸凑了过来,两人一同读起了纸上的文字。

幕间五

一月二十七日上午八点,海角市高级人民法院庭审大厅。

碧心低着头站在被告席上,她的母亲徐巧芸正坐在观众席上用手帕抹着眼泪,父亲苏少华在一旁低声安慰着自己的妻子。而我则坐在他们的身边,紧张地等待着庭审的开始。

昨晚,我又一次去了碧心的家,找到她的父亲苏少华说:"我已经知道了李晨风被杀案的真相,现在只有我能救碧心,但我必须要有机会在明天的庭审上说话才行。"

"什么?你知道杀害李晨风的真凶是谁了?"苏少华惊讶地问。

我用力地点了点头。

苏少华没有说话,只是静静地看着我,几十秒后,他开口道:"好吧,我相信你,但是明天早上就要庭审了,无论如何你也来不及参与这场审判了。"

"那怎么办,还有别的办法吗?"我焦急地问。

"有一个办法,负责碧心这起案子的陈律师是我的朋友,我现在就打电话给他,你把你知道的一切都告诉他,虽然你没法说话,但可以让陈律师代你说。"

"好吧,眼下也没有别的办法了。"我叹了口气道。

"现在我宣布李晨风被杀案的庭审正式开始。"法官的声音十分威严有力。

站在原告席上的是李晨风的儿子李明雨。一开场他就慷慨陈词了一大通，说此案人证物证确凿，根本没什么好审的，将矛头直指碧心。

等到他说完后，在他对面的陈律师站起身来，清了清嗓子，微笑着环顾了整个庭审现场一圈，然后对法官微微鞠躬道："尊敬的法官大人，现在轮到我陈述了。

"各位，让我们再来把前天晚上发生的案子梳理一遍吧。首先，经过法医的验证，我们可以确定被害人李晨风的死亡时间为一月二十五日晚上九点至九点二十分之间，死亡地点是他自己的办公室，死亡原因是被利刃刺穿心脏导致的即时死亡。当晚十一点左右，有个快递员突然敲门并且发现我的当事人苏小姐手里拿着一把沾满血的刀，被吓了一跳的他赶紧跑出去报警。警察来到现场之后认定犯罪嫌疑人是我的当事人，因为我的当事人手里拿着凶器，而且她的衣服口袋里还藏着另外一把小刀。我的当事人也承认自己带刀是为了以防万一，因为她知道被害人是一个老色狼，而我的当事人苏小姐又恰好是一位楚楚动人的大美人，所以有此担忧也属正常。事实证明，她的担忧没有错，李晨风确实对我的当事人心怀不轨，在端给她的咖啡里下了迷药。

"于是，警方推断案发过程是这样的：我的当事人苏小姐在里屋喝了装有迷药的咖啡晕过去之后，李晨风进了里屋想对她图谋不轨，没想到她早有准备，只是假装睡过去，然后在李晨风要动手动脚的时候突然醒过来拿出匕首想要刺他，李晨风赶忙逃走，结果在外间被我的当事人追上并且捅死。

"但是显然警方忽略了一个很大的漏洞：快递员发现我的当事人手里拿着刀是在大约十一点钟，而被害人的死亡时间是在九点到九点二十分之间，假如凶手是苏小姐的话，那么在杀完人之后的这么长时间内她在干吗呢？她为什么要待在原地，而不是赶紧逃离现场呢？她在等着被别人发现是她杀了被害人吗？显然不可能，因为我的当事人不仅没有精神问题，智力也极为出众，这是她周围的朋友和同学们公认的。

"那么，我们能否跳出原有的思维框架，把思路放得更广一点呢？也许从作案动机入手可以找到新的突破口。在这里要感谢苏小姐的父母，他们在案发后第一时间对李晨风的社会关系做了详细的调查。最后，他们终于发现了一个对李晨风怀有强烈恨意的人。

"大家都知道，教授的社会地位很高，所以李晨风可以说得上是有钱有势。恰好他又是一个非常好色的男人，以他的财富、权势、地位，在外面包养几个情妇是一件再平常不过的事，其实这在他周围早就人所共知了。苏小姐的父母调查到李晨风在三年前包养了一个名叫沈若离的女人，然而有一次李晨风和沈若离偷情的时候被沈若离的丈夫江建国撞破，江建国一怒之下和沈若离离了婚，还因为这件事得了一场大病，身体每况愈下。不久之后，江建国又和一个名叫郑芳琴的女人结了婚，但是再婚仅仅半年，江建国就因病而死。江建国和沈若离有一个儿子，名叫江天华，现在正在上初二。在江建国和沈若离离婚之后，江天华被法院判给了父亲，江建国和郑芳琴再婚后，郑芳琴自然就是他的继母。可是据我所知，这个郑芳琴是个虚荣且恶毒的女人，对江建国和前妻生的儿子江天华非常凶狠，动不动就又打又骂，在江建国死后，她更是变本加厉，经常对江天华拳打脚踢，甚至有一次差点儿把他从楼上扔下去。而江天华是个天生胆子就很小，性格懦弱的人，所以也不敢反抗。

"但是，越是懦弱的人爆发之后所产生的破坏力越是惊人，他们在忍耐达到极限之后常常会做出一些非常极端的行为，比如——杀人。

"江天华一定非常痛恨自己的懦弱，后母的变本加厉终于使他的忍耐在某天达到极限。他当然痛恨他的后母郑芳琴，但是他想到从一开始剥夺了他的幸福生活，使他陷入悲惨境遇的罪魁祸首是谁？没错，是李晨风。

"是的，如果不是因为这个男人到处拈花惹草，勾引他的母亲，他的父母就不会离婚，他的父亲也不会因为怒火攻心患上重病，撒手人寰，这个叫郑芳琴的女人也就不会出现在他的生命之中，他的人生也就不会一下子从幸福的天堂跌入痛苦的地狱。是的，这个叫李晨风的男人就是他痛苦的导火索。江天华的心里很有可能这么想。

"在这里，我必须澄清一下，以上这些心理活动都只是我的猜测。我只能说江天华具备杀人动机，但凶手是不是他并不能确定。"

"这个时候，我做出了一个大胆的假设：假设江天华是凶手。那么他到底具不具备作案的条件呢？让我们来听一段录音。"

陈律师从口袋里拿出一支录音笔，按下了开关。一男一女的声音从录音笔里流了出来，这正是我在碧心家里听到的那段录音。

大约过了十分钟，录音结束了。

"这是苏小姐的父亲委托的私家侦探和江天华的继母郑芳琴

之间的一段对话。首先我们可以排除郑芳琴撒谎包庇江天华的可能，因为郑芳琴确实对江天华非常反感，完全没有包庇他的必要。也就是说，这段录音里面郑芳琴所说的话全都是真实的。

"老实说，这段对话几乎已经排除了江天华作案的可能性。按照郑芳琴的说法，在一月二十五日晚快到九点的时候，江天华突然以要做作业嫌吵的理由让她把门从外面反锁住。打完麻将，算上下楼去取快递的大约十二分钟，也就是大概在十点十二分的时候，郑芳琴打开门锁，发现江天华正老老实实地在房间里面做作业。所以，我们可以确定江天华至少在晚间九点到十点十二分这段时间内一直处于一间房门被从外面反锁的房间里面，而李晨风的死亡时间是九点到九点二十分之间，这样一来，江天华有着非常完美的不在场证明。

"就在我快要死心的时候，我察觉到了这段话里面的一个非常重大的疑点——太多的巧合。我们知道，在一月二十五日的晚上，郑芳琴和同事们打麻将从七点就开始了，直到快九点的时候，江天华才突然从房间里跑出来大吵大嚷，显得非常愤怒，要求继母马上把房门锁起来。这里有两点不对劲：第一，我们都知道江天华是一个非常懦弱的孩子，对于继母的拳打脚踢从来都不敢反抗，但这次仅仅因为继母打麻将吵到了他做作业，他便突然跑出来大喊大叫。第二，郑芳琴和同事们从七点就开始打麻将了，如果郑芳琴打麻将真的吵到了他做作业的话，为什么他早不出来，直到两个小时之后快到九点钟的时候才突然冲出来大喊大叫，而九点恰好离案发时间很近。

"第二个巧合是：快递电话恰好是在郑芳琴把同事们送到电梯门口之后不久，还没来得及回到家门口的时候打来的。注意，这个时候江天华家的门并没有关，钥匙也在客厅里。

"第三个巧合是：钱贵大厦有两台电梯，而其中一台电梯恰好那个时候坏了。可是，郑芳琴和她的同事们都说晚上七点从外面上来的时候，两台电梯都是好的。也就是说，另外一台电梯是在一月二十五日晚上七点以后突然坏掉的，而案件恰好就发生在这个时间段。

"一个巧合、两个巧合可能是偶然因素造成的，但三个巧合在一起发生，那就绝对是有人刻意为之。

"怀疑归怀疑，江天华的不在场证明依然牢不可破。这时，我又做了一个大胆的假设：假设江天华在当晚九点到九点二十分之间确实从被反锁的房间里面逃了出来，并且在这段时间内以奇迹般的神速到达杀人现场，刺死了李晨风，那么我们可以得到什么结论呢？当然，我们暂且不管他到底是如何逃脱的。

"做出这样的假设之后，再联系到前面所说的三个巧合，我做出了一个推断：郑芳琴送同事走的时候发生的那一系列巧合，都是有人故意安排的，目的是让杀完人的江天华回到房间内。这个人就是江天华的帮凶，也就是那个伪装成京西快递公司快递员的男人。"

"什么？"听众席上发出一阵惊呼声。

"我们暂且把这个神秘的帮凶叫作A。让我们再来回顾一下当晚的情况：十点钟左右，郑芳琴和往常一样结束打麻将，然后出门将同事送到电梯门口。这个时候郑芳琴只穿着拖鞋，没有关门，也没带钥匙就跑了出来，一直把同事们送到十三层的电梯门口。注意，一三〇七号室离电梯门是有一段距离的。同事们进入电梯之后，郑芳琴转身准备回家，就在这时手机响了，是京西快递公司的快递员打来的，语气非常焦急地让她赶快下楼去取快递，由于刚才那台电梯才下到十楼，而边上的另一台电梯刚好坏了，于是急性子的郑芳琴只穿了拖鞋就跑下楼去取快递了，据她自己说，从十三楼下到一楼她只用了八分钟左右，应该算很快了。

"接下来，故事才刚刚开始。其实，那个快递电话是 A 打的，而那个时候他就躲在第十三层楼走廊的某个阴暗处，江天华就在他的身边。

"在郑芳琴下楼之后，A 立马跟随江天华进入了家门，随后江天华在客厅里拿到了郑芳琴没有带出去的钥匙，打开那扇从外面反锁的房门，回到了自己的房间里。而 A 就负责再用钥匙把房门从外面反锁住，接着 A 将钥匙放回原处，迅速走出了郑芳琴家的大门，并且来到十三楼的电梯门口，利用那台坏掉的电梯，下到一楼，迎接刚刚从十三楼下来取快递的郑芳琴。郑芳琴说过，坐电梯从一楼上到十三楼只需要两分钟左右，那么从十三楼到一楼应该也是两分钟。即使中途有人上下电梯，时间也完全来得及，因为郑芳琴走楼梯下到一楼足足用了八分钟的时间。当然，A 一定是从一开始就打扮成了快递员的样子，快递盒也是早就准备好的，这样就无须再花费任何变装的时间了。"

"等等，那台电梯不是坏了吗？"法官发出了疑问。

"电梯根本没坏，封条和告示都是 A 早就准备好了的，在十点钟郑芳琴送客人走之前一会儿才贴上去的，目的就是不让郑芳琴坐电梯下楼，从而尽量延长她不在家的时间。之所以不能早点儿贴上去，是因为要尽量防止其他楼层的住户使用电梯导致这个诡计露馅，封条和告示贴得越晚，把戏被拆穿的概率就越小。当然，我们也可以说这是一场赌博。"

"可是，A 怎么知道郑芳琴会在十点钟送走客人呢？"法官问道。

"当然是江天华告诉他的。江天华和郑芳琴生活在一起，肯定知道郑芳琴有打麻将打到晚上十点的习惯。

"那么各位，为什么那个时候江天华会在自己家的门外呢？我推断他是刚刚从案发现场回来。让我们再来把事情的顺序梳理一遍：快到九点的时候，江天华故意从房间里跑出来大喊大叫，目的是让继母郑芳琴把自己的房门反锁起来，为自己制造牢固的不在场证明。等到房门被反锁之后，江天华立刻利用某种方法成功逃出了房间，并且以风一般的速度来到李晨风的办公室杀掉了被害人。之所以说是风一般的速度，是因为我亲自测试过，从江天华住的公寓到海角大学物理学院的大楼，走正常路线的话至少要花费四十分钟，它们之间隔了一条河，绕过那条河之后还要再绕大半个校园才行。我们就拿极限的情况来算，郑芳琴把门反锁之后，江天华立刻就逃出了房间，这时大约是九点，而李晨风的死亡时间是九点到九点二十分之间，我们再按照极限的情况来算，假定李晨风正好死于九点二十分，也就是说江天华从逃出房间到杀死李晨风这个过程最多只用了二十分钟，所以我说这是风一般的速度。

"我们先把这个疑点放一放，继续往下说。总之，江天华在九点到九点二十分之间杀害了李晨风，之后便立刻赶回钱贵大厦。在十点之前的几分钟，他和帮凶A两人或者其中一人，来到十三层楼的一台电梯门口，在电梯上贴好了封条和告示。做完这些之后，两人便一起躲在走廊的阴暗角落里，等着郑芳琴送她的同事离开。接下来的事情就和我刚才说的一模一样了。各位觉得我这个思路如何？"

"可是，你的说法中还有一个最关键的问题没有解决——江天华到底是如何从房间里逃出,并且迅速到达了案发现场的?"法官说道,"不仅如此,根据警方的调查,当晚海角大学物理学院的大楼入口处一直有保安在值班,保安的证词显示在九点二十分之前只有李晨风和苏碧心两个人进去过。而且,这栋楼已经一个多星期没有人了,也就是说案发当时楼里只有被害人和嫌疑人两个人,那这个江天华是如何在案发期间瞒过保安的眼睛进入大楼的呢?"

"说得不错,我的推理全部是建立在江天华可以从房间里逃脱的基础上的,如果没有这个基础的话,刚才的推理可以说全都是废话了,那么接下来我就要向各位解开他那惊人的密室逃脱诡计。不知大家有没有注意到江天华的家住在钱贵大厦十三层的最东边,而江天华的房间又在他家的最东边,所以江天华房间的窗户一定是在钱贵大厦最东边的墙壁上。开始我想到他有可能是利用一根很长的绳子,从自己房间的窗户顺着绳子往下慢慢滑到地面,但是这个想法立刻被我否定了。因为无论如何,从钱贵大厦赶到李晨风的办公室至少也要四十分钟,这种方法只能解释他是如何从房间里逃脱的,并不能解释他是如何迅速到达海角大学物理学院的。于是,我只能换一种思路,把从房间逃脱和到达海角大学物理学院两件事看成一个过程。"

"什么意思?"法官问道。

"也就是说,江天华使用了某种方法,既可以从房间里逃脱,也可以在极短的时间内到达海角大学物理学院。不仅如此,这种方法还可以瞒过保安的眼睛,可谓一举三得。"

"什么方法?"

"要想进入大楼而又不被保安看到,只有一种方法,那就是不从正门进。"

"那从哪里进？"

"屋顶。"

"什么，屋顶？"法官的声音里带着惊讶。

"不错。如果江天华可以直接从自己的房间到达海角大学物理学院的屋顶天台，那就既可以从门被反锁的房间里逃脱，也可以在极短的时间内到达海角大学物理学院，并且保安也不会看见他。"

"这怎么可能？"

"我曾经仔细查看过钱贵大厦和海角大学物理学院两栋楼的地理位置，发现了一个有趣的事实：钱贵大厦的东面正对着海角大学物理学院的那栋楼，但是两者之间隔了二十米左右，从海角大学物理学院那栋楼往西边数的话，这二十米大约可以分为这几个部分：从物理学院西侧的墙壁到海角大学校园的围墙大约两米，围墙外面是一条宽约十米的小河，小河西边是一条加上人行道宽约八米的马路，马路西边紧接着就是钱贵大厦了。那么，江天华到底是如何跨越这二十米的距离直接从房间到达物理学院的屋顶天台的呢？"

全场安静得有些可怕。

"江天华事先在自己的房间和海角大学物理学院大楼的屋顶天台之间连了一根很长的绳子，可能一端是系在自己房间的床脚上，另一端则是系在物理学院屋顶天台的栏杆上。"

"什么？"

"我们知道，江天华家住在十三楼，而物理学院只有八层楼高，所以从江天华房间的角度看，绳子是向下倾斜的，于是江天华用手握住吊环之类的东西，从自己房间的窗户顺着绳子一路滑行到海角大学物理学院的屋顶天台上，然后立即从屋顶下到六楼，杀害了李晨风。整个过程只需要不到五分钟。"

"原来是这样。""居然还可以这样。"听众席上的人们纷纷发出难以置信的呼声。

等呼声差不多安静下来之后，陈律师缓缓开口道："这是不可能的。"

"不可能？"这次连法官都忍不住大声叫了出来。

"是的，刚刚那些是我信口胡说的。"

"为什么不可能？"

"刚刚那种方法要想成功的前提是：必须提前在江天华的房间和物理学院大楼的屋顶天台之间拉好绳子，这样案发当晚才可以迅速滑到对面。可是，郑芳琴说过江天华自从一月二十三日星期五回到家之后，整个周末都没有出过门，那么也就是说绳子必须是在一月二十三日晚江天华放学回到家之前就已经拉好了，然而一月二十四日和二十五日整整一个周末为什么没有人看到过那么显眼的一条绳子？要知道这条绳子至少有二十米长啊，而且下面还有一条马路，没有哪个凶手会冒这么大的风险。另外一个更重要的原因是：用一条二十米长的绳子把江天华的房间和物理学院的屋顶天台连接起来这谈何容易？用手抛吗？各位可以自己试一试用手握住绳子的一端，看看能不能把绳子的另一端抛出二十米远。综上，我认为刚才我说的手法是不可能实现的。"

"看你的样子，是早就想好第二种解答了？"

"是的，凶手真正使用的诡计更加不可思议。"

"别卖关子了，快说。"法官也忍不住好奇心急切地想听陈律师说下去。

"这个诡计的完成又要我们的 A 先生出场了。"

"你是说 A 帮助江天华逃出来的？"法官满脸好奇地问道，"到底是怎么帮的？"

"大家还记得钱贵大厦共有多少层吗？没错，二十二层。A 事先来到钱贵大厦的楼顶天台东侧，然后把一条三十多米长的绳子一端绑在身上，把绳子的另一端抛了下去，在十三层自己房间里的江天华从窗外接住绳子，并且把另一端绑在自己身上。当然，两人之间的这段绳子这个时候必须是绷紧的。接着，A 从楼顶奋力向前一跃……"

"什么？你是说……"在场的人们都瞪大了眼睛。

"没错，A 的身体会在空中画出一个半圆形的弧线，弧线的圆心当然就是江天华的身体。二十二层楼顶离十三层一共是九层楼的距离，所以 A 的身体会对称地到达四楼，并且撞破四楼的窗户。在撞破窗户的一瞬间，由于 A 的身体惯性使绳子再次绷紧，最终绳子的拉力会使江天华从自己的房间里'弹'出来，然后'降落'到对面海角大学物理学院的屋顶天台上。"

听众席上爆发出一阵惊呼声。

"当然，在 A 的身体撞破四楼窗户之前，江天华在自己房间里一定要紧握住某些固定的物体，从而保证自己不会提前因为绳子的拉力掉下去，导致达不到最佳的'弹射'效果，这个物体很有可能是窗户的护栏等。江天华到达对面的天台之后，迅速解开身上的绳子，从屋顶下到六楼，来到李晨风的办公室杀害了李晨风。接着江天华又干了一件事：他破坏了李晨风办公室房间里的保险丝，导致整个大楼的电路跳闸，变得一片漆黑。而守在物理学院大楼门口的保安为此不得不去地下的电路控制室重启大楼的电路开关，虽然从电路跳闸到他再回到门口的保安值班室整个过程只用了三分钟，但已经足够江天华逃出大楼了。"

"接下来，江天华只需走正常的路线赶回自己家里即可。这时的A则负责回收绳子，并且假扮成入室抢劫的强盗，把住在四楼的张老太太家翻得乱七八糟，还故意抢走了张老太太的项链。接着A再回到十三楼走廊的角落，等待江天华从作案现场赶回。而江天华则在十点钟之前回到钱贵大厦的十三楼和A会合，两人还利用郑芳琴十点钟送走打麻将的同事这个习惯制造了一个时间空隙，使得江天华顺利回到房间里，不留任何痕迹。这就是事情的全部真相！"

"可是，你说的全部都是猜测，虽然理论上是可以成立的，但是没有证据啊。"法官说道。

"证据当然有。其实这个诡计的实行有一个非常重要的条件，这一点可以说老天帮了他们大忙，也让他们留下了罪证。案发的前几天，连续下了三天的大雪，积雪的厚度达到了二十厘米，正是因为厚厚的积雪，江天华'降落'到物理学院的天台上才没有受伤。但也正因如此，物理学院天台上的积雪肯定会留下江天华的脚印，从一月二十五号到今天二十七号，一直都是阴天，没有再下过雪，再加上温度极低的缘故，前几天的积雪还没怎么融化，所以，即使现在去海角大学物理学院的屋顶，应该依然可以清晰地看见江天华留下的脚印和痕迹。只要马上联系刑警，让他们去天台检查一遍，便可以找到证据。"

三十分钟以后。

"刑警们已经在天台上发现了脚印，经检查和江天华的鞋完全一致。江天华对自己的罪行供认不讳，现已被警方逮捕。"法官接着说道，"现在我宣布，被告苏碧心无罪释放。"

我长舒了一口气,转过头望向碧心。

她的眼里泪光闪烁,一不小心,两行清泪滑过白皙的脸颊,如珍珠般落了下来。灯光洒在她的脸上,晶莹的泪珠映射出淡淡的光芒,只有我知道,那是真正洋溢着开心的眼泪。

她转过身,看见自己的父母,忍不住冲过来扑到他们的怀里大哭起来。

苏少华用手轻轻抚摸着女儿的秀发,低声说道:"好啦好啦,都过去了。其实这次你最应该感谢的是小杨,陈律师说的所有的话,全都是小杨告诉他的。"

碧心抬起头,转向一边的我,伸出粉拳,轻轻地敲击着我的胸口,喃喃说道:"我就知道你一定会来救我的,一定会来救我的。"

"那是当然,我……"

突然,我的眼前一黑,身子像散了架似的一下子倒了下去。

"喂,你怎么了?别吓我,呜呜。"意识消逝前的最后一刻,耳边传来碧心焦急无助的哭喊声。

第二十一章 诡 计

"不、不敢相信,我、我们遇上大事了。"读完纸上的文字后,宋立学用难以置信的语气说道,"赶、赶紧报警吧。"

"别急。"孙小玲笑着说,"我们可能遇上了一件非常有趣的事情呢。"

"什么,有趣?"宋立学惊讶地看着孙小玲,"别开玩笑了,这可是杀人事件,而且还是连环杀人。"

"是啊,我说的就是这个连环杀人事件很有趣啊。"孙小玲一边说着一边笑出声来。

"你这个人是不是脑子有问题啊,拿恐怖当有趣,我不管你了,我要报警。"说着,宋立学从裤兜里掏出手机。

"报警也没用啊。首先,这个云雷岛究竟在哪儿,我们并不知道,只知道是南海上的一个小岛而已,就算报了警,这茫茫大海,警察又能怎么办?另外,麻烦你看一下这个手记最后的落款日期,七月九日晚,已经是一个月前的事了,岛上的人要么已经逃出生天,要么已经全部死亡了,就算警察找到了这个岛又能怎么办呢?"

宋立学手上的动作停了下来。"可、可是,不管怎么说,这起案件的真相总要有人来弄明白吧?这也是写这个手记的人唯一的心愿。"

"真相啊,我已经知道了。"孙小玲幽幽地说着,把目光转向了大海。

"什么?"宋立学不敢相信自己的耳朵,"你已经知道谁是凶手了?"

"对,我不仅知道凶手是谁,还知道凶手所使用的全部杀人手法。"

远处,红色的夕阳已经有一小半沉在海平面以下,另外一半则释放出柔和的光线,将海面染成了金黄色,与天空上绚烂多彩的晚霞交相辉映。

凉爽的海风微微拂过岛田号,仿佛吹走了一整天的酷暑,让人心旷神怡。

淡淡的阳光洒在孙小玲的侧脸上,她的长发也随着海风微微飘动,构成了一幅极为美丽的画卷,让人不由得想多欣赏一会儿。

但宋立学此时却没有这个心思,他迫不及待地问:"凶手是谁?凶手是如何杀人的?"

孙小玲的目光依旧望着水天相接的远方,但嘴里却慢慢地吐出几个字。

"答案就在手记里。"

"这里好冷,我们回房间说吧。"孙小玲打了个喷嚏,用双手捂住胳膊上下摩擦了几下说道。

"好吧,去哪个房间?"

"当然是我的房间,不然还能去哪个房间?"孙小玲一脸又好气又好笑的样子,说完便迈开脚步,朝船中央的客舱走去。

宋立学呆呆地愣在原地，没有动。

"喂，你跟我一起啊，难道你不想知道这起连环杀人事件的真相了吗？"孙小玲发现宋立学还愣在原地，只好转过身大声说道。

"想、想知道，可是，去、去你的房间，是不是有点不、不太好意思。"宋立学说话时一直低着头，看着脚下的甲板。

"嘻嘻嘻，没想到啊，你一个大学生居然跟个小姑娘一样，还害起羞来了。"孙小玲绕到宋立学身前，弯下身子，仔细地盯着宋立学的脸，然后故作惊讶地说，"哎呀，你的脸怎么红得跟气球一样？"

宋立学一下抬起头，但看到孙小玲笑靥如花的面庞，不禁又紧张起来，只好强忍着说："去就去，不就是女孩子的房间嘛，也没什么大不了的。"说完便迈开步子，往前走去。

"扑哧，你这个傻瓜，你知道我房间在哪儿吗？"

"不知道。"

"那你走这么快干吗？乖乖地跟在我后面吧。"

宋立学想说些什么，但实在不知道说什么好，只好乖乖地慢下脚步，等孙小玲走到他前面以后，再跟着她的脚步前行。

令宋立学没想到的是，孙小玲的房间在岛田号客舱的最顶层——第五层，这一层的房间是整个岛田号上最豪华的房间，据说是给这次参会的最尊贵的嘉宾住的，宋立学还从没有来过。即使是马旭光的父亲，这次会议的主办人，也只是住在第四层而已。

随着孙小玲的房卡发出"嘀嘀"的声音，房门打开了。

"进来吧，不用换鞋。"孙小玲用清脆的声音招呼道。

孙小玲的房间位于岛田号的尾部，一进门，宋立学立马被房间右侧一扇巨大的落地窗吸引住了，这扇落地窗不仅面积大，而且有弧度。透过落地窗，船尾方向的整个海面都可以看得清清楚楚。

夕阳将全部沉入海面之下，天快黑了。

孙小玲按下墙壁上的按钮，整个房间里顿时明亮起来，她指着房间中央棕色的豪华真皮沙发，说道："你坐吧，我去煮个咖啡。"说着，便转身往隔壁的房间走去。

十分钟后，孙小玲端着两杯咖啡走了出来，她把咖啡放在沙发前的茶几上，然后也坐到沙发上，说道："有点烫，你慢慢喝。"

宋立学看着她短裙下肤色雪白、纤细笔直的双腿，心神不禁微微一荡，赶紧移开视线说道："我来可不是为了喝咖啡的，我想知道那个手记上的事情真相。"

"别急，别急，你晚上有什么事吗？"孙小玲反问道。

"没、没什么事。"

"那你急什么，我们有的是时间。"说着，孙小玲端起茶几上的一杯咖啡，用嘴唇微微抿了一口，"嗯，不烫了，你也喝吧。"然后就慢慢喝了起来。

"你怎么不喝？怕我在咖啡里下毒？"孙小玲见宋立学没有反应，赶紧问道。

宋立学没有回答。

"那是嫌我煮的咖啡不够好喝，哼，你不喝我就不告诉你真相。"孙小玲嘟起嘴，故作气急败坏状。

宋立学一听，赶紧端起咖啡，一饮而尽。

"扑哧，你这个人，还真是。咖啡是要慢慢品的，哪有你这种一口气喝下去的。怎么样，我煮的咖啡味道如何？"

"还行吧。喝得太快，没怎么尝出味道。"宋立学说着用手擦了擦嘴角残留的液体。

"你这人，真是一点品位也没有。"孙小玲柳眉微蹙，跺了跺脚，似乎是真的生气了，但下一秒又露出笑容，"算了，你喝都喝了，我也该遵守承诺，告诉你真相了。现在，就让我们来逐一戳穿凶手的诡计吧。"

"从吴寒峰的手记上，我们能得到哪些关于这个小岛的信息呢？"孙小玲用疑问句起了个头。

宋立学见她终于说起了云雷岛的事情，赶忙答道："首先，这个岛位于N国的南海之上，但具体位置不明；其次，这个岛上雷暴天气频发，因此被叫作云雷岛；最后，这个岛在二十年前被汪康森买了下来，从此以后就一直是汪家的私人岛屿。"

"还有呢？"

"还有就是岛上一共有四座建筑，根据吴寒峰的手记上画的简易地图来看，从北往南顺时针方向数的话，依次是云雷寺、云雷塔、云雷庄和云雷馆。云雷寺是为了方便汪康森拜佛才建的；云雷塔一方面是为了供奉密宗佛祖，一方面是为了镇压岛上传说的妖怪——五行怪；云雷庄是他居住的地方；云雷馆则是他用来藏书的图书馆。"

"还有呢？"

"还有什么？"宋立学一时也想不出来其他的信息，只好发出一声反问。

"除了四座建筑，从吴寒峰留下的简易地图上来看，岛上还有一大片沼泽和一座山坡，大沼泽在云雷塔的东侧，山坡则位于云雷岛的西北部。"说着，孙小玲从口袋里掏出吴寒峰留下的手记，翻到地图那一页，用手指了指上面的图案。

"你说得没错。"宋立学点了点头，"汪雨涵的父亲汪思明就是死在了沼泽中央。"

"好，关于云雷岛的信息大概就这么多了，现在，让我们正式进入案件吧。"孙小玲又端起咖啡抿了一口，"先从第一个案件——汪康淼被人杀害于云雷寺这个密室之中说起吧。"

"能想出这个密室杀人诡计的凶手真是个天才。"孙小玲突然感叹了一句。

"到底是什么样的诡计啊？"宋立学早已按捺不住蠢蠢欲动的好奇心，急忙问道。

"我们先回顾一下这个案子的整个过程吧，根据吴寒峰的手记，七月三日当晚十点左右，他站在云雷庄二楼自己房间的窗户前，看见一个身穿黑衣的人影，撑着伞冒着大雨，从云雷庄的正门出发，向北走去。从人影走路的姿势来看，他判断这个人便是汪家的老爷汪康淼。而事后众人的证言也证实了汪康淼每个月三号晚上都会去云雷寺彻夜拜佛诵经，所以基本上可以确定吴寒峰在二楼房间里看到的那个人就是汪康淼没错了。"

"这个我也知道。"宋立学的语气略微有点不耐烦。

"从云雷庄走到云雷寺，大约需要二十分钟，这一点在吴寒峰的手记中提到过。但当晚是个雷电交加的暴雨之夜，汪康淼又是个老头子，步速较慢，吴寒峰看到的情景也确实如此，那么姑且假设汪康淼从云雷庄走到云雷寺大约需要三十分钟，如此一来，汪康淼十点从云雷庄出发，大约是在十点半到达云雷寺。根据郑德天医生的判断,汪康森老爷子的死亡时间最迟不会晚于当晚十一点半,也就是说汪康森的死亡时间可以判定在七月三日晚十点半至十一点半这一个小时之内。"

"你说的都是显而易见的东西。"

孙小玲没有理会他的不满,继续说道:"也就是说凶手在这一个小时的时间段里,来到云雷寺,杀害了汪康森,然后用某种方式制造了密室,最后装作若无其事的样子回到了云雷庄。"

"没错。"

"但推理到这里会遇到一个关键性的阻碍,那就是密室:云雷寺的大门是双开式的木门,第二天上午众人来到云雷寺的时候,这扇门是从里面用木质插销反锁着的,所以众人费了九牛二虎之力,用斧子劈个洞、将插销抽出来,才进到寺庙里面。进门后,众人发现了汪康森的尸体,接着仔细检查了云雷寺的地板,甚至连寺里的三座铜像都排查过了,但没有发现任何密道。据此,众人得出了一个结论,案发时云雷寺呈密室状态。"

"所以说到底,凶手究竟是如何在密室里杀死汪康森老爷子的呢?"宋立学看到茶几上摆着一盘水果,觉得有些饿了,便伸手拿了一个圣女果放入口中。

"吴寒峰以及岛上众人的思维过于局限了,看到汪康森是被刺杀的,便以为凶手是用手拿着箭近身刺死了汪康森,却忽略了箭本身的属性。"

"什么属性?"

"箭本身并非用于近身刺杀的工具,为此吴寒峰以为凶手是临时起意,没有事先准备凶器,才用了原本搭在佛像上的箭,却忽略了箭本身其实是用来射杀的工具。"

"射杀?"宋立学暂停了嘴部的咀嚼动作,"你是说凶手并不是用箭近身刺死了汪康森,而是在远处射死了他?"

"没错。"

"可是,云雷寺的大门紧闭,又没有窗户,可以说是密不透风,凶手要从什么地方射杀汪康森呢?"

"当然是云雷庄里啊。"

"什么?"宋立学想要拿第二个圣女果而伸出的手就这样静止在了半空中。"可、可是,云雷庄距离云雷寺至少有两公里的距离,而且我刚刚也说了,云雷寺是个密不透风的……"

"凶手只要待在云雷庄里就好,什么都不用干,箭并不是凶手亲自射出去的。"说完,孙小玲先宋立学一步,拿起果盘里最后一个圣女果,扔到了嘴里。

"我、我还是不明白。"宋立学抓了抓自己的头发说道。

孙小玲微微一笑,突然话题一转,问道:"你是学什么专业的?"

宋立学猜不透孙小玲葫芦里卖的什么药,只能老实回答:"我是哲学系的。"

"哦,哲学啊。"孙小玲柳眉轻轻一挑,"那有点麻烦呢,可能我接下来说的话你会理解不了。"

"什么?你、你别太小看我,我好歹也是天涯大学的学生。"宋立学急道。

"你是学文科的,但我接下来要说的,是一个理科的原理。"孙小玲站起身,走到弧形的落地窗前,望着窗外最后一抹夕阳。"如果有机会,我真想和这个案子的凶手见一面呢。"

"能不能别卖关子了,到底是什么原理啊,虽然我是学文科的,但平时也很喜欢看一些理科的书,什么大栗博司、加来道雄、布莱恩·格林啊……"

"好了好了,开玩笑的,其实这个原理很简单啦。"孙小玲轻轻笑着,转过头望向宋立学,"你听说过电容器吗?"

"电容器?"宋立学突然听到这个新名词,一下子没有反应过来。

"啊,你果然不知道。"孙小玲的脸上微微露出失望的表情。

"我、我知道。"宋立学眼珠直转,"只是你的话题总是转变得太快,我一时没反应过来。电容器不是很常见的东西吗,电子产品里面都有吧。"

"那你知道电容器的原理吗?"

"知道啊,虽然我是文科生,但这点物理知识还难不倒我。电容器应该就是两块金属电极吧,如果在两块金属电极上加上电压,那么电极上就会存储电荷,而且两块电极上分别存储的是不一样的电荷。"

"一点没错,看来真不能小瞧你这个学哲学的。"孙小玲揶揄地笑着说,"不过那不叫不一样的电荷,叫异种电荷,就是正电荷和负电荷啦。"

"还真是谢谢孙大小姐的夸奖呢。"宋立学没好气地说。

"两块存储了异种电荷的金属电极之间会产生电场,而且电场的方向是由正电荷指向负电荷,这你应该也知道吧?"

"当然知道了。"

"好了,现在可以告诉你了,案发当晚,云雷寺内部就是一个巨大的电容器。"

"你说什么?"宋立学不由得发出一声惊呼。

"凶手事先在云雷寺左右两侧的墙壁里各嵌入了一块长条形

的金属电极板,再用导电的石墨粉涂在表面,从外面看,就和灰黑色的水泥墙壁没什么区别。"

宋立学一时没有听懂孙小玲的话,只是瞪大了眼睛呆呆地看着她。

"因为云雷寺是一幢独立的建筑,四周并没有任何相连的其他建筑或者房间,所以吴寒峰等人在检查暗道时,很容易忽略墙壁,他们完全没注意到墙壁有什么异样,也从没往这方面想过。当然,就算他们检查了墙壁,也很难发现这两块金属板。"

"为什么?"

"首先当然是因为我刚刚说的,金属板是嵌在墙壁里的,而且表面涂了石墨粉,从外表上看是完全和墙壁融为一体的。另外,也是因为这两块金属板只需要非常小的面积就可以了。"

"非常小?"

"嗯,面积可以非常小,但嵌入墙壁的位置必须和作明佛母手中那根箭的位置一样高,也就是说,杀死汪康森的那根箭必须位于这两块正对着的金属板之间。"

"难道,你是说,"宋立学已经逐渐跟上了孙小玲的思路,"这两块金属板之间产生了电场,而那根箭正好在电场当中?"

"没错。你应该知道,电场有一个基本特性:会对放入其中的电荷产生力的作用,这种力就叫作电场力。"

"我知道。"

"那么,如果给作明佛母手上那根箭的表面带上电荷……"

宋立学突然完全明白了孙小玲的意思:"如果箭的表面上带有电荷,而且又刚好位于电场之中,那么箭就会受到电场力的作用,从而沿着电场力的方向移动……"

说着,宋立学的眼前仿佛出现了一幅画面:作明佛母手上的箭突然自动射了出来，然后插在了汪康森的脖子上，鲜血从箭插入的地方喷涌而出。

"你终于明白了，没错，就是这么回事。"孙小玲点点头，"并没有人拿起作明佛母手上搭着的箭刺杀汪康森，那根箭是自己射出来的，因为受到了电场力的作用，当然这电场力是水平向右的。而箭自身受到的重力是垂直向下的，在电场力和重力的合力作用下，箭会朝着右下方运动，最后刺入汪康森的脖子。"

一阵短暂的沉默过后，宋立学开口道："我理解你说的诡计原理了，但这里面至少有三个问题。"

"哪三个？"

"第一，那根箭的表面是什么时候带上电荷的？是如何带上电荷的？要知道，箭是铜质的，是导体，而导体表面的电荷是很容易流失的。第二，两块电极板之间要想产生电场，必须有电压输入，这个电压从哪里来？而且一般电容器的两块电极板之间相隔都非常近，但是云雷寺左右两侧的墙壁至少相隔有十几米远，这么大的距离，得多大的电压才能在其中制造出电场啊？第三，凶手怎么知道箭刚好能刺入汪康森的脖子？万一稍微歪了一点，没刺中不就前功尽弃了？"

孙小玲拍了拍手掌："这三个问题问得非常好，接下来我就逐一解释这三个问题。先看第一个：箭的表面电荷是怎么来的。你还记不记得吴寒峰的手记中曾经提到，在第二起案件发生之后，他怀疑凶手使用了某种类似弹弓的装置，便跑到云雷庄一楼的仓库里去找皮筋。"

"嗯，记得。"宋立学点点头。

"你还记得他对仓库里存放着的工具的描述吗？"

"唔,好像有绳子、胶带、剪刀、卷尺、起电机……等等,起电机?"

"没错,起电机。凶手正是用起电机给箭的表面带上了电荷,这是一种可以利用静电感应原理让物体表面带电的仪器,可以非常方便地给物体表面带上大量电荷。"

"凶手是什么时候给箭带上电荷的?"

"我猜是七月三日当天下午。当然理论上只要在七月三日晚上十点半之前就行,但如果太早的话,箭上的电荷可能会出现流失。"

"说到电荷流失,我就不明白了,这支杀人的箭明明是铜质的,就算给箭的表面带上了电荷,但只要稍微碰到什么导体,上面的电荷就会立马转移啊。"

"所以,不能让箭碰到别的导体啊。"

"可是,这怎么可能?你别忘了,箭是搭在作明佛母铜像上面的。"

"你忘了吴寒峰在手记里对这根箭和作明佛母像的外表的描述了吗?"

"什么?"宋立学听到这话,赶紧拿起放在茶几上的手记,翻到描写作明佛母像的那几行字,仔细地读了起来。没过一会儿,他大喊道:"我明白了,我明白了。"

"你明白什么了?"

"吴寒峰的手记里说:作明佛母手中的弓上装饰着密密麻麻、紧紧排列着的花瓣,如果箭是搭在弓上装饰着的花瓣上面的话,因为花瓣是完全绝缘的,所以电荷很难转移出去。"

"不错,悟性很高啊。"孙小玲接着说,"如果仔细分析的话,其实这根箭搭在铜像上的时候,只有两个部位会接触到别的地方：一个是你刚刚说的，搭在弓上的部位，因为有花瓣的阻隔，所以电荷并不会转移；另外一个则是箭的尾部，是搭在作明佛母的手指上的，但吴寒峰的手记里明确提到，箭的尾部装饰着羽毛，也就是说羽毛阻隔了箭的尾部和佛母铜像的直接接触，因此箭上的电荷也无法在尾部转移。"

"因此，箭表面的电荷会一直留存在箭上，直到刺入汪康森的脖子，才会流失掉。"宋立学吐了口气，似乎还在品味着刚才孙小玲说的话。半晌过后，他放下手记，接着说道："我的第一个问题已经解决了，第二个问题呢？产生电场的电压从哪里来？一般电容器的电极板之间距离都是非常近的，而云雷寺左右两侧的墙壁可足足有十几米的距离，上哪弄那么大的电压去？"

"你说得很对，但那是普通的电容器，之所以隔得很近，是因为给电容器充电的电源电压太小。理论上只要有足够大的电压，两块电极板之间完全可以相距很远。"

"哪有那么大的电压啊。"宋立学摆了摆手。

"有啊，而且是天然的。"

"天然的？"

"这就是这个诡计最为精妙的地方了。"孙小玲眨了眨眼睛。

"精妙在哪儿？"

"精妙在充分利用了这座岛的气候特点。"

"气候？"

"是的。"

"跟气候有什么关系？"

"你想想，这座岛为什么叫云雷岛？"

"因为经常发生雷暴天气呗。"宋立学说着，突然脸色一变，"等等，你是说，闪电？"

"没错。"孙小玲嫣然一笑,"就是闪电。"

"麻、麻烦你再给我倒一杯咖啡。"宋立学将杯里剩下的咖啡一饮而尽,开口说道。

孙小玲接过宋立学递来的咖啡杯,走到隔壁的厨房里,不一会儿,又端出一杯热气腾腾的咖啡,得意地说:"看来我的手艺还是不错的吧。"

"是、是不错。"宋立学应付了几句,接过咖啡,然后转口问道,"闪、闪电的电压确实足够大,可是凶手要怎么利用呢?"

"你再看看吴寒峰的手记,里面多次提到云雷寺有一个让他印象深刻的不同于普通寺庙的特点。"

"我记得,他说云雷寺的屋顶并没有正脊,四条斜脊在顶部直接会聚成一点,所以顶部是尖的,而且这尖顶相当高,一直往上延伸了六七米的高度,甚至有点哥特式建筑的风格。"

"没错,他当时就觉得这样的设计有点不伦不类,却没想到这高高的尖顶其实是为了装避雷针。"

"避雷针?"

"哦,不对,准确来说不是避雷针,而是引雷针。避雷针这个词现在已经被取消了,因为避雷针的避雷原理并不是避免房屋遭受雷击,而是引雷上身,然后通过引下线和接地装置,将电流引入地下,从而起到保护建筑物的作用。但云雷寺顶部装的引雷针并没有接引下线和接地装置,而是连到了巨大的感应线圈上,通过串联的多个初、次级感应线圈,将电压变换到所需的大小后,再通过导线连到嵌在两侧墙壁内的金属电极板上,当然导线也是埋在墙壁里的。"

"那、那些巨大的线圈在哪儿?吴寒峰的手记里没提到啊。"

"他当然看不到，那些线圈都在云雷寺的天花板上面。"

"天花板上面？"

"吴寒峰在云雷寺内部检查的时候，曾经提了一句'灰黑色的水泥墙壁和低矮的天花板光溜溜的'，这表明从内部看云雷寺的天花板并不高，而从外面看云雷寺的屋顶则是从四周往中间斜向上会聚成尖顶，甚至有直插云天的气势。这说明云雷寺的屋顶和天花板之间还有很大的空间，那些巨大的线圈就安放在这个空间里。"

宋立学双眼呆呆地看着前方，喃喃自语道："如果有闪电击中了引雷针，巨大的电流便沿着引雷针流到屋顶里的巨型线圈上，通过多个感应线圈转换成一定的电压之后，再通过导线连到两侧墙壁里的金属电极板上，这样两块电极板上便会积累大量的异性电荷，导致其表面产生巨大的电势差，虽然两块电极相距很远，但由于电势差非常之大，两者之间仍然产生了电场。"

"没错。"孙小玲接过话头，"利用电场有一个好处，就是不论物体的材质是什么，只有带上电荷才会受到电场力的作用。虽然云雷寺中的佛像是铜质的，是导体，但由于其表面呈电中性，所以并不会受到影响，只有带上了大量电荷的那支箭才会因为受到电场力的作用而移动。"

"那凶手是怎么操控这套利用闪电来产生电场的引电装置的呢？"

"我猜测这套引电装置有两个开关。一个在凶手手中，可以遥控操纵；另一个就是云雷寺的电灯开关，这套装置必须要两个开关同时打开才能接通。案发当晚汪康森进入云雷寺之前，凶手事先用起电机给作明佛母手中的那根铜质弓箭带上了电荷，然后又打开了自己手中的遥控开关。十点半左右，汪康森进入云雷寺后，肯定会第一时间打开电灯开关，这时这套引电装置便全部接通了。"

"接下来就是等待闪电击中云雷寺的顶部了。"宋立学在脑海中想象着案发当晚的场景：电闪雷鸣的暴风雨之夜，一道闪电划破夜空，落在云雷寺的尖顶上，接着，云雷寺里作明佛母铜像手中的箭突然射出，刺入汪康森的脖子……

良久，宋立学开口说道："最后一个问题：凶手如何知道箭能够准确地刺入汪康森的脖子？这个诡计要想顺利实现的话，必须对其中每一个环节都做非常精确的计算，尤其是需要制造多大强度的电场，箭的表面要带上多少的电荷量，还有箭的重量，汪康森所在的位置等，需要考虑的条件和参数实在太多，凶手究竟是如何做到这一点的？"

"这个问题，我会在所有的诡计揭开之后再给你解答。"

"为什么？"

"因为这与凶手的身份有关，必须要到最后才能揭开，名侦探破案的时候都是这样的吧。"孙小玲站起身，莞尔一笑，"你肚子一定饿了吧，现在是晚餐时间，我们先去吃点东西吧。"

宋立学的肚子其实早已饿得咕咕叫了，但此时的他完全沉醉在孙小玲的解谜过程中，早已忘了吃饭这回事了。

"没、没事，我不饿，我们继续讲第二个案子吧。"宋立学迫不及待地说道。

"可是我饿了。"孙小玲拉开房门，回头朝宋立学做了个鬼脸，便走出了这个豪华的房间。

岛田号的餐厅在船舱的一层，宋立学找到孙小玲的时候，她正将一块大大的奥尔良鸡翅放到盘子里。

这是一个自助餐厅，想吃什么都由自己随便夹，此时，孙小玲的餐盘里已经堆满了鸡翅、羊肉串、虾等各种肉制品以及各式各样的水果和点心。

"喂，你的盘子已经堆满了，再夹就要掉下来了。"宋立学真有点担心眼前这个身材瘦削的女孩能不能端得动这么大一盘食物，连忙问道，"要不要我来帮你端。"

"不用。"孙小玲说着就近找了个空餐桌，将餐盘摆在桌子上便坐了下来，然后对宋立学说，"你也吃点儿吧，吃完我跟你说第二个案子。"

一听这话，宋立学赶忙找了个空盘子，胡乱夹了几道菜，便坐到孙小玲身边和她一起吃了起来。

"哇，吃得真饱啊。"二十分钟后，孙小玲看着眼前的空盘子说道。

"你一个女孩子晚上吃这么多，不怕长胖吗？"宋立学差不多也同时吃完了。

"不怕，我是那种再怎么吃也长不胖的体质，嘻嘻。"孙小玲露出狡黠的笑容，头一歪，"吃饱喝足，是时候告诉你第二起案件的真相了。"

"嗯，我洗耳恭听。"说着，宋立学用餐巾纸擦了擦油腻腻的嘴。

"你那是擦嘴恭听吧。"孙小玲打趣道，接着话头一转，"那么先从哪里开始呢？"

"我们还是再回顾一下第二起案子的案发现场吧，毕竟我们的信息都是从吴寒峰的手记上来的，没有亲身经历过现场，所以印象不太深刻。"

"好吧，那你说说案发现场的情况吧。"孙小玲边说边拿起旁边的一块西瓜咬了起来。

"根据吴寒峰的手记，汪思明的尸体发现于七月五日的上午，尸体的第一发现人应该是范宗凯范管家。尸体被发现插在一片沼泽中央的小树枝上，这片沼泽足足有一个足球场那么大，人根本无法通行。因为无法接触到尸体，所以也无法判断汪思明的真实死因，只是从尸体的出血量来看，很有可能他是还活着的时候被树枝的尖顶给刺穿了身体。哦对，吴寒峰手记里还说，汪思明的身体上有很多长条形的白纸一样的东西在飘来飘去，看起来十分瘆得慌。"

宋立学说着，脑海里浮现出一幅恐怖的画面：一具全身贴着白色纸条的尸体，插在一根树枝的尖上，周围是一大片沼泽，血从尸体被刺穿的伤口上不断地往外涌出，像鲜红的瀑布一般顺着树枝流到沼泽里。而那些白色的纸条随风飘扬着，好像一个个白色的幽灵在围着尸体起舞，显得十分妖异。

"嗯，现场的情况差不多就是这样了。这个案子唯一的难点在于：凶手是如何将汪思明插到沼泽中央的树枝尖顶上的。"

"没错，吴寒峰也对此展开了自己的调查，他认为凶手的诡计是利用了某种弹射装置，将汪思明从云雷塔上弹了出来，为此他还特意去了一趟仓库，但并没有发现橡皮筋之类用来做弹射装置的工具。"

"唔。你忘了说吴寒峰调查到的一个重要线索了。"

"重要线索？"

"吴寒峰的手记里不是提到了吗？他回到云雷塔一楼的时

候,发现一楼的大日如来佛祖铜像微微偏移了几厘米,这么大的佛像凭一个人的力气是根本不可能移动的,但是当时的他没有去细想这个问题。"

"唔,确实是提到了,可是这和凶手所用的诡计有关吗?"

"当然有关。"

"怎么个有关法?"

"你还记得那个仓库吗?"孙小玲没有回答宋立学的问题,而是话题一转,"吴寒峰的手记里写着仓库里有一些很常用的工具,其中起电机和第一起案子有关,而这第二起案子则用到了另外两样工具:绳子和胶带。"

"怎么用?"

"其实很简单,凶手事先在云雷塔第十三层和第七层的外壁之间连了一根绳子,当然这根绳子必须是处于绷紧状态的。在将汪思明打晕后,凶手带着昏迷的汪思明来到云雷塔的第七层,将绳子的一头系在汪思明的身上,然后用大量的胶带将汪思明固定在第七层的窗边。"孙小玲停顿了一会儿,似乎是要给宋立学一些反应的时间。

"然、然后呢?"

"然后凶手来到云雷塔的顶层——第十三层。"孙小玲突然露出一个诡异的微笑,"接下来凶手做了一个极为大胆的举动。"

"什么举动?"

"凶手将那根绳子的另一头系在了自己身上,然后纵身一跃,从云雷塔的十三层跳了下来。"

"什么?"宋立学瞪大了眼睛。

"你猜接下来会发生什么?"

"会……"宋立学露出恍然大悟的表情,"啊,我明白了,我明白了。"

孙小玲点点头,继续说道:"由于汪思明被固定在第七层的窗外,而汪思明和凶手之间用绳子相连,因此凶手的运动轨迹应该是一个以汪思明为圆心,以绳长为半径的圆,最终凶手会对称地降落到云雷塔的一层窗前。在凶手'撞'进一层窗口的一瞬间,绳子巨大的拉力会撕裂固定汪思明的胶带,使汪思明从云雷塔七楼的窗前'飞'出来,最终'降落'到沼泽地中央的那棵小树枝上。"

"所以尸体上那些白色纸条一样的东西其实是被撕裂的胶带吗?"

"没错,只是吴寒峰他们没法接近尸体,所以弄不清楚是什么东西。"

"这……"

"现在你知道为什么一楼的佛像会微微有些偏移了吧?那是因为凶手'撞'进来的时候冲击力过大,身体沿着地面一直滑行,然后撞上了佛像,在巨大的冲击之下,即使是又大又重的佛像也稍稍偏移了原来的位置。"

一阵沉默。

凶手的作案手法实在过于大胆,宋立学似乎一时无法消化。

孙小玲没有理会他,接着说道:"接着,凶手只需要在云雷塔的一楼将绳子收回即可,只是百密一疏的他最终没有注意到一楼佛像的微微偏移。"

"所以,汪思明是被活活刺死的吗……"宋立学的嘴唇微动,嗫嚅着说。

"是的,所以才会有如此大的出血量。"

"我还是不明白,凶手怎么保证汪思明正好落在那根小树枝上？这得经过多精确的计算才行？"

"不错,凶手确实做了非常精确的计算。"

"那问题就和第一个案子一样了:一般人根本不可能做到如此精确的计算!"宋立学瞪大了眼睛说道。

"我说过,这一点我会在破解完所有的诡计之后再解释。"孙小玲眼波流转,"好了,第二个案子的诡计已经解释完毕。刚吃完饭,我们再去甲板上走走吧。"

此时,天色已经完全黑了。虽是盛夏时节,但海面上徐徐的微风轻柔地拂过面颊,让人觉得甚是凉爽畅快。

宋立学伏在甲板的栏杆上,一边感受着舒爽的海风,一边望着远方闪烁的星空。虽然白天的酒让他到现在依然觉得头脑非常昏沉,但此时他的心思已经完全飞到了那个名叫云雷岛的小岛之上,早已顾不上休息了。

"那么,现在我来告诉你第三起案子的真相吧。"孙小玲知道宋立学虽然表面上似乎很平静地欣赏着美丽的星空,但其实内心迫不及待地想要知道云雷岛事件的全部真相,只是这人脸皮太薄,不好意思主动开口问罢了。

"嗯,你说吧。"

孙小玲扑哧一笑说道:"你这人,明明自己想知道真相想得不得了,但偏不主动问,非得我先开口,弄得好像是我偏要告诉你一样。罢了罢了,不跟你计较了,你先回顾一下第三起案件的过程吧。"

宋立学听她拆穿了自己的心思,不由得脸一红,好在夜色如墨,没有人会发现。他在脑海里回忆了一下吴寒峰手记里的内容,开口说道:"这次案件的受害人是汪康森的二儿子,汪思明的弟弟汪思亮。尸体的第一发现人仍然是范管家，发现的时间是七月六日的早晨，地点是云雷庄一楼的洗漱间。当时，范管家起床之后想去洗漱间洗漱，但发现洗漱间的门从里面反锁着，便先叫醒了杨晓彤和周梦缘两位女佣，确认不是她们两人在洗漱间里之后，便回到洗漱间门口，然后用力踹开了门。当时汪康森的尸体就赤裸地躺在洗漱间的地面上。"

宋立学瞄了一眼孙小玲，确认她在听自己说话之后，接着说道："没过一会儿，赶过来的郑医生确认汪思亮是溺水窒息而死，死亡时间是前一天夜里十一点到第二天凌晨一点之间。这起案件的难点在于：洗漱间的门从里面反锁，又没有窗户，现场和第一起案件的云雷寺一样是个彻彻底底的密室。更奇妙的是，虽然现场是个洗漱间，但并没有任何盛满了水的水池、水盆或者水缸，除了湿漉漉的瓷砖地板和墙壁，可以说整个空间里并没有多少水，那么汪思亮是如何在没有水的地方被淹死的呢？"

"吴寒峰的调查呢？"

"吴寒峰觉得凶手可能是将洗漱池盛满水，把晕过去的汪思亮的头按在洗漱池里，直到淹死他为止，但这样无法解释凶手淹死汪思亮之后是如何离开洗漱间的。哦对了，吴寒峰还发现二楼汪思亮房间的卫生间里的淋浴坏掉了，这就解释了为什么汪思亮会出现在一楼这个给管家和女佣使用的洗漱间里：他很可能是想来洗澡。洗漱间的马桶盖上摆放着他的衣物也佐证了这一点。"

"还有吗？"

"唔，关于这起案件，差不多就是这些了。"宋立学深吸了一口气，似乎刚刚一口气说了太多话，需要缓一缓才行。

"你说,如何在没有水池的地方淹死一个人呢?"孙小玲转过身,将背部靠在栏杆上,朝宋立学问道。

"唔。"宋立学抓了抓头发,皱起眉头想了一会,然后摇了摇头。

"笨死了,没有水池,那就制造水池啊。"

"制造水池?怎么制造?"

"洗漱间里就有一个大水池啊。"

"你是说洗漱池?"

"不是,那个小池子哪能淹死人,我说的是整个洗漱间,整个洗漱间就是一个大水池啊。"

"洗漱间是大水池?"

"你刚刚不是说了吗?洗漱间是呈密室状态的,如果给洗漱间注满水,那么洗漱间不就成了水池吗?"

"可是,洗漱间对于人来说是密室,对于水来说可不是,水会从门缝里流出来啊。"

"所以凶手用胶带将门缝都贴死了。"

"什么?"

"你想想,洗漱间里地板和墙壁分别是用大理石和瓷砖贴牢的,能渗水的地方只有门缝,要想制造一个完全密闭的水池,凶手只需要将门缝贴死即可。"

"可是就算洗漱间成了一个密闭的水池,水又从什么地方进来呢?"

"当然是地漏啊。"

"地漏?怎么可能?小学生都知道水往低处流。"

"你知道连通器原理吗?"孙小玲突然转过话题。

"连通器?当然知道,不就是 U 形管嘛。"

"没错,连通器原理说的是:几个底部互相连通的容器,注入同一种液体,在液体不流动时各容器的液面总是保持在同一水平面上。"

"这跟案子有什么关系?"

"凶手正是利用了连通器的原理,才让水往高处流的。"

宋立学瞪大了眼睛,难以置信地说:"怎么个利用法?"

"你记不记得吴寒峰的手记里写道云雷庄的门口有一个喷水池。"

"记得。"

"他手记里写他第一次来云雷庄的时候,走过这个喷水池之后,又走下了大约二十级的阶梯,才是云雷庄的正门。还写道当他站在喷水池旁边时,视线正对着的是云雷庄二楼房间的窗户,也就是说喷水池所处的位置差不多是和云雷庄二楼底部齐平的,肯定比一楼要高。"

"你、你是说……"

"没错,云雷庄门前的这个喷水池和云雷庄一楼洗漱间的地漏之间其实是在地下用管道连通的,只是平时这个管道用阀门关着,所以两者之间没有任何影响。案发当晚,凶手在将洗漱间的门缝贴死之后,便打开了控制管道开关的阀门,由于我刚刚说的连通器原理,喷水池和洗漱间的水面要达到一样的高度,喷水池里的水必然会通过管道流向洗漱间,通过洗漱间的地漏往上涌出,直到充满整个空间。"

宋立学的脑海里浮现出一个连通器装置,只是这连通器的一端是喷水池,一端是洗漱间,随着连通器底部的通道被打开,喷水池这端的液面逐渐降低,洗漱间那端的液面逐渐升高……

"可是,他们早上进去的时候,洗漱间里并没有水啊。"

"水当然是已经全部通过地漏流走了啊。洗漱间地漏下的管道其实有两条支路,一条和喷水池底部相连,另一条则是普通的下水道管路,为了方便起见,我分别用管道 A 和管道 B 来表示。平时管道 A 是关着的,管道 B 是开着的,这个洗漱间和世界上几乎所有的洗漱间一样,完全可以正常使用,平时洗澡什么的产生的水会通过管道 B 流走。案发当晚,凶手为了制造密室溺杀事件,关上了管道 B 的阀门,打开了管道 A 的阀门,在淹死了汪思亮之后,凶手又关上了管道 A 的阀门,打开了管道 B 的阀门,这样洗漱间里的水便会通过地漏顺着管道 B 流走。一晚上的时间,足够水全部流完了。当然这之后凶手也没忘了把封门缝用的胶带给撕掉带走。"

"所以我们看到的地板和墙壁上的水珠,并不是因为洗澡产生的热气液化形成的,而是满满一洗漱间的水留下的痕迹。"宋立学点点头,不一会儿又摇摇头,"那喷水池里的水位不是会下降吗?"

"你忘了吗?那天晚上下着大雨啊,水位早就回来了。哦对,忘了说了,喷水池底部的管道也有两条支路,和洗漱间的一样,一条是和洗漱间底部相连的管道 A,一条则是普通的下水管道 C。平时管道 A 都是处于关闭状态,管道 C 则用来调节喷水池的水位。"

"可、可我还是不明白,汪思亮一个大活人,看到地漏里冒出水来,肯定会不顾一切打开门逃走吧,怎么可能等到水淹没他,把他活活淹死?"

"关于这点也要等到诡计全部揭穿才能告诉你,因为这关系到凶手的身份。"

"好吧。"宋立学叹了口气,"第三起案子的诡计我也知道了，只剩最后一起案件了。"

这时，孙小玲突然打了个喷嚏，她感到夏夜的海风带着一丝寒意向她袭来。

"好冷，我们还是回屋里说吧。"说着，她抱紧双臂，不住地用双手摩擦着胳膊，然后快步向船舱里走去。

孙小玲回到房间以后，仍旧先是走到旁边的厨房里，不一会儿，端出两杯咖啡。

"你这么爱喝咖啡吗？"宋立学好奇地问。

"嗯。我爸爸说他年轻的时候搞科研，常常要没日没夜地做实验、写论文，不仅身体上非常辛苦，脑力上更是吃不消，你知道思考那些尖端的物理问题都是非常消耗脑细胞的。他说那段时间他每天要喝十几杯咖啡，才能勉强保持体力和脑力，后来他就因此染上了咖啡瘾。所以我从小就爱喝咖啡，可能是因为遗传了父亲的嗜好吧，唔，这是不是证明一个人后天养成的习惯和特征也可以通过基因遗传给下一代呢？"

宋立学没想到，原来大名鼎鼎的天才物理学家孙玉东竟然也有过这样的经历，他一直以为像孙玉东这样的天才靠的都是天生就比别人聪明的大脑，却没想到人家的成就也是付出了异常艰苦的努力才得来的。

比你优秀的人都比你努力，那你努力还有什么用？宋立学突然想到这句话，不禁在心里发出一阵自嘲。

当然，这些内心活动宋立学不会展现出来，他嘴上附和着孙小玲道："唔，有句俗语不是叫老鼠的儿子会打洞吗？肯定有它的道理吧。"

"确实，表观修饰遗传学真的是一门奥妙无穷、很值得研究的学科呢。"没想到孙小玲的嘴里突然蹦出了一个宋立学没有听过的词。

"什么遗传学?"

孙小玲扑哧一笑:"算了,你不懂的。我们还是说回案子吧。"

虽然孙小玲的语气很平淡,但宋立学总觉得自己又被鄙视了。尽管他心里暗暗地有点不爽,嘴上却只说了句:"好吧。"

孙小玲似乎没有察觉到宋立学内心的小情绪,她一边喝着咖啡一边说道:"还是和前三个案子一样,你先回顾一下吴寒峰手记里关于第四个案子的情况吧。"

宋立学也端起咖啡,喝了一口清了清嗓子,然后说道:"七月七日的中午十二点左右,众人发现汪康森的女儿、汪雨涵的姑姑汪思晴不见了,于是吴寒峰等人便四处去寻找,当他们走到云雷馆附近的时候,发现云雷馆的门缝里面冒出了滚滚黑烟,但此时云雷馆的大门从内部反锁着,吴寒峰等人打破了窗户才得以进入。接着他们发现,一具焦尸躺在云雷馆里第一个房间的地上,整个房间包括藏书都烧得面目全非了。"

"嗯,再说说吴寒峰他们的调查吧。"

宋立学点点头,继续说道:"吴寒峰他们在现场发现了一个有意思的线索:焦尸的脸部烧毁程度要比其他部位更严重。郑医生认为这可能是以下两种原因之一造成的:一种是尸体的脸部是最先烧起来的地方,一种是凶手对尸体的脸部进行了二次灼烧。吴寒峰据此推断,这具焦尸很可能并不是汪思晴,而是汪思晴为了摆脱嫌疑制造的,所以才会对尸体的脸部进行二次灼烧,目的是更彻底地消灭能够识别焦尸身份的线索,从而误导大家。"

"吴寒峰的推断把汪思晴定位为整个云雷岛上四起杀人事件的凶手，关于这一点，我们暂且不谈，还是先说说第四起案子的诡计吧，除了焦尸的脸部烧毁程度要比其他部位更严重，还有别的线索吗？"

"还有一条线索：范管家回忆当天上午最后见到汪思晴的时候，她神色匆匆地走出了云雷庄，而且一反常态地没有戴眼镜。范管家说汪思晴患有高度近视，所以平时不可能不戴眼镜。"

孙小玲点点头，然后反问道："现场的出入口呢？"

"说来奇怪，吴寒峰的手记里记载说这个云雷馆的设计十分独特，从外面看整个建筑是一个长方体，而且是一个十分细长的长方体。馆的大门在最北边，进入大门后，由北到南一共有十四个房间，每个房间之间用巨大的玻璃门隔开，最南边的房间有一扇大落地窗，因为已经到了岛的南部边缘，所以透过窗可以十分清晰地看到海面的风景。另外，每个房间的东西两侧墙壁上都各有一扇小窗户。案发现场是从大门进来之后的第一个房间，一共有四个出入口：北边是云雷馆的大门，南边是通往下一个房间的玻璃门，东西两边分别是一扇窗户。当然，根据吴寒峰手记里的描述来看，这四个出入口在案发时都是处于从内部反锁的状态，也就是说现场又是一个不折不扣的密室。"

"那么，接下来我就给你破解这个密室之谜。"孙小玲的嘴角扬起一丝笑意。

"我洗耳恭听。"宋立学故作郑重地说。

"别，别弄得这么正式。"不知为何，孙小玲的脸上闪过一丝窘迫，但又立马恢复了正常。她咳了一声，反问道："你想想一个没有眼镜就完全看不清东西的人为什么在外出的时候会不戴眼镜呢？"

"为什么？"

"当然是因为眼镜被人拿走了。"

"被谁拿走了？"

"被凶手。"

"凶手为什么要拿走汪思晴的眼镜？"

"为了实施密室杀人诡计。"说完，她突然话题一转，"小时候，你应该做过这样的实验吧，把放大镜放在阳光下，让焦点对准白纸，不一会儿白纸就会燃烧起来。"

"当然做过了，别看我是学文科的，小时候我可喜欢上自然课了。"宋立学兴奋地说，"这是由于放大镜有聚光的效果，使得阳光的能量集中在焦点上，导致焦点处的温度迅速升高，从而点燃白纸。"

"没错，这么简单的原理，小学生都知道。但是凶手的密室杀人手法用的就是这么简单的原理。"

"什么？现场没发现什么放大镜啊？"

"整个云雷馆就是一个放大镜。"孙小玲幽幽地说。

"云、云雷馆是放大镜？"宋立学一脸茫然，"你在说什么？"

"还记得你刚刚说的吴寒峰手记里提到的云雷馆的造型吗？一个长度远远大于宽度的长方体，由十四个房间相连而成，每个房间都由玻璃门隔开，最南边的房间有一扇巨大的落地窗朝向海边。"

"有什么问题吗？"宋立学仍然不明白孙小玲的意思。

"十四个房间相连，每个房间都由玻璃门隔开，那么就有十三扇玻璃门，再加上最南边房间的玻璃落地窗，一共是十四块玻璃，这十四块玻璃组成了一个放大镜。"

"怎么组成?"

"这十四块玻璃,如果每一块玻璃的造型都做成中间比四周稍微厚一些,那么十四块玻璃合起来,中间应该比四周厚很多了吧?"

"什么?你是说云雷馆的每扇玻璃门都是一个中间厚、四周薄的凸透镜?"

"没错,只是由于玻璃门的面积很大,而且每扇门中间与四周的厚度差比较小,所以一般人很难注意到。不过吴寒峰在穿门而过的时候还是感觉到了不对劲,只是他没能发现这种不对劲的感觉从何而来。对了,刚刚说的当然也包括那扇巨大的落地窗。"

"也就是说,凶手把一块凸透镜分割成了十四块?"

"没错,即使每扇玻璃门的曲率很小,焦距很长,但这十四块凸透镜组合在一起的话,焦距差不多是云雷馆南北方向的长度。如果此时一束阳光从云雷馆最南边的玻璃窗水平射入的话……"

宋立学接过话头:"那么阳光最终会在最北边房间的某处形成焦点,如果焦点处放有易燃的磷粉,那么……"

"没错,整体原理大致就是这样。当然,还有很多细节要补充。比如,凶手为了达到最好的聚光起火效果,一定会选择白天阳光强烈的时候,这就是为什么案发的时间接近正午。此时阳光几乎是垂直照向云雷岛的,为了让阳光能够水平射入云雷馆,凶手必须使用某种反射装置。"

"什么反射装置?"

"铝箔板。还是吴寒峰手记里提到的那个仓库,凶手在第一个案子中用了起电机,第二个案子里用了绳子和胶带,第三个案子里也用到了胶带，这起案子里用了铝箔板。凶手把仓库里的铝箔板搬到了小船上，然后乘船来到云雷岛南边的海面上。"

"小船？"

"没错，就是云雷岛上不知所终的那只小船，原本那只船停靠在云雷岛北边的码头上，第一起案件发生以后，岛上众人发现船不见了，其实那艘船是被凶手开到岛的南边，然后用绳子系在岸边了。"

"原来如此，小船没有消失，而是被凶手从岛的北边转移到了南边。"

"七月七日接近正午时分，正是阳光十分强烈的时候，凶手带着铝箔板，乘小船来到云雷岛的南部海面上，接着把那些铝箔板拼成巨大的反射装置，然后在船上调整好这块巨大铝箔板的倾斜角度，使得阳光经过铝箔板反射后可以近乎水平地射入云雷馆最南边的那扇落地窗。最后，凶手只需要暂时先用黑布之类的东西盖好铝箔板，静静等待汪思晴来到云雷馆最北边的房间即可。"

"你是说阳光射入云雷馆里的层层凸透镜之后，形成的焦点恰好在汪思晴的身上？可是凶手怎么保证汪思晴刚好出现在那个位置？"

"这就和我刚刚说过的眼镜有关了。凶手事先偷走了汪思晴的眼镜，然后给汪思晴留了张纸条，大意是说：要想知道云雷岛上这一系列案子的真相，就在七号中午十一点半来云雷馆的第一个房间。当然凶手很可能还说了事关机密，所以进来的时候务必要反锁住门。哦对，这个时间只是个近似，确切的时间只有凶手知道了。汪思晴虽然找不到眼镜，但迫切想知道真相的她依然按时如约来到了云雷馆。吴寒峰的手记里曾经说过，云雷馆的每个房间中央都有一张桌子，供人坐着翻阅书籍使用。当汪思晴反锁好云雷馆的大门之后，她看到房间中央的桌子上放了一张纸，纸上好像密密麻麻地写着什么东西，没戴眼镜的她只好走到桌子旁，想拿起纸来看，但凶手事先用胶带或者胶水一类的东西将这张纸粘在了桌面上。这时，为了看清纸上写的东西，你说汪思晴会怎么做？"

宋立学先是一怔，然后站起身，在孙小玲的房间里一边转圈一边说："我想，她会弯下腰，将脸凑近桌子上的纸，因为患有高度近视，她不得不把脸凑得非常近。"

突然，宋立学张大了嘴巴，带着一脸难以置信的表情说道："我，我明白了。阳光的焦点并不是落在汪思晴的身上，而是落在桌面的那张纸上，在极高的温度下，纸会迅速燃烧起来。而汪思晴的脸此时距离纸非常近，所以火一下子就烧到了她的脸上。"

"没错，这就是汪思晴的脸比其他部位烧伤程度更严重的原因，因为脸是最先烧起来的。凶手很可能事先在纸上撒了一些磷粉，从而进一步加快起火的速度。总之凶手不能给汪思晴任何的反应时间，一定要确保她的脸部是最先烧起来的，这样汪思晴才会极度地惊慌和不知所措，否则，保持着理智的她有可能会打开房门逃出去。"孙小玲喝了口咖啡，"另外，凶手很可能还事先在桌面上安装了一个微型的红外传感器，当汪思晴的脸靠近桌面上的那张纸时，凶手便能够立刻得知这一信息，从而保证在准确的时间揭下盖在铝箔板上的黑布，启动这一点火装置。"

宋立学在弧形的落地窗旁边停住了转圈的脚步，望着窗外的夜色，说道："脸部着火的汪思晴到处翻滚着，碰撞着，由于房间内都是木质的桌椅和书架，以及纸质的书籍等易燃物品，汪思晴的翻滚和碰撞只会导致火越来越大，越烧越旺，最终将整个屋子烧成灰烬。"

宋立学的语气里流露出一丝不忍，汪思晴痛苦地到处打滚时发出的哀号仿佛就在他的耳边萦绕一般，让他实在没有心思欣赏眼前夜幕下的迷人海景。

良久，他缓缓说道："这个诡计，和前三个一样，又是必须经过精密计算的，尤其是这些玻璃门的曲率，必须设计得既要让一般人看不出来，又要组合起来之后让阳光水平射进来的焦点正好落在北边第一个房间的桌子上。这根本不是一般人能做到的，凶手到底是何方神圣？"

孙小玲没有直接回答宋立学的疑问，而是说了句："好了，四个案子的诡计都说完了，现在，是时候揭穿凶手的身份了。"

说完，她将手中的咖啡杯重重地放到茶几上，发出了清脆的撞击声。

宋立学看见，孙小玲的咖啡杯已经见底了。

第二十二章　凶　手

就在此时，孙小玲的房间门口传来一阵急促的敲门声。

"谁啊？"孙小玲问道。

"是我。"一个中年男人的声音响起。

孙小玲打开房门，只见一个身穿黑色西服，戴着银边眼镜，中等身材的男人站在门口，看模样四十多岁，全身上下散发着一股知识分子的气息。

"爸，这么晚你怎么来了？"孙小玲撒娇般地抱住中年男人的手臂。

"我来看看你啊。我正准备回房间，路过你的房间门口，听到里面传来说话的声音还有撞击的声音，就过来看看发生了什么事。"中年男人一脸宠溺地看着孙小玲，然后他抬起头，扫了一眼宋立学，露出怀疑的目光，"这不是白天演讲的那个年轻人吗？听说你是马旭光的朋友，怎么会在这里呢？"

宋立学没想到会在这里亲眼见到孙小玲的父亲——天才物理学家孙玉东，一时之间有些不知所措，只能呆呆地怔在原地。

孙小玲赶忙解围道："他啊，是我下午偶然在甲板上遇到的。我们在海上捡到了一个瓶子，里面塞了几张纸，纸上记载了一起连环杀人事件，我一眼就看破了真相，一直给他解释到现在呢。"

"连环杀人事件？"孙玉东的兴趣明显地从宋立学身上转移开来。

"唔，我刚刚给这个宋立学讲完凶手所使用的杀人诡计，现在正好要揭穿凶手的身份。"说着，孙小玲的表情突然变得怪异起来，她转过身关上了房门，然后对着孙玉东说道，"爸，您来得正好，这个凶手，很可能您也认识呢。"

"什么，我也认识？"孙玉东推了推眼镜的鼻架，冷静地问，"什么意思？"

孙小玲微微一笑，然后将吴寒峰手记里的内容和自己刚刚的推理过程原原本本地告诉了孙玉东。

"这确实是极度离奇而又血腥的连环杀人事件，小玲你能看破凶手用的诡计，真是厉害啊。"孙玉东微笑着摸了摸女儿的头，"而且这个凶手啊，确实是我认识的人呢。"

"什么？"宋立学听着这对父女的对话，只觉得一头雾水。

"你这个傻瓜，我都把凶手用的诡计破解完了，你还没猜出凶手吗？"孙小玲揶揄地朝宋立学反问道。

"我只知道这个凶手的计算能力非常强，而且能够想出这么多巧妙的诡计，一定是个高智商的人。"

"说你傻你还真是傻。"孙小玲急得直跺脚，"你还没发现吗？这四起案子的诡计都分别和云雷岛上这四座建筑的构造有关。"

宋立学摸了摸下巴："你这么一说，还真是。第一起案件，凶手利用的是隐藏在云雷寺屋顶和墙壁里的一套宏大装置，引来闪电制造电场，使得佛像上的箭自动射出；第二起案件，凶手利用云雷塔的高度，通过绳子巧妙地将尸体扔到了沼泽中央的小树枝上；第三起案件，凶手利用连通器原理，通过云雷庄门口的喷水池和云雷庄一楼洗漱间底部的连通管道，将洗漱间注满水，从而完成密室溺杀；第四起案件，凶手利用云雷馆中十三扇玻璃门和一扇玻璃窗所形成的巨大凸透镜来聚焦阳光，从远处点火，烧死了汪思晴。"

孙小玲打断了宋立学的话："不仅如此，你刚刚也一直在问，这所有的诡计都需要经过精确的计算才能实现。比如在第一起案子里，凶手为了让作明佛母手中的箭准确地刺中汪康森的脖子，必须事先计算好那套引电装置所产生的电场的强度以及箭的带电量和重量，这样才能知道箭受到的电场力和重力的大小，然后根据二者的合力，事先推算出箭的运动轨迹。为了让汪康森的脖子位于箭的运动轨迹上，箭的高度、汪康森跪下后的高度以及作明佛母和蒲团之间的距离也是需要事先计算好的。"

"好了好了，你说的这些我也知道。"宋立学不耐烦地说，"问题是谁才能事先做好如此细致精密的准备工作呢？这个岛上的建筑可都是二十年前建的啊。"

突然，宋立学像看到了什么恐怖无比的怪兽一般，用力地瞪大了眼睛，张大了嘴巴："难、难道……难道是设计这些建筑的人，那个，吴寒峰的手记里说，这些建筑都是二十年前一个名叫中村红司的建筑师设计和建造的。"

孙小玲做出长舒一口气的样子："哇，你终于开窍了，凶手就是中村红司，只有这个人才有可能策划出如此精密的杀人诡计，因为这些建筑本身就是她设计建造的。"

"可这都已经是二十年前的事了啊。"宋立学仍然不敢相信孙小玲的推理。

"那就说明中村红司在二十年前已经计划好这起连环杀人事件了。"

"什么,这、这怎么可能?"

"二十年前,中村红司在给汪康森设计岛上的建筑时,就已经想好了这些利用建筑构造的杀人诡计,可以说,正是为了二十年后的这起连环谋杀,她才设计建造了云雷岛上的这四座建筑。"

宋立学此时已经惊讶得完全说不出话来。

孙小玲瞟了他一眼,继续说道:"在设计云雷寺的时候,她的脑海里已经构思出了这个利用雷电杀人的密室诡计,所以云雷寺完全是按照她设想的诡计模型建造出来的杀人工具,包括尖顶的高度、墙壁两侧的距离、佛像到蒲团的距离等都是她精密计算过的。当然,尖顶里的引雷针、天花板上那些大型线圈以及埋在墙壁里的金属电极板、导线和开关,也都是她计算和设计好以后,安排工人们放置和嵌入的。所有这一切都是为了保证箭可以准确地刺入汪康森的脖子。"

"那云雷塔呢?就算是中村红司设计了云雷塔,她也不可能保证汪思明正好能落在那根小树枝上吧?"

"当然可以。云雷塔的诡计本质上是一个物体弹射的物理过程,只要知道汪思明的体重,完全可以利用电脑建模来模拟汪思明的运动轨迹,中村红司正是根据模拟的结果来设计云雷塔的高度和位置的。你要知道,汪雨涵曾经说过汪思明有健身的习惯,二十多年来身材一直没变过。"

宋立学无话可说,只能呆呆地盯着孙小玲迷人的脸蛋。

孙小玲也不介意,接着说:"云雷庄也是如此,喷水池和一楼洗漱间底部相连的管道也是中村红司一开始就设计好了的，工人们只要按照她的安排建造出来就行。最后是云雷馆，那十三扇玻璃门和一扇玻璃落地窗都是中村红司设计好样式和规格之后，找工匠打造的，当然云雷馆里每个房间的大小，尤其是每两扇玻璃门之间的距离，也是她精确计算过的，目的是保证阳光水平射入之后焦点恰好落在最北边房间的桌子上。"

"这个中村红司，究竟是何方神圣啊。"宋立学喃喃自语着。

"刚刚说的这些建筑设计对我们普通人来说简直不可想象，但对中村红司这个世界著名的建筑师来说并非难事。"

"那汪康森呢？不是他邀请中村红司来设计岛上建筑的吗？万一在建造过程中他发现有什么不对劲儿的地方怎么办？"

"吴寒峰的手记里不是写了吗？汪雨涵曾经对他说过中村红司在设计建筑的时候，从最开始的构思规划到最后的实际施工，整个过程都是完全保密的，旁人根本无法插手，甚至那些施工的工人也是她自己带来的团队，汪康森只是事先提了一些要求而已。所以汪康森完全不可能在这些建筑设计和建造的过程中察觉出什么异样，当他见到云雷寺、云雷塔、云雷庄和云雷馆的时候，它们早就已经是外表看上去毫无异常的成品了。"

宋立学无奈地点点头："好了，我相信凶手就是这个中村红司了，除了她，世上再也没有第二个人能完成这一连串的不可能犯罪了。可我还是不明白，再怎么说中村红司设计这些建筑也是二十年前的事了，而吴寒峰手记里的这起连环杀人案是一个多月前才发生的事，难道这个中村红司二十年之后又偷偷潜入了云雷岛，实施她二十年前就构思好的杀人计划？"

"不是偷偷潜入，而是本来就在岛上。"孙小玲说完这句，便起身去了隔壁的厨房。

宋立学知道，她一定又去煮咖啡了。

"听说你是马旭光的大学同学？"孙小玲去厨房的这当口，孙玉东突然向宋立学问道。

"是的，我是他室友。"宋立学点点头。

"哦，那你也是学哲学的？"

"嗯。"

"那你怎么评价维特根斯坦的哲学理论呢？"

宋立学没想到孙玉东会突然问他专业问题，一时没有反应过来，只能支支吾吾地说："维特根斯坦是个天才，不过也是个很矛盾的人物，他自己早期和后期的哲学理论就大相径庭。他的代表作《逻辑哲学论》虽然非常简短，但是对西方哲学的影响却极其深远，其中……"

就在这时，孙小玲端着一个托盘走了出来，上面放着三杯热气腾腾的咖啡。她打断了宋立学的话，笑意盈盈地朝孙玉东说道："爸，你又在乱给别人出题了。"

孙玉东接过孙小玲递来的咖啡，一边喝一边笑着说："我就是和立学随便聊聊他的专业而已。"

"好了好了，别聊维特根斯坦了，这些哲学家的思想一个比一个晦涩，简直比理论物理还难懂呢。上次你让我读的那个胡塞尔的《逻辑研究》，里面讲的那些什么现象学的理论，我完全看不懂。"孙小玲说着吐了吐舌头，"我觉得超弦理论要比这些哲学理论简单多了。"

"你这傻孩子，科学最早也是哲学的一部分，等你在科学上的造诣达到一定高度之后，会发现懂点哲学能在很大程度上帮助自己更深入地理解这个宇宙，理解万物之理。"

孙小玲笑着点点头："知道啦，我的好爸爸，回去之后我一定仔仔细细地把家里那些哲学书都拿出来看一遍。"

"这不，这里有一个哲学系的大学生，你要是有什么不懂的还能和他讨论讨论。"孙玉东指了指宋立学说道。

"哈哈，他啊。"孙小玲笑得前仰后合，"他的水平还不一定比得上我呢。"

宋立学涨红了脸："我、我的成绩在我们班一直都是第一名，老师们都夸我有哲学天赋呢。"

"哦？这么厉害啊。"孙小玲顺了顺裙摆，坐到沙发上，喝了口咖啡，"好啦，不逗你玩了，下次遇到什么哲学问题就向你请教了哈。不过这次，我们还是先把这起云雷岛五行连环杀人案的真相说完吧。"

宋立学也把注意力从哲学话题重新转回案子上，他开口问道："你刚刚说中村红司本来就在岛上是什么意思？"

"二十多年前，我还在日本留学的时候，曾经有幸见过一次中村红司，当时的她五十岁左右，已经是蜚声国际的大建筑师了。不过她本人很少在公开场合露面，我也只是很偶然地匆匆瞥了她一眼而已。"没想到开口的是孙玉东，"其实中村红司并不是日本人，只是为了向她的老师，也就是日本顶尖建筑大师中村青司致敬，才改了这个日本名字。她原本也是N国人。"

宋立学没想到孙玉东会认识中村红司，赶忙问道："N国人？那她原名叫什么？"

"杨晓彤。"孙玉东的语气十分平静，但宋立学却倒吸了一口冷气。

"杨晓彤？不就是云雷岛上那个女佣的名字吗？"

孙玉东嘴唇微动，似乎想说什么，但一旁的孙小玲抢先说道："没错，云雷岛上的汪家女佣杨晓彤，就是大建筑师中村红司，也是这起五行连环杀人案的凶手。"

宋立学觉得今天简直是自己人生中最不可思议的一天，从下午在大海里捡到那个塞了三张纸的瓶子开始，自己的意识就一直处于过山车一般的状态。随着孙小玲一点点地揭开这起案件的真相，他感觉自己的大脑就像一块放在海边沙滩上的石头，不断地被一阵又一阵汹涌的海浪拍打冲击着。每当海浪涌来，他的大脑就会承受一次惊奇与感叹的洗礼。

宋立学本以为自己已经适应了这种轮番而来的讶异感，但这次他仍然没有忍住，甚至从沙发上站了起来，但没过一会儿又坐了下去。

孙小玲知道宋立学内心的疑惑，开口说道："其实仔细分析吴寒峰的手记，在如今已经知道凶手使用的各种不可能犯罪诡计之后，我们再重新回顾这四起命案，会很容易推理出凶手是杨晓彤。"

"怎么推理？"

"你可曾思考过，凶手为什么要精心布置这么多不可能犯罪？如果只是为了杀人，根本不需要如此费尽心思，使用这么多密室诡计吧？"

"难道不是为了契合岛上的妖怪传说，从而把众人的注意力引到五行怪身上去吗？"

"你呀，就和岛上那些人一样，只看到了表面。"

"那是为了什么？"宋立学不解地问。

"要知道，存在密室这件事本身，就是最好的不在场证明啊。"孙小玲故作高深地说道。

"你是说，凶手制造密室的动机是为了让自己拥有不在场证明？"

"没错，因为密室本身属于一种人为制造的不可能犯罪，所以当现场是密室的时候，人们往往会怀疑那些没有不在场证明的人，因为这些人是最有时间和机会去制造一个密室现场的。但云雷寺的密室恰恰相反，凶手根本无须接近汪康森，只需要在这个电闪雷鸣的夜晚，坐等闪电击中云雷寺顶上的引雷针即可。为此，凶手反而会刻意地制造自己不在现场的证据，从而暗示众人：我肯定不是凶手，你看我案发的时候正在干吗干吗呢。也就是说，拥有不在场证明的人反而最有可能是凶手。"

宋立学被孙小玲这番推理说得哑口无言，只能一直点头。

"那么你看云雷寺这个案子，哪些人拥有不在场证明？"孙小玲朝宋立学问道。

"唔，我想想，吴寒峰的手记里记载了案发后他对众人不在场证明的调查，根据他的调查，七月三号的晚上，大部分人都在自己的房间里休息，所以没有不在场证明。只有女佣周梦缘说自己因为害怕打雷，所以这几天晚上都是在杨晓彤房间睡的，案发当晚她和杨晓彤从八点一直打牌打到凌晨一点才睡觉，所以只有杨晓彤和周梦缘两人可以互相作为对方的不在场证明。"宋立学说着，突然右手握拳，拍了一下左手的掌心，"不对啊，这样不是说明做证，是周梦缘想刻意制造不在场证明吗？毕竟是她主动搬到杨晓彤房间里的。"

"一开始我也这么想，但周梦缘说自己胆子特别小，尤其害怕打雷，所以每次遇到晚上打雷，她就会跑到杨晓彤的房间去睡。读到这里的时候，我就想道：会不会是杨晓彤利用了周梦缘的这个习惯，反过来为自己制造不在场证明，毕竟那天下午就已经开始雷声轰鸣、风雨大作了，岛上的众人都知道当晚会是个暴风雨之夜。杨晓彤既可以利用这场暴风雨来实施自己的密室诡计，也可以利用这场暴风雨来为自己制造不在场证明，可谓一举两得。"

"但这依然只是你的推测，并不能排除周梦缘是凶手的可能性，甚至也不能排除其他那些没有不在场证明的人是凶手的可能性。"宋立学反驳道。

"没错，直到这里，我对杨晓彤都只是十分怀疑而已，并不能断定她就是凶手。那么，我们再看接下来的案子能不能提供更多的线索。"孙小玲用手将散落到额头的几缕秀发拨到耳后，露出小巧秀丽的耳朵，接着说道，"刚刚我在分析第三个案子的诡计时，你曾经问过我，汪思亮一个大活人，看到地漏里冒出水来，为什么不打开门逃走，现在可以告诉你了，那是因为汪思亮当时已经失去了意识。"

"失去意识？"

"汪思亮洗澡的时候，突然感到天旋地转，于是他关掉淋浴，往洗漱间门口走去，可惜没走几步便晕倒在了地板上。之后，任凭洗漱间里变成一片汪洋，他也毫不知情，直到被淹死。可能当时他也醒了过来，但不会游泳的他发现自己全身都处在水里，只能惊慌失措地在原地乱抓，可能他还呼救了，可惜大半夜的并没有人听到。最终他只能绝望地看着水位一点点地上升，直到接近天花板，而他却再也撑不下去……"孙小玲的声音越说越微弱，似乎已经不忍心再说下去。

"可是为什么？为什么汪思亮会突然感到天旋地转？"

"因为凶手让汪思亮吃了一种叫莨菪烷类生物碱的药物，也就是通常所说的蒙汗药。"

"什、什么？凶手是怎么让汪思亮吃的？"

"这个问题我马上会说。"孙小玲摆了摆手，示意宋立学别急，"凶手的密室溺杀诡计想要成功有一个重要的前提：汪思亮晕倒的时间必须是在洗澡的过程中，为此凶手首先肯定知道汪思亮有十一点准时去洗澡的习惯，更重要的是凶手必须保证汪思亮胃里的药物成分恰好会在十一点之后不久发挥作用。"

"没错。"宋立学点点头。

"要想精确地测算并且延迟胃对某种食物的消化时间，只有一种办法，那就是在食物外面套上外壳：比如常见的胶囊。只要根据所需的释放时间按照对应的配方来配置胶囊外壳的成分即可。凶手算好了这层外壳被胃液溶解的时间，直到汪思亮洗澡的时候，胃里的蒙汗药才开始发挥作用。"

"凶手肯定事先准备了好多种不同成分的胶囊外壳，到时候按照自己想要的释放时间来选择即可。"

孙小玲点点头："那么剩下来的问题就是你刚刚问的：凶手是如何把装有蒙汗药成分的胶囊放入汪思亮口中的？晚餐的时候，虽然汪思亮因为感冒没吃几口就回房间休息了，但凶手绝对不可能在晚餐里放入胶囊状的东西，一来大家吃的都是同样的饭菜，万一被别人误吃了就完了，二来胶囊这种东西过于明显，一吃就吃出来了，立马就会露馅。"

宋立学此时已经猜到孙小玲接下来的推断，他接过话头说道："人只有一种情况下会毫无顾忌地吞下胶囊：生病吃药的时候。而汪思亮最近恰好生病了。"

"没错，汪思亮来岛上之后就一直处于感冒发烧的状态，这几天一直是杨晓彤在照顾他。还记得吴寒峰手记里记载的周梦缘的证词吗？她说七月五号晚上八点左右，杨晓彤把感冒药递给她，让她去给汪思亮喂药，汪思亮吃完药之后就躺下了。"

"所以那天晚上，杨晓彤给周梦缘的两颗感冒药胶囊，其中一颗是蒙汗药伪装的，周梦缘在不知情的状况下喂汪思亮吃了下去，而这蒙汗药要到大约三个小时之后才会发挥效用。另外，这几天因为一直是杨晓彤在照顾汪思亮，所以她是最有可能知道汪思亮有十一点去洗澡习惯的人。"宋立学深吸了一口气，端起咖啡抿了一口，接着说，"这么说来，第四起案件发生后，在汪思晴房间里找到的箱子也是杨晓彤搞的鬼吗？"

"没错，还记得当吴寒峰说出自己的推理：凶手很有可能是汪思晴，而那具焦尸是汪思晴用别人的尸体伪装的这一观点之后，是谁最先提到汪思晴来岛上的时候提了一口大箱子吗？"

"是杨晓彤，这个我还记得。"

"没错，就是她。因为她想把众人的视线引到大箱子上去，从而让大家更加相信吴寒峰错误的推理，把嫌疑都推到汪思晴身上去。"

"那个箱子到底是怎么回事？"

"当然是杨晓彤自己放到汪思晴房间里去的，从一开始汪思晴就没带什么大箱子来岛上。汪思晴登岛那天，范管家和周梦缘因为刚刚从陆地上买来了物资都在忙活，是杨晓彤去接的她，所以那天的实际情况只有杨晓彤一个人知道，她当然可以信口开河，反正也没有别的目击者。"

"那么箱子里沾的血迹似的东西也是杨晓彤弄上去的吗？"

"没错，杨晓彤事先准备了一个大箱子，在箱子内衬上沾好血迹，藏在自己房间里。七月七日那天，她在烧死汪思晴回到岛上之后，趁大家都不注意的时候，偷偷地将大箱子搬到了汪思晴的房间。吴寒峰等人发现焦尸之后，果然落入她的圈套，将怀疑转向了汪思晴，她便趁势说出自己精心编造好的谎言，引诱众人去汪思晴的房间。"

"这个杨晓彤，居然这么能编。"宋立学喝着咖啡，叹了口气。

孙小玲发出了一声冷笑："可惜这个箱子恰恰出卖了她。"

"出卖了她？"

"你仔细想想啊，吴寒峰他们在云雷馆里发现的焦尸虽然全身焦黑，但郑医生经过仔细检查，仍然判断出尸体除了烧伤外没有其他伤口，所以如果焦尸在被烧之前是藏在那个箱子里的话，那箱子里绝对不会沾上那么多的血。相反，箱子里应该有很多水才对，因为这么热的天气，如果汪思晴真的把尸体装进箱子里带上了岛，那么她一定会在箱子里放上大量的冰块，以便尽量延迟尸体的腐化时间。要知道从汪思晴登岛那天到焦尸案发生的日子，已经过了快一个星期了，如果没有冰块的话，在这种盛夏时节，箱子里的尸体早就腐烂发出难闻的异味，从而引起众人的注意了。所以那具尸体肯定不是从这个箱子里拿出来的。"

"你是说杨晓彤应该把箱子里用水弄湿，而不应该涂抹上这么多的血迹？"

"没错，可惜当时在场的人没有一个看出这个破绽，可能当时他们都被汪思晴是凶手的结论给先入为主了。"

宋立学长呼了一口气："现在吴寒峰手记里记载的岛上发生的四起杀人事件的真相，基本上已经都揭开了。这四起案件分别与金、木、水、火四种元素有关，如果杨晓彤真是按照五行元素的顺序来杀人的话，那么应该还缺一件跟土有关的杀人事件才对，不知道为什么吴寒峰的手记里没有记载，难道凶手没有实施第五起杀人案？"

"不。"一旁的孙玉东突然开口说道，"杨晓彤是个非常执着和追求完美的人。她这种人绝不会允许自己的完美犯罪留下任何遗憾，所以她一定会实施第五次犯罪，凑齐金、木、水、火、土五种元素，完成她心中至高无上的犯罪艺术。"

"那这第五起案子为什么吴寒峰没有写在手记里呢？"

孙小玲的声音低沉下来："可能是因为吴寒峰写这个手记的时候，第五起案子还没发生，很可能接下来他自己也成了第五起案件的受害者。"

"什么？你是说杨晓彤要杀的第五个人是吴寒峰？"

"不，第五起案件的受害者可能是云雷岛上剩下的所有人。"

宋立学瞪大了眼睛："所、所有人？"

"你还记得吴寒峰手记里提到云雷岛西北部有一座山吗？我想凶手计划的第五起与'土'有关的犯罪，应该是炸毁那座山，再利用暴雨的天气制造泥石流，从而将整座云雷岛都掩埋。"

"什么？为什么？凶手为什么要这么做？"宋立学大声问道。

"当然是为了将岛上的所有建筑和人全部消除，不让后来的人找到任何线索，不然只要消息透露出去，总有一天会有人发现真相，对于一个追求完美的凶手来说，被人揭穿的犯罪就不是完美犯罪了。可惜凶手没想到的是，吴寒峰偷偷地将岛上发生的事情详细地记了下来，然后藏在瓶中扔到了海里，还恰巧被我这个天才美少女捡到了。否则，这件离奇的连环命案将永远不会被世人所知。"孙小玲的语气不知道是得意还是叹息。

"希望这一切都是你的猜测，否则这个杨晓彤简直是丧心病狂了。对了，说到现在，我还是有一点不明白：二十年前汪康森在让中村红司设计建造岛上的建筑时，应该见过她才对，而吴寒峰的手记里记载说杨晓彤是在汪康森即将搬到岛上的时候跟他一起上岛的，两个时间点应该相距不远，难道当时汪康森没认出杨晓彤就是中村红司吗？"

孙玉东开口道："中村红司号称'建筑鬼才'，向来以神秘著称，很少见人，很可能当时汪康森并没有亲眼见到中村红司，只是通过别人向她转达了自己的需求，而后来设计和建造的过程又都是中村红司和她的团队一手包办的，汪康森完全没有插手。所以自始至终汪康森可能都没有亲眼见过中村红司。"

"为什么？"宋立学不知是在问孙小玲还是在自言自语，"为什么一个人可以做到这种地步？简直不可思议，为了杀人竟然设计建造了四座建筑来充当自己的杀人工具，而且建筑是在二十年前就建好的，却直到二十年后才真正实施自己的杀人计划。不仅如此，为了杀人，中村红司不惜放弃了自己的所有名誉，隐姓埋名这么多年，到底是为什么？说到底杨晓彤为什么要杀人？"

"你没发现死的四个人都是汪家人吗？"

"发现了，但是杨晓彤为什么要杀汪家的人？"

"当然是因为恨了。"

"恨？"

"能驱使一个人为了杀人做到这种地步的，只有恨意，而且是强烈到极点的恨意。"

"杨晓彤为什么这么恨汪家的人？"

孙小玲摇了摇头："这我哪知道？我又不认识杨晓彤。我能做的就是破解作案的手法和凶手的身份，至于凶手杀人的动机，对于一个真正的侦探来说，这并不是什么重要的事情。"

"你、你这人怎么这样？"宋立学反驳道，"警察办案一般都是从动机入手的。"

"所以啊，警察只能是警察，而我，是一名侦探。"孙小玲嘴角微扬，露出诡异的微笑。

"可、可是……"

宋立学还想说点什么，却被孙玉东打断了："关于杨晓彤的杀人动机，我想可能和苏碧心有关。"

"什么？苏碧心？"孙玉东的嘴里突然蹦出了一个陌生的人名，宋立学一时没有反应过来。

"就是汪雨涵的奶奶，汪康森的妻子。"

"啊，原来汪雨涵的奶奶叫苏碧心。"宋立学没想到话题会突然扯到汪雨涵的奶奶身上，"吴寒峰的手记里提到，汪雨涵曾对他讲起过有关她奶奶的往事，说她奶奶是因为不顾众人的阻止，冲进火海里救当时还是孩子的汪思明、汪思亮和汪思晴三个人才丧生的，最终三个孩子都活了下来，她奶奶却葬身火海。"

"没错，那是多少年前的事来着？"

"汪雨涵说当时她爸爸才十二岁，这么看来应该是差不多四十年前的事了。"

"对对对，一晃都四十年了，当时这件事可是海角市的大新闻呢，时间过得真快啊，都已经四十年了，当时的我也只是个几岁的孩子而已。"孙玉东不住地感叹道。

宋立学打断了他的感叹："我不明白这和杨晓彤的杀人动机有什么关系？"

"据我所知，中村红司曾经有一个女朋友，就是苏碧心。"

"什么？"宋立学惊讶得合不拢嘴，"中、中村红司不是女的吗？"

"女的就不能有女朋友了吗？"孙玉东微笑着反问道。

"你、你是说，她是同性恋，还是女同性恋？"

孙玉东点点头说："没错。"

"那么，汪雨涵的奶奶苏碧心是她的恋人？"

"应该说曾经是。苏碧心在我们物理圈内是个传奇的女子，可以说是我从小就崇拜的精神偶像。"

"什么？汪雨涵的奶奶是个物理学家？"

"嗯。她二十五岁便拿到了普林斯顿大学理论物理学的博士学位，她的博士学位论文被认为是当年世界物理学界最重要的一篇论文，因为她在那篇论文里提出了'BK弦理论模型'，为解决广义相对论和量子力学之间的矛盾奠定了最重要的基础。我提出的最终将广义相对论和量子力学融合在一起的大一统理论'CL弦理论模型'，就是建立在'BK弦理论模型'的研究基础之上的。从这个意义上说，她不仅是我的精神偶像，还是我在科研道路上最重要的一位前辈。"

"这么厉害？"宋立学显然没想到，吴寒峰手记里随手提到的汪雨涵的奶奶竟然是如此顶尖的人物。

"本来如果她继续从事物理学研究的话，迟早会发现'CL弦理论模型'的，那样也就没我什么事了。"孙玉东的语气里带着自嘲，"可惜，她毕业之后便突然从物理学界消失了，后来大家才知道，她结婚了，但到底嫁给了谁，没有人知道。直到后来，因为那场轰动海角市的大火，大家才知道原来她是嫁给了海角市的第一富豪汪康森，而且还生了三个小孩。"

"可是，你不是说苏碧心和中村红司曾经是恋人吗？"

"嗯，没错。不过那是在苏碧心毕业之前，当然我也是听说，传闻中苏碧心是个拉拉，女朋友是一个在别的大学读书的建筑系学生，据说两人从小学起就开始谈恋爱了，一直谈到大学，感情一直非常好。那个女生就是杨晓彤。"

"可……那为什么后来苏碧心会退出物理学界，嫁给汪康森？"

"可能是家里的要求吧。苏碧心的父亲叫苏少华，是当时海角市的市长，可以说是海角市最有权势的人物，而汪康森是海角市最有钱的人，这种政治家和商人通过联姻的方式来达成政商合作关系的事情在当时还蛮常见的。"

"所以，杨晓彤非常痛恨抢走了苏碧心的汪康森？"

"这我也不清楚，我了解的就这么多了。不过可以肯定的是，这次杨晓彤精心策划并实施的云雷岛五行连环杀人事件，动机肯定和苏碧心有关，这是她和汪家人唯一的交点。但杨晓彤心里的真实想法究竟是什么？导致她不惜放弃一切，费尽千辛万苦也要杀人的深层心理动机是什么？我想这世上除了她自己，没有第二个人能够回答。"孙玉东漆黑的双眸一动不动地望着窗外，不知道在想些什么。

沉默了一会儿，孙玉东突然又开口道："我想起来一件事，据说苏碧心在海角大学读书的时候，他的导师被人用刀杀死在自己的办公室里。当时办公室里除了他的导师以外，就只有苏碧心一个人，所以苏碧心被警方当成重大嫌疑人带走了。当时二十岁还不到的苏碧心完全吓傻了，在警察局关着时精神已接近崩溃的边缘。而警方的调查也排除了其他人作案的可能，可以说苏碧心已经是板上钉钉的凶手了。然而，在此案的庭审现场，苏碧心的律师用一番精彩的推理当场破解了真凶所使用的诡计，揭穿了真凶的身份。后来警方根据苏碧心的律师提供的线索，找到了证据，抓住了真凶，苏碧心才得以无罪释放。只不过,据说苏碧心的律师所做出的那番推理,都是杨晓彤教他的。"

"这个杨晓彤还破过案,而且还是警方都破不了的案子?"宋立学惊讶地问。

"是啊。那个案子里面真凶用的诡计和云雷岛上这起连环杀人事件当中的第二个案子,也就是沼泽那个案子非常相似,只不过海角大学那个案子里,凶手是把自己'弹'了出去,而云雷岛这个案子里,凶手是把尸体'弹'了出去,但是诡计的原理是一模一样的。"

孙小玲插嘴道:"这么说来,杨晓彤之所以能想到这个利用云雷塔的绳子诡计,会不会是受到了当年她破解的那个案子的启发?"

孙玉东依然望着窗外,点点头说道:"很有可能。"

"唉!世事无常啊。"孙小玲突然叹了口气。

"怎么突然感叹起世事来了?"宋立学问道。

"你想啊,在当年海角大学的那个案子里,是杨晓彤破解了凶手用的诡计,揭穿了凶手的身份,帮绝望中的苏碧心洗脱了嫌疑,所以,在那个案子里,她是代表正义与智慧的侦探。然而,在云雷岛上,也是她精心策划和实施了一系列的不可能犯罪,杀害了岛上的人,所以在云雷岛案子里,她又是代表邪恶与狡诈的凶手。"

"你是想说,侦探与凶手,二者的身份其实并不是对立的,在某些条件下甚至可以相互转化。是吗?"

孙小玲不置可否地转过头,和孙玉东一样望向窗外的大海,在灯光的映照下,她的侧脸线条显得格外美丽优雅,甚至为她平添了几分神秘的气质。

宋立学也转过头。窗外,夜幕像浓稠的水墨一般,将天与海染成了无尽的黑色,但远处的星星不停地眨着眼,似乎不甘心被黑色所吞没,顽强地释放着微弱的光芒。

幕间六

"晓彤，晓彤，你醒啦？"

我睁开眼，首先映入眼帘的是碧心那张美丽的脸和红肿的眼睛。

"我、我这是怎么了？"

"医生说你这几天劳累过度，透支了太多体力，所以才会晕倒。不过只要多休息几天就没事啦。"碧心露出开心的笑容。

"你的脸色怎么这么苍白？"

"啊，我没事，我只是怕你再也醒不过来了。"碧心说着揉了揉自己红肿的眼睛。

"傻瓜，怎么可能呢？"

"总之以后一定要注意休息，生活要有规律，千万不能再像这样把自己弄得这么累了。"碧心的语气里满含着关心。

"碧心，那个帮凶有没有抓到？"

"还没有，警察说那个人就像人间蒸发了一样消失得无影无踪了。"

"哦。"我皱起眉头，"那人应该是个绝顶聪明的犯罪高手，江天华的所有犯罪行动应该都是那个人教他的。至于嫁祸给你应该是预料之外的事，江天华在行凶之后恰巧发现里屋的地上倒了个人，便急中生智将凶器塞进了你的手里，回去之后，江天华将这件事告诉了那个人，那人便在帮江天华回到房间后，顺势来到李晨风的办公室，假装成偶然来到案发现场的第一人，然后报警，将嫌疑全部推到你身上。"

"哼，这个坏蛋，要是被我抓住绝对饶不了他。"碧心握住粉拳，恨恨地说。

"好了好了，只要你没事就好。对了，其实这次我能看穿凶手所使用的手法全都是你给我的灵感。"

"我？"

"你知道吗？昨天晚上，我坐在钱贵大厦附近一个公园里的秋千上休息，秋千摆荡的时候，我突然想到中学的时候你很喜欢去公园里荡秋千，然后我满脑子里都是你那时候在公园里荡秋千的画面，结果灵光一闪，一下子想到了那个诡计……"

碧心突然打断了我的话，低声地喃喃自语道："我马上要去美国留学了。"

"嗯？"

"这次的机会非常宝贵，全学院只有我一个人得到了这个去普林斯顿大学深造的机会，之所以没有早点儿告诉你，是因为我想给你个惊喜，没想到遇到了这种事。"

"要去多长时间？"

"三年，也有可能五年。"

"哦，去吧，在美国要好好照顾自己，也要好好努力，我相信你一定会成为世界上最顶尖的物理学家。"说着说着，有什么热热的东西想要突破我的眼眶向外涌。

"嗯，我一定会实现自己的梦想。"碧心握住我的手，"晓彤你也要加油，我知道你的梦想是成为世界闻名的建筑师，相信我，其实你是个天资聪颖的人，只要你坚持梦想就一定可以成功。"

"成为世界级建筑师并不是我的梦想，我的梦想是永远和你在一起呀。"我露出一丝笑容，用手擦了擦眼角的泪。

"放心，等我回来，我们就再也不分开，我会永远和你在一起。"

"可是。"我担忧道，"我们……我们俩都是女生，是没法生小孩的。"

"要小孩干吗？两个人在一起最重要的是三观相符，精神契合，世界上还有比我俩更天造地设的情侣吗？小孩对于我俩来说反而会成为累赘，两个人自由自在想去哪儿就去哪儿，那该有多幸福啊。"

听了碧心的话，我哭笑不得，但依然坚定地说："好，我相信你，我会一直等你，无论多久，我都会等下去。"

然而，当时的我做梦也想不到，事情最后会演变成那个样子。

这之后，碧心去了美国的普林斯顿大学攻读理论物理博士学位，而我也发奋努力，最终得到了去日本跟随顶尖建筑师中村青司学习的机会。然而五年后一个惊人的消息传到我的耳边：碧心拿到普林斯顿的博士学位后便回到了国内，迅速嫁给了海角市的第一富豪汪康森。

得到消息的我如五雷轰顶，立马赶回国内，找到碧心，却没想到见面的时候，她挺着个大肚子——碧心居然怀孕了。

"你不是要永远和我在一起吗？你不是说小孩只是累赘吗？"

"那是以前的我。"碧心露出一丝微笑，"自从遇见他以后，我才发现原来的自己是多么狭隘。"

"他？是你的老公汪康森吗？"

"是的。"碧心点点头，脸上露出幸福的表情。

"你是真心爱他的？我一直以为你只是被父母逼着嫁给这个老男人的，毕竟他比你大了整整十五岁啊！"

"不许你这么说康森。"碧心微微有些动怒，"他虽然年纪大了点，但却是这个世上最爱我的人，也是我最爱的人。"

"他到底好在哪里？你们到底是怎么认识的？"

"我和他是在普林斯顿的校园里认识的。当时他受邀来参加普林斯顿商学院举办的一次演讲，我恰好坐在台下，完全被他的幽默和睿智所折服。之后，我私下联系了他，他见我也是N国过来的，十分高兴地和我聊了很久，我俩谈了很多关于宇宙、哲学、科学、艺术、经济学的话题，我完全没想到世界上竟然有如此博学、风趣而又谦虚的男人，那时的我才意识到之前的自己是多么的狭隘。"碧心一边摸着自己的大肚子一边说道，"慢慢地，我发觉自己已经无可救药地爱上了他。"

"可、可你不是说小孩只是累赘吗？"

"和康森在一起之后，我才发现如果你真正地从心底里爱上了一个男人，就会很想和他一起拥有只属于你们俩的爱情结晶。所以毕业后我便立刻回国嫁给了康森，我的父母也很高兴，毕竟康森是海角市最有钱的人，而我父亲是海角市最有权的人，可以说是门当户对。当然，我并不是看上了康森的钱，我是从心底里被这个完美的男人所吸引。现在我们俩的爱情结晶也要出生了。"碧心轻轻拍了拍自己的肚子，温柔地笑着。

我感觉自己的五脏六腑都被某种无形的力量拉扯着，仿佛要被撕裂一般。

我一直以为碧心是因父母逼迫才和汪康森这个老男人结婚的，内心还抱着一丝丝的侥幸，没想到她居然是发自内心地爱上了汪康森。

我转过身，跌跌撞撞地朝前方走去。昏暗的路灯将周围的景象浸泡在黄色的柔光之下，眼前的一切逐渐变得模糊起来。眼泪像决了堤的河水一般不争气地涌出眼眶，我想用手去擦，但脚下的高跟鞋突然一崴，我一屁股跌坐在地上。

委屈和不甘的潮水向我涌来，我早已忘记这是在繁华的市区大街上，也顾不得周围行人指指点点的眼神和目光，就这样瘫坐在路上号啕大哭起来。

半年后，我听说碧心生下了她和汪康森的爱情结晶，是个男孩。后来，不到十年的时间里，我听说她又为汪康森生下了一男一女。听到这些消息时我想，如果碧心没有放弃她所热爱的物理科研事业，没有把生活的重心全部放到家庭上去，而是孜孜不倦地为了梦想而努力的话，凭她的天赋，现在可能已经成为一个"女爱因斯坦"了吧。

我决定彻底放弃对碧心的念想。既然她选择了男人，选择了孩子，选择了家庭，选择了大多数女人都会选择的平凡的幸福，我又有什么权利再说三道四呢。我将精力完全地投入建筑设计当中。我的老师中村青司过世后，我以"中村红司"这个名字继承了老师的衣钵，设计了相当多风格怪异的建筑，在日本声名鹊起，也开始在国际建筑界崭露头角。因为我的建筑设计风格十分诡异独特，而我又很少在公众场合露面，所以很多人称我是"建筑鬼才"。

曾经我和碧心约好要一起实现自己的梦想，一个要成为顶尖物理学家，一个要成为一流的建筑大师。当时的我其实对自己并没有抱太大的期望，因为我知道自己的天赋远远不如碧心，但没想到的是，多年以后，碧心放弃了自己的梦想，成了一个阔绰但平凡的家庭主妇，而我则坚持了下来，在追逐梦想的路上越走越远。

我为碧心感到惋惜。一个女人，尤其是她这样完美的女人，本可以有极高的成就，本可以发挥更大的价值，本可以在科学界大放异彩，本可以在历史上留下浓墨重彩的一笔，打破这世界对女性的偏见，但她却为了一个男人就放弃了这一切，甘愿沦为老男人的生育工具。

我恨那个叫汪康森的老男人，是他的出现让碧心抛弃了物理，抛弃了我。但我更恨碧心，我没想到，无论外表多么美丽，无论天资多么聪颖，归根结底，她依然只是个安于家庭幸福的传统女人，依然只是个被男权社会观念所束缚的平凡女人。

我要更加努力地工作，设计出更多闻名于世的建筑，我要让全世界的男人都看到：女人如果认真起来，比你们男人要厉害千倍万倍。女人才不是男人的附属品，而是这世界真正的主人。最重要的是，我要让碧心后悔，后悔放弃了物理，后悔放弃了我，后悔选择了结婚生子，后悔选择当个家庭主妇。

就在我朝着更宏伟的目标进发时，一个巨大的噩耗传来——碧心死了。

报道里说是因为一场火灾。当时碧心家的保姆由于前一天晚上在赌场中输了大量的钱，一时想不开，再加上长期以来对于碧心一家人优裕生活的忌妒，出于某种报复社会的扭曲心理，她点燃了碧心家里备用的医用酒精，引发了大火，想将这座光鲜亮丽的豪宅付之一炬。当时汪康森还在公司没有回家，碧心则恰好去了附近的超市买东西，只留下三个孩子在家里。看到火光冲天的碧心立马赶回家，不顾周围人的阻拦，一边哭喊着孩子的名字一边奋力冲进熊熊大火中。最后，三个孩子都被她救了出来，而她自己则变成了火人。当赶来的消防队员终于扑灭了大火时，碧心已经变成了一具面目全非的焦尸。

碧心死了，我无法接受这样的事实！但我更无法接受的是碧心竟然是为了救孩子而死！为了结婚，为了孩子，碧心放弃了物理，放弃了我，最后竟然连生命都放弃了。

我不懂，我不懂，我不懂！

这到底是为什么？为什么像碧心这样第一流的女人最后仍然要被这世俗的生活所束缚，而且完全是出于自愿？

我不禁想道：如果没有汪康森，那么碧心就不会遇到他，就不会被他所迷惑，就不会结婚生子，就不会塊囿于家庭生活中，就不会为了区区三个孩子而失去生命。如果没有汪康森和那三个孩子，碧心现在一定是科学界最耀眼的明星，世界顶尖的物理学家，享受着无数人艳羡的目光和掌声，一举打破男人们对科学界的垄断，将男人们的偏见彻底粉碎。

都是汪康森和那三个孩子的错！我要杀了他们！

碧心，你喜欢的，我都要毁掉！

我感到自己内心里有某种东西在扭曲，并且逐渐生长、放大、散开，仿佛要吞噬掉我的灵魂。

然而，一直到十八年后，我才终于等到了机会。当时的我早已成为世界知名的大建筑师，名声和地位都俨然超越了我的老师中村青司。而汪康森不知为何突然宣布辞去盛源集团董事长一职，我得到消息称他暗中买下了某个小岛，准备隐居在岛上度过后半生，现在正缺人设计和建造岛上的建筑。我托人联系上了汪康森，表示愿意免费为他设计岛上的建筑，但前提是从设计到建造必须完全使用我自己的团队。汪康森非常高兴，毫不犹豫地就答应了我的要求，并表示能得到国际建筑大师中村红司的帮助他感到十分荣幸。当然，自始至终汪康森都没有和我实际见过面，我们一直通过邮件交流。

从后来的交流中我得知，汪康森迷上了一种藏传的佛教密宗，希望我能在岛上建一座寺庙和一座宝塔，供他崇奉佛祖和菩萨。他还说自己有许多藏书，所以希望能建一座专门用来藏书的图书馆。最终，我答应他一共在岛上建造四座建筑：用来供奉佛像的寺庙和宝塔、用来居住的别墅和用来藏书的图书馆。

在实地勘察后我得知，这座岛地处 N 国的南部海域，因为岛上雷暴天气极多，所以周围渔民又叫它云雷岛。这时一个大胆的想法跃入我的脑海中：何不建造一座能利用雷电杀人的建筑呢！

于是我花了一个多星期的时间，构想并设计出一座可以利用雷电杀人的建筑，我给它取名"云雷寺"。原理很简单，就是通过寺庙顶部的引雷针，将雷电引入寺庙，再利用线圈将其转换成所需的电压，通过导线加到嵌在两侧墙壁中的金属电极板上，从而在墙壁之间制造电场。当然，云雷寺当中的佛像位置也是由我来设计的，其中最重要的是要保证作明佛母手中弓箭的位置恰好处在电场范围内。如果让佛母手中的箭带上电荷，那么箭就会受到电场力的作用，"发射"出来，如果汪康森此时恰好处在箭的运行轨迹上……

然而这个诡计想要成功的话，需要经过非常精准的计算才行，为了保证箭能恰好刺中汪康森的脖子，诡计中涉及的每个参数都需要非常精细的考量，为此我又花了半个月的时间，将引雷针的材质、线圈的大小、墙壁的距离，以及箭的高度、重量和所带的电荷量等影响因素全部仔仔细细地综合考量了一遍，并且用电脑模型反复模拟了多次，最终设计出了云雷寺的细节模型。

到这里，我突然想道：何不再多设计几座用来杀人的建筑，将汪康森和他的儿女们一网打尽呢。我听附近渔民说过云雷岛上有五行怪的传说，这种怪物可以随意操控金、木、水、火、土五种元素，而杀汪康森的凶器——铜质的箭恰好契合了金属这种元素，那么接下来只需按照五行的顺序来杀人，便可以把注意力引到五行怪身上去。

关于利用木元素的杀人方法，我在岛上勘察之时，发现岛的东部有一片大沼泽，这片沼泽的与众不同之处在于沼泽中央有一根光秃秃的小树枝，在这荒凉的黑泥当中格外显眼。我的脑海中灵光闪现，浮现出多年前碧心被诬陷的那个案子，浮现出凶手当时所使用的那个绳子诡计——如果这片沼泽周围也有高楼的话，不，没有高楼我就建一座高楼！

我构想出了一个叫作"云雷塔"的建筑，利用云雷塔的高度，通过绳子诡计将汪思明"弹射"到沼泽中央的树枝尖顶上，为此我取得了汪思明的体重等参数，利用电脑反复模拟这个过程，最终确定了云雷塔的最佳高度和位置。

在这之后，我又设计了可以利用水元素和火元素来杀人的两座建筑，分别取名"云雷庄"和"云雷馆"。大概半年之后，这四座建筑全部竣工，当然施工全都由我自己的团队完成，所有的细节我都详细监督，确保最终建造出来的模样完全符合我的构想。

至于土元素，我观察到云雷岛的西北部有一座山，便让手下的团队在山上埋了大量的炸药——土元素留着用来炸毁这座山，到时候只要一下暴雨，便会形成巨大的泥石流，将整座岛都掩埋，所有的证据便会被销毁得一干二净，即使以后警察上了岛，留给他们的也只是一片废墟而已。

完工那天，汪康森来到云雷岛上，显得非常高兴，在邮件里连连赞叹。我不由得在心里冷笑——以后这些建筑会要了你和你后代的命。

为了能够亲手启动岛上的杀人建筑，顺利地完成杀人计划，我必须留在云雷岛上，实时观察汪康森和他家人的生活动向，为杀人做好准备。恰好我知道汪家的管家范宗凯正愁家里原来的那些女佣没人愿意跟着去云雷岛，我便以本名联系上了汪家的一个用人，假装成刚刚失业的女工，让她帮我向范宗凯介绍介绍，说我可以不要薪水，只要管吃管住就行。果然没过多久范宗凯就联系上我，问我愿不愿意去偏僻的海岛工作，我表示愿意，接着便顺利地成了汪家的女佣，跟着汪康森一起去了云雷岛。

但我没想到的是，从建成这些杀人建筑到实际启动它们，我足足等了二十年。

我的杀人诡计想要一次性完成，有个重要前提是：汪康森和他的三个儿女必须同时在岛上。然而除了汪康森以外，他的三个儿女都很少来这座岛上，更别说同时在了，尤其是汪康森的二儿子汪思亮，几十年来一直在国外没有回来过。

但是，尽管二十年过去了，我内心的杀意之火却没有一天熄灭过，反而随着时间的流逝越烧越旺。

终于，在二十年后的某天，我突然从范宗凯口中得知：汪康森觉得自己时日无多,将在一个月后公布遗嘱,到时他将召集自己所有的儿女都来云雷岛,由律师当着大家的面宣读遗嘱,据说连他的二儿子汪思亮也会赶过来。

听到这个消息,我兴奋得不能自拔,皇天不负有心人,我终于等到了这一天,同时我也知道这是我唯一的一次机会:只许成功,不许失败。

没想到我的杀人计划进行得出乎意料地顺利,岛上的蠢货们要么以为是五行怪作祟,要么陷入我精心策划的圈套当中,把怀疑转向已经被烧死的汪思晴。我破坏了用来保存食物的冰箱,使得剩下的每个人都陷入巨大的恐慌和焦虑当中。终于,他们决定要逃离这座岛。

这群蠢货用竹子做了一个竹筏,想要划到离岛不远的海军基地去。他们没想到的是,我在其中一根竹子上做了手脚,并且捆竹子扎竹筏的时候故意打的都是活结。竹筏入海之后,在海浪的冲击之下很快便散了架,于是这群蠢货又不得不游回了云雷岛。

我还有土元素没用呢,怎么能让他们逃走呢?

然而,就在游回云雷岛的过程中,发生了一个意外:周梦缘游到我身边,说看到我打结的时候打的是活结,但当时没多想,也没来得及问,现在竹筏散架了她才突然想起来。她还问我汪思晴被烧死的那天中午我去干什么了,当时岛上的人要么去找汪思晴了,要么就在云雷庄里,只有我一个人不知去向。

我知道这个小姑娘已经对我起了疑心,我的杀人计划还没有全部完成,所以我还不能被揭穿。我狠下心,趁周梦缘不注意,用随身携带的小刀划破了她的喉咙,血流如注的她完全没想到我会来这一手,痛苦地捂住脖子,逐渐沉入大海。幸好当时其他人都自顾不暇,没有人注意到我们这边。

在游回云雷岛之后,我没有和众人一起上岸,而是偷偷绕到了岛的西北部。恰好此时又开始下起了大暴雨,真是天助我也!汪思晴被烧死之后,岛上就一直是晴天,所以我也一直没有启动炸药,因为光凭炸药可能制造不出威力巨大的泥石流,最好能有暴雨的加持。本来我打算藏到这里,耐心等待下一场暴雨的到来,但没想到这场雨来得这么快。

这时,我的眼前恍惚出现了碧心的身影,我想拉住她的手,却怎么也碰不到她。

"对不起。"我露出一丝苦笑,然后按下了藏在山脚的炸药启动开关。

尾 声

九月十六日，N 国天涯市，天涯大学。

这天下午，宋立学正在宿舍悠闲地读着胡塞尔的《逻辑研究》，突然马旭光冲进来大喊道："宋立学，宋立学，出大事了，来了个超级漂亮的妹子说要找你。"

"谁啊？"宋立学放下手中厚厚的书，一脸不情愿地转过头，却看见孙小玲正站在他的宿舍门口。

"啊，是你啊。"宋立学一下站了起来，慌张地说，"你、你怎么来了？"

"我怎么不能来？"孙小玲笑意盈盈地反问道。

今天的孙小玲没有穿制服，而是穿了一件白色衬衫和浅黄色短裙，显得甜美可爱。

"这可是男生宿舍，你怎么进来的？"

"男生不能进女生宿舍，但是女生可以进男生宿舍，你不会不知道吧？"说着，孙小玲径直走到宋立学跟前，看了一眼他手边的书，惊讶地问道，"咦，你也在研究现象学啊？"

"啊，"宋立学的脸微微发红，显得有些窘迫，"嗯，最近恰好对现象学比较感兴趣，就随便看看。"

"你该不会是上次听我说了之后就特意借了这本书来看,方便以后能在我面前吹嘘吧?"孙小玲笑着反问道。

"才、才不是呢,别自作多情!"宋立学赶忙转移话题,"对了,你来干什么?"

孙小玲从背后拿出一张报纸递给他:"喏,你看看。"

"这是啥?"宋立学接过报纸,只见报纸上一行醒目的标题写着:警方在南海发现一座被黄土掩埋的神秘小岛,岛上疑发生过泥石流。

"难道这说的是云雷岛?"宋立学惊讶地问。

"应该是的。"

"看来你猜得没错,杨晓彤的最后一招果然是制造泥石流,将岛上的一切都冲刷掉。"

"那是当然,我怎么可能会猜错。"孙小玲露出得意的神情。

"这篇新闻里没有提到任何关于发现尸体的事情,看来杨晓彤的目的达到了,警方根本连调查都没调查,如果不是吴寒峰的手记偶然被我俩捡到,可能这世界上永远不会有人知道这座岛上曾经发生过如此恐怖的连环杀人事件了。"宋立学叹了口气,突然脸色一变,"不对啊,我记得吴寒峰的手记里提到过,郑医生好像是把自己的行踪告诉了老婆的,他老婆只要让警察根据郑医生留下的行踪来查,不就可以很快找到云雷岛了吗?"

"我特意去查过了。郑医生的老婆从非洲回国的时候,乘坐的飞机失事了,整架飞机上的人全都葬身火海。"

宋立学被这突如其来的噩耗震惊得说不出话来,沉默了良久,他才幽幽地开口道:"我还是不明白,杨晓彤为什么要这么做,她恨汪康森我可以理解,可是为什么连他的三个儿女都要杀掉,甚至岛上这么多完全无辜的生命都被她拉来陪葬,我真的不明白。"

"如果每个人都能明白别人内心的感情,那这个世界上就不会有那么多的纷争和矛盾了。"孙小玲若有所思地说,"女性之间的爱情远比你们以为的更加复杂与深刻。"

"你、你怎么会知道?难道你也是——"

孙小玲露出狡黠的微笑道:"你猜?"

图书在版编目（CIP）数据

云雷岛事件 / 孙国栋著.—北京：新星出版社，2019.7
ISBN 978-7-5133-3609-3

Ⅰ.①云… Ⅱ.①孙… Ⅲ.①长篇小说－中国－当代 Ⅳ.①I247.5

中国版本图书馆 CIP 数据核字（2019）第 126493 号

云雷岛事件
孙国栋 著

责任编辑：王　萌
责任校对：刘　义
责任印制：李珊珊
装帧设计：冷暖儿

出版发行：新星出版社
出 版 人：马汝军
社　　址：北京市西城区车公庄大街丙3号楼　　100044
网　　址：www.newstarpress.com
电　　话：010-88310888
传　　真：010-65270449
法律顾问：北京市岳成律师事务所

读者服务：010-88310800　　service@newstarpress.com
邮购地址：北京市西城区车公庄大街丙3号楼　　100044

印　　刷：三河兴达印务有限公司
开　　本：910mm×1230mm　　1/32
印　　张：9.375
字　　数：147千字
版　　次：2019年7月第一版　　2019年7月第一次印刷
书　　号：ISBN 978-7-5133-3609-3
定　　价：42.00元

版权专有，侵权必究；如有质量问题，请与印刷厂联系调换。